Höchste Zeit zum Sterben

Angelika Sopp

Höchste Zeit zum Sterben

FAHNER VERLAG

Impressum

Die Deutsche Nationalbibliothek
Bibliografische Information der Deutschen Nationalbibliothek
Die deutsche Nationalbibliothek verzeichnet diese Publikation in der Deutschen Nationalbibliografie; detaillierte bibliografische Daten sind im Internet über http://dnb.d-nb.de abrufbar.

Sopp, Angelika:
Höchste Zeit zum Sterben - Lauf a. d. Pegnitz: Fahner, 2010
ISBN 978-3-924158-99-6

Umschlaggestaltung: enoix graphics, Bamberg
Satz, Repro, Druck: Fahner GmbH, Nürnberg
www.fahner.de

2. Auflage 2.0/10.2010
Erschienen im Fahner Verlag, Lauf

Liebe Leserin, lieber Leser!

Romanautoren lügen nicht nur wie gedruckt, es macht ihnen obendrein diebisches Vergnügen. Ich gestehe, auch ich bin da keine Ausnahme. Alle Personen und ihre Namen sowie die gesamte Handlung sind frei erfunden und ausnahmslos Produkte meiner Fantasie. Selbst das Örtchen Wintersruh wird man vergeblich am Fuße des Moritzbergs suchen.

Allerdings: Die Illusion der Realität zu schaffen und diesem Paradoxon Unterhaltungswert zu verleihen, war mein erklärtes Ziel. Habe ich es erreicht? Bitte blättern Sie um und urteilen Sie selbst ...

I

Guten Morgen, Horatio, es ist Zeit. Draußen wird's hell, und der alte Elmar kräht auch schon eine Weile. Du wolltest doch bei Tagesanbruch los, nicht wahr?

Übrigens, du hast nicht gut geschlafen heute Nacht, mein Schatz. Du hast dich hin und her gewälzt und von Zeit zu Zeit laut gestöhnt. Warum musstest du dich aber auch gestern wieder so anstrengen? Die schwere Arbeit ist nicht gut für deinen Rücken. Gerade du *solltest das doch wissen. Wie unvernünftig von dir! Das Holz kann doch Willi hacken. Der ist jung und stark, und er freut sich immer über ein paar zusätzlich verdiente Euro. Die verjuxt er neuerdings mit der jüngsten Tochter vom* Sonnenschlösschen*-Wirt, stell dir das vor! Die kleine Anja. Achtzehn muss sie jetzt wohl sein. Du hast sie damals auf die Welt geholt, erinnerst du dich? Eine Steißlage. Ich weiß es noch wie heute. Na ja, aus Kindern werden eben Leute. Und warum sollen sie nicht ihren Spaß haben? Wir hatten ihn doch auch, nicht? ... Ach, und bevor ich's vergesse, zieh bitte heute die langen, wollenen Unterhosen an. Am See ist es um diese Jahreszeit morgens schon empfindlich kalt. Denk an deine Arthrose! ... Und Emma musst du unbedingt anrufen. Sie ist immer so pingelig, wenn man ihren Geburtstag versäumt. Also dann, mein Alter, Petri Heil! Und vergiss nicht, dass ich dich liebe ...*

Horatio Grünfeld lächelte. Dann drehte er sich in seinem breiten Bett auf den Rücken und öffnete die Augen.

Marias Stimme war verschwunden, wie jeden Morgen, wenn er die Augen aufmachte, und mit ihr das

Lächeln auf seinem Gesicht. Müde blinzelte er in die Dunkelheit seines Schlafzimmers. Das erste graue Morgenlicht zwängte sich durch die Lamellen der geschlossenen Fensterläden und wurde in kleinen Punkten vom polierten Holz der Schranktüren an der gegenüber liegenden Wandseite zurückgeworfen.

„Also dann", befahl er wenig überzeugt sich selbst, drehte sich etwas schwerfällig zur Bettkante und setzte sich langsam auf.

„Verflixt noch mal!" Er fasste sich an den schmerzenden Rücken. Maria hatte recht. Es war entschieden zu viel Holz gewesen gestern Nachmittag. Mit seinen zweiundsechzig Jahren war er eben nicht mehr der Jüngste, musste er sich eingestehen, doch es fiel ihm schwer, das zu akzeptieren.

Dafür war der Vorrat an Holzscheiten für die bevorstehenden kalten Winterabende um ein gutes Stück gewachsen. Er durfte nur nicht vergessen, endlich den Schornsteinfeger anzurufen. Der Kamin musste gereinigt und winterfest gemacht werden.

Im Halbdunkel tastete er müde mit den Füßen nach seinen Pantoffeln und schlüpfte hinein, während er geräuschvoll gähnte und sich am Kopf kratzte. Dann griff er nach dem Wecker und schaltete den Klingelton ab, um sich das Läuten zu ersparen, das alsbald die Stille auf rücksichtslose Weise zerrissen hätte. Gleich halb sechs. Allerhöchste Zeit also. Jeder wusste schließlich, dass die Fische in den ersten Morgenstunden am besten bissen. Er stellte den Wecker nur mehr selten auf eine so frühe Weckzeit, denn es gab ja kaum noch wichtige Termine in seinem Leben. Kurz nach Marias Tod hatte er sich für den Ruhestand entschieden, und so spielte das, womit er seine Zeit ausfüllte, keine große Rolle mehr für ihn. Fast ein Jahr war es jetzt her. Unfassbar. Noch immer

… Aber er wusste, dass ihn ihre vertraute und liebevolle Stimme allmorgendlich aus wirren Träumen erlöste. Das war so seit dem Tag, an dem sie gestorben war. Er konnte sich fest darauf verlassen. So, wie er sich immer auf Maria hatte verlassen können.

Er gähnte und rieb sich den Schlaf aus den Augenwinkeln.

„Mit etwas Glück wird's heute Abend frische Forellen und Butterkartoffeln mit Petersilie geben", überlegte er. Maria hatte sie oft für ihn zubereitet. In Mehl und Mandeln gewendet und knusprig gebraten, mit ein paar Scheiben Zitrone … Sie war eine ausgezeichnete Köchin gewesen, seine Maria. Kein Wochenende war vergangen, an dem nicht der alte Herd in der Küche geschürt worden war und der Duft von röschem Brot, frischen Hörnchen oder Obstkuchen das Haus durchzogen hatte. Wie sehr vermisste er doch diesen Geruch! Und wie sehr vermisste er die Abende, an denen er, spät mitunter, aus seiner Praxis oder von Hausbesuchen heimgekommen war. Ein Pott mit kräftigem, süßem Tee hatte dann immer schon für ihn bereit gestanden auf dem großen Holztisch in der Küche, dazu ein Teller mit Apfelkuchen oder Mohnstrudel, manchmal mit flüssiger Sahne oder Vanillesoße, die er besonders gerne mochte.

Heimkommen war ein besonderes Wort, ähnlich wie Vanillesoße. Es zerfloss auf der Zunge zu unbeschreiblichem Wohlgenuss für seinen Körper und seine Seele. Wie sehr sehnte er sich danach zurück, spürte in der tonlosen Dunkelheit dieses Morgens dem vertrauten Duft des Unwiederbringlichen nach und wünschte, ihn wenigstens noch ein einziges Mal wahrnehmen zu dürfen.

Elmar krähte aufs Neue und riss Horatio aus seinen Gedanken.

Mit einem Seufzer stand er auf, schlurfte zum Fenster, öffnete es weit und stieß die tannengrünen hölzernen Fensterläden zur Seite. Die Morgendämmerung zog träge den Hügel herauf. Kalter Dunst lag über den späten Rosen im Vorgarten und fand rasch seinen Weg in das stickige Dunkel des Zimmers.

Horatio blickte mit halb zugekniffenen Augen zum Himmel. Schwer und unförmig wie nasse Federbetten hingen eisengraue Wolken über den gemähten Wiesen und den abgeernteten Feldern, die sich auf der anderen Seite der Landstraße bis nach Nürnberg hinein erstreckten. Sie bewegten sich kaum vorwärts, drohten vielmehr, sich in einem kräftigen Regenschwall schamlos zu entleeren und die gesamte Gegend innerhalb von Minuten zum Sumpfgebiet zu degradieren. Doch so schnell das Wasser gewöhnlich auch vom Himmel fiel, so bereitwillig wurde es seit jeher von der fruchtbaren Erde aufgenommen, die es jedes Frühjahr in fettglänzendes Grün verwandelte.

Horatios Haus stand etwas zurückgesetzt auf einer Anhöhe am Ende einer Reihe von Einfamilienhäusern, die den Ortsrand von Wintersruh, einem verschlafenen mittelfränkischen Dorf am südlichen Fuße des Moritzbergs, säumten. Es war ein kleines Haus, erbaut von Marias Großvater vor beinahe hundert Jahren. Die Patina der Zeit hatte sich über sein Fachwerk gelegt und der gebrannte Ton der Dachziegel war verblasst. Doch der wilde Wein rankte sich besitzergreifend um seine Fassade, schmeichelte sich über die geräumige Terrasse und schmückte sie im Sommer mit sattem Grün und jetzt, im Herbst, mit leuchtendem Gelb und Rot. Eine mannshohe, weitläufige Hainbuchenhecke zog sich rings um das Grundstück und verhinderte allzu neugierige Blicke. Zudem bot sie den mehr als hundert Rosenstöcken im

Vorgarten Schutz vor dem rauen Wind, der mitunter von Osten herüberwehte.

Die Rosen waren Marias Leidenschaft gewesen. Sie hatte sie gepflanzt, gehegt und gepflegt, ja sogar mit ihnen gesprochen, weil sie überzeugt war, sie könnten sie hören, mehr noch, sie *verstehen.* „Rosen sind Lebewesen“, hatte sie jedes Mal beharrt, wenn Horatio sie mit seinem nachsichtigen Lächeln bedacht hatte, „sie brauchen Zuspruch und Liebe wie wir.“ Sein akademischer Verstand sperrte sich gegen derart Feinsinniges, sah in den Rosen nichts weiter als eben Rosen. Doch seit Marias Tod pflegte er sie mit der gleichen Hingabe und Aufmerksamkeit, wie sie es immer getan hatte. Mit ihnen zu sprechen, dazu konnte er sich freilich nicht durchringen, aber manchmal berührte er die Blüten sanft mit den Fingerspitzen und strich über sie, als wolle er sie trösten. Sie fühlten sich an wie Maria. Vor allem nach ihrem ritualisierten Schönheitsbad. „Ein halber Liter Milch, ein Esslöffel Honig, eine Handvoll getrocknete Kräuter, einige Tropfen Rosenwasser, und man ist wie neu geboren“, hatte sie immer gesagt und recht behalten. Wie Aphrodite war sie nach einer halben Stunde ihrer Mixtur entstiegen, die sich für Horatio wie ein Pfannkuchenrezept angehört hatte. Doch sie hatte stets lieblich geduftet wie ihre Rosen im Vorgarten und ihre beinahe sechzigjährige Haut hatte sich angefühlt wie Chiffon …

Marias Rosen. Dreißig Jahre hatten sie das Haus geschmückt. Jetzt schmückten sie ihr Grab.

Horatio fröstelte, blieb aber noch eine Weile am offenen Fenster stehen. Die frische Luft tat ihm gut. Gestern Nacht hatte er vergessen, das Fenster vor dem Zubettgehen einen Spalt zu öffnen, so wie es sonst seine Gewohnheit war. Nun schloss er es, ging langsam zur Tür und knipste den Lichtschalter an. „Wo nur sind die langen grauen Unterhosen?", fragte er sich. Seit ewigen Zeiten hatte er sie nicht mehr getragen. Unschlüssig stand er vor dem alten Mahagonikleiderschrank, einem monströsen Jugendstilgebilde mit sechs hochglanzpolierten Türen, die bis unter die Zimmerdecke reichten, und einer Reihe messingbeschlagener Schubläden, die beim Öffnen laut in den metallenen Führungsschienen quietschten. Schon längst hatte er sie ölen wollen. Systematisch öffnete er Schublade um Schublade, Tür um Tür, und ein schwacher Duft von Verbene stieg ihm in die Nase. Er schob die ordentlich aufeinander liegenden Polohemden beiseite und zog einen Stoß einheitlich gefalteter Taschentücher heraus, der die Sicht in die Untiefen des hinteren Schrankfaches verdeckte, doch selbst der umfangreiche Unterwäschestapel, der nun zum Vorschein kam, enthielt kein langes wollenes Unterzeug.

„Ach, zur Hölle damit", brummte er, schloss die Schranktüren mit einer Vehemenz, die weder der Sache noch seiner morgendlichen Lethargie angemessen war, und ging ins angrenzende Badezimmer. Er knipste das Licht an, stellte sich vor den Spiegel und betrachtete aus müden Augen den wild gelockten grauen Haarschopf, der Zeugnis gab von unruhigen Träumen, an die er sich nicht erinnerte. Kritisch strich er mit der Hand über die Stoppeln auf Kinn und Wangen und beugte sich etwas näher zum Spiegel, um die größer werdenden Geheimratsecken deutlicher in Augenschein nehmen zu können.

„Was soll's", dachte er. „Schließlich bin ich keine dreißig mehr." Und für seine Jahre konnte er mit sich zufrieden sein, beschloss er. Dreiundsechzig wurde er am 13. November. Ein gutes Alter. Noch nicht zu alt für Neues und doch nicht mehr jung genug für Überflüssiges.

Er griff nach der Zahnbürste und forschte mit den Blicken nach der Tube mit Zahnpasta, als ihm einfiel, dass er das ausgequetschte Ding gestern Abend in den Abfalleimer geworfen hatte. Zu dumm. Gähnend öffnete er den Wandschrank neben dem Spiegel. Vor ihm stand eine Reihe von Tiegeln und Fläschchen, lagen Tuben mit Gesichtscreme und Döschen mit Puder, gefolgt von einem Flakon „Chanel No. 5“, zur Hälfte leer. Er griff danach, öffnete den Glasverschluss und schnupperte daran. Dann verschloss er ihn wieder und stellte ihn zurück in den Schank. Maria hatte doch immer ein Reservoir an Toilettenartikeln gehabt. Aber wo war die Zahnpasta? Seine Suche führte ihn weiter zu Papiertaschentüchern, Wattestäbchen, Toilettenpapier, einem Säckchen mit Wäscheklammern, das er achtlos beiseite schob, ebenso wie eine Schachtel Lux-Seife. Dahinter streifte sein Blick eine zweite, ordentlich bestückt mit Lockenwicklern, die neben einer Dose Haarspray stand, doch nirgends fand sich eine Tube Zahncreme. Noch vor einem Jahr wäre es ihm niemals in den Sinn gekommen, dass er nahezu zärtliche Empfindungen beim Anblick eines Beutels Wäscheklammern oder einer Dose Haarspray verspüren könnte, und dennoch war es so. Auf irgendeine Weise lebte Maria in diesen Dingen für ihn weiter. Sie hatte sie alle einmal berührt. Vor allem aber waren sie ein Stück Alltäglichkeit, das einst ihr und ihm gehört hatte. Er seufzte, stellte die Sachen vorsichtig an ihren ursprünglichen Platz zurück und schloss die Schranktür.

Frau Haberkorn konnte ziemlich ungemütlich werden, wenn er die ihr heilige Ordnung im Haushalt störte. Seit Marias Tod kam sie getreulich jeden Montag, Mittwoch und Freitag, erledigte die Hausarbeit und tätigte den Großeinkauf an den Samstagvormittagen. Sie kochte, sortierte Wäsche und Post und notierte zudem die Anrufe, wenn er unterwegs war. Frau Haberkorn, die

Frau des Küsters von Heilig Kreuz, der Dorfpfarrei, hatte keine Kinder, doch ein großes Herz für alle, die auf die eine oder andere Weise in Not und Bedrängnis geraten waren. „Geh zur Beichte, aber vorher zu Frau Haberkorn", hieß es im Ort, denn obwohl Pfarrer Rigobert zweifellos ein gutmütiger, beseelter Mann war, besaß Frau Haberkorn mit Abstand den ausgeprägteren Realitätssinn.

„Dem Doktor müssen wir helfen, jetzt, wo doch seine Frau gestorben ist!", hatte sie damals kurzerhand entschieden und am Tag nach Marias Beerdigung morgens um acht energisch an seiner Haustür geklingelt. Sie hatte keinen Zweifel daran gelassen, dass nicht er darüber zu entscheiden hatte, was jetzt, in dieser traurigen Situation, vonnöten für ihn war. In solchen Dingen duldete sie keine Diskussionen. Allerdings hatte er noch in derselben Stunde und mit eiserner Hartnäckigkeit einen fairen Preis für ihre Arbeit mit ihr ausgehandelt und die Regeln ihres künftigen Zusammenwirkens festgelegt. Kein leichtes Unterfangen, denn Frau Haberkorn sah es nicht nur als ihre Christenpflicht, zu helfen, wo immer sie konnte, sondern hatte obendrein auch einen fertigen Plan in der Tasche, wie dem jeweiligen Problem beizukommen war. Doch was Dickköpfigkeit anbelangte, so stand Horatio ihr in keiner Weise nach. Vor allem würde er nie und nimmer jemandem etwas schuldig bleiben. Das war einer seiner Lebensgrundsätze, die ihm jene Freiheit sicherten, die er brauchte wie die Luft zum Atmen.

Horatio hatte Frau Haberkorn Marias Hausschlüssel übergeben und gesagt, sie könne in den festgelegten Grenzen nach Gutdünken schalten und walten, müsse jedoch unter allen Umständen die Finger vom Rosengarten lassen. Der obliege alleine seiner Verantwortung. Beschwörend, ja beinahe drohend, hatte er beide Arme zur

Seite gestreckt und damit der gerade mal einssechzig großen Frau Haberkorn nicht nur den Zugang zum Rosengarten, sondern auch jeden Blick darauf versperrt.

„Soll mir recht sein, Doktor. Wenn Sie meinen, dass Sie das können." Ungerührt hatte sie mit den Achseln gezuckt und sich fröhlich summend in die Küche begeben. Beinahe ein Jahr war das nun her, und Horatio war mittlerweile mehr als froh, dass Frau Haberkorn für die alltäglichen Dinge sorgte. Sie tat zuverlässig ihre Arbeit, ohne ihm lästig zu fallen, mischte sich in nichts ein und war doch immer zur Stelle, wenn er sie brauchte. Zudem kochte sie annehmbar. Nicht so gut wie Maria, das war klar, aber recht passabel. Manchmal, wenn ihre Zeit es zuließ, rührte sie einen Kuchen an, und dann war es fast so wie in früheren Zeiten. Der Duft frischen Gebäcks zog durch alle Räume des Hauses, stieg ihm in die Nase, wenn er es betrat oder in seinem kleinen Sprechzimmer über Fachzeitschriften saß, und brachte für wertvolle Augenblicke ein Lächeln auf sein Gesicht zurück.

Horatio nahm die Zahnbürste von der Ablage über dem Waschtisch, hielt sie kurz unter fließendes Wasser und schlurfte in die Küche. Er knipste das Licht an, öffnete den Küchenschrank neben dem Herd, zog die Glasschütte mit dem Salz heraus und versenkte missmutig den Kopf der Zahnbürste im körnigen Weiß. Während er sich die Zähne putzte, füllte er Wasser in die Kaffeemaschine und schrieb anschließend, angewidert vom Geschmack in seinem Mund, *Zahnpasta!!!* auf den Einkaufszettel, der neben der Küchentür an einem Holzbrett hing. Frau Haberkorn musste heute unbedingt eine Tube besorgen, denn auf weitere Salz-Anwendungen konnte er gerne verzichten, vor allem bei nüchternem Magen.

Nachdem er geduscht und sich rasiert hatte, ging er zurück in die Küche, holte Teller, Besteck und Teebecher aus dem Schrank und deckte sorgfältig den Tisch. Er nahm die karierte Leinenserviette aus dem Weidenkörbchen neben dem Brotkasten, faltete sie und legte sie unter die Gabel. Maria hatte auf diese kleinen, gewohnheitsmäßigen Nebensächlichkeiten stets sehr viel Wert gelegt, erinnerte er sich, während er das Weißbrot in den Toaster schob. Sie war davon überzeugt gewesen, dass es die scheinbar unbedeutenden Dinge waren, die dem Leben Qualität verliehen ... Oh ja, Maria hatte nicht nur Stil gehabt bei all ihrer Bescheidenheit, sondern auch Sinn für alles scheinbar Beiläufige ...

Horatio seufzte abermals, schenkte sich Kaffee ein und setzte sich an seinen Platz am Esstisch. Noch immer fiel es ihm schwer zu akzeptieren, dass der Stuhl ihm gegenüber leer blieb. Ebenso wie der kobaltblaue Teebecher aus Steingut, der an seinem angestammten Platz auf dem Tisch stand und an dessen weißem Rand im Laufe der Jahre deutliche Gebrauchsspuren sichtbar geworden waren. Maria hatte das nicht gestört. Tagein, tagaus hatte der Becher hier gestanden, gefüllt mit heißem Tee oder Kaffee. Ihre schlanken Finger hatten ihn umschlossen und gehalten, sich daran gewärmt. Ihre Lippen, die immer ein wenig gelächelt hatten und denen nie ein lautes Wort entwichen war, hatten ihn berührt. Zärtlich dachte er an ihre Sanftmut. Wie beherrscht sie immer gewesen war, selbst wenn sie sich geärgert oder über irgendetwas empört hatte. Ganz im Gegensatz zu ihm, seiner Ungeduld, seiner Hitzköpfigkeit und Sturheit. Sein Blick ruhte auf dem Teebecher, der nun verwaist war und Zeugnis gab von der Leere und Bewegungslosigkeit in seinem eigenen Inneren.

Freilich hätte er ihn einfach wegräumen, ihn irgendwo hinten im Küchenschrank verstauen können zwischen all den anderen Tassen, die zu Dutzenden die

Fächer füllten. Doch das brachte er einfach nicht übers Herz.

Selbst Frau Haberkorn, die im Grunde genommen für sentimentalen Firlefanz, wie sie dergleichen nannte, nichts übrig hatte, nahm ihn nur hin und wieder dort weg, um ihn zu reinigen. Ihre gedankenlose pragmatische Bemerkung, man könne ihn doch wenigstens als Vase nutzen, wenn er denn schon ununterbrochen auf dem Tisch herumstehe, war gegen Horatios eisigen Blick geprallt. In mühsam beherrschtem Ton hatte er sie darauf hingewiesen, dass es sehr wohl ausreichend Vasen im Hause Grünfeld gebe und man deshalb nicht auf den Teebecher seiner Frau zurückgreifen müsse. „Ich dachte nur an ein, zwei Rosen aus dem Vorgarten", hatte sie daraufhin ungewöhnlich kleinlaut geantwortet und diese Idee ebenso schnell verworfen, wie sie sie geäußert hatte. Seitdem behandelte sie den Becher wie ein rohes Ei und verlor kein Wort mehr darüber.

Nach dem Frühstück schlüpfte Horatio in seine gefütterte Regenjacke, stülpte sich den Hut mit der breiten Krempe über die graumelierten Locken, ergriff den Picknickkorb mit den belegten Broten, dem Apfel und der Thermoskanne mit dem restlichen Frühstückskaffee und schloss die Haustür hinter sich ab. Den Schlüssel schob er wie immer unter den losen Backstein neben der Verandatreppe. Ein Blick auf die Kirchturmuhr von Heilig Kreuz sagte ihm, dass es bereits Viertel vor sieben war und seiner Meinung nach viel zu spät, um einen Beutezug mit der Angel zu starten. Andererseits hatte er nicht nur die Tageskarte für den See in der Jackentasche, sondern obendrein den ganzen Tag Zeit. Und so ging er – falls das Wetter mitspielte – trotz aller Skepsis davon aus, dass seine Erwartungen hinsichtlich eines ansehnlichen Forellenmahls am Abend nicht zu hoch gesteckt waren.

Die Luft war kühl und feucht und es nieselte leicht. Ein rauer Wind blies inzwischen von Nordosten und trieb die dunklen Wolken vor sich her. Eigentlich kein einladendes Szenario für stundenlanges Sitzen im Freien. „Dieses Wetter ist nur geeignet für Angler, die entweder verrückt sind oder ein ausgesprochen stoisches Gemüt und lange wollene Unterhosen besitzen ... und sie finden konnten!“, dachte er verdrossen und schlug den Jackenkragen hoch, denn zu beiden Kategorien vermochte er sich nicht zu zählen.

„Warum bleibst du alter Trottel nicht zu Hause?“, fragte er sich weiter, doch da ihm an diesem stillen Freitagvormittag als einzige Alternative die Patientenabrechnung einfiel, zog er dies nicht weiter in Erwägung. Außerdem flüchtete er vor den tausend kleinen Dingen, die sein Denken und Fühlen immer wieder zu Maria zurücktrugen, die ihn traurig machten und ohne die er dennoch nicht leben konnte.

Rasch lief er seitlich am Haus entlang und ging die geteerte Auffahrt zur Garage hinauf. Der Winter würde streng werden in diesem Jahr, das war deutlich an den dicken und kalten Nebelschwaden zu sehen, die zu dieser frühen Stunde über die Felder und Wiesen wabberten. Skeptisch und schuldbewusst zugleich warf er einen Blick auf die Vorgartenrosen, um die er sich endlich kümmern sollte, es jedoch von Tag zu Tag verschob. Und er dachte widerwillig an die bevorstehenden dunklen, kalten Tage, die nicht enden wollenden Abende. Der zweite Winter ohne Maria stand bevor, und er wusste nicht, wie er ihn durchstehen sollte.

Als er das Garagentor aufstieß, stieg ihm ein leicht modriger Geruch in die Nase. Es roch feucht, ähnlich wie fauliges Laub. Er sah sich um und entdeckte eine undichte Stelle im Dach. Dort war der Regen eingedrungen und hatte den Stapel alter Zeitungen und Pappschachteln, die seit Wochen den hinteren Teil der Garage füllten, durchnässt und aufgeweicht. Das marode Ziegeldach war eine Nachlässigkeit, die er sich vor Marias Tod nicht verziehen hätte. Gleich morgen würde er sich darum kümmern, versprach er sich, denn Zeit hatte er mehr als genug.

Schließlich praktizierte er nicht mehr als Arzt – zumindest nicht offiziell –, wenngleich einige Dorfbewohner, ungerührt von dieser Tatsache, noch immer den Weg hinauf zum „Alten Mühlenberg“ fanden und an seine Tür klopften. Sich einem anderen Arzt anzuvertrauen, kam für sie nicht in Frage. Doktor Grünfeld war nunmehr seit über zwanzig Jahren mit all ihren Leiden vertraut und wusste ihrer Meinung nach am besten, was zu tun war. Der neue, junge Arzt mochte nett sein, gewiss. Er hatte moderne Geräte und Kenntnisse, die dem neuesten Stand der Medizin entsprachen, aber Doktor Grünfeld war da, also gab es keinen vernünftigen Grund für Veränderungen.

Eigens für diese Hartnäckigen hatte er sich im Erdgeschoss seines Hauses ein kleines Sprechzimmer eingerichtet. Gleich neben der Küche, dort, wo früher Marias Hauswirtschaftsraum gewesen war, hatte er die Wände neu gestrichen, eine Liege, sein EKG-Gerät, einen Medikamentenschrank und einen Schreibtisch samt Computer hineingestellt, insgeheim erfreut über die Beharrlichkeit, mit der sich die Dorfbewohner standhaft dem jungen Doktor aus Nürnberg verweigerten. Dabei war der wirklich ein ganz brauchbarer Bursche, wie Horatio fand. Handfest, bodenständig, umgänglich und kein bisschen zimperlich. Vor allem war er keiner dieser modernen Mediziner, die viel redeten, wenig wussten und sich beides teuer bezahlen ließen.

„Er passt gut zu uns Holzköpfen, also gebt ihm eine Chance", hatte er ihn im Gemeinderat angekündigt und ihm seine Praxis samt Patientenkartei zu einem mehr als fairen Preis überlassen. Er wollte damals so schnell wie möglich Abstand gewinnen zu seinem bisherigen Leben und den beruflichen Pflichten.

Nicht um zu vergessen, sondern um Zeit zu finden, dem nachzuspüren, was von einer Stunde zur anderen nur mehr Vergangenheit geworden war. Und manchmal musste er einfach hinaus in die Natur, weg vom Haus, weg von den Erinnerungen und den Seufzern. So wie heute.

Andererseits ..., wenn er ganz ehrlich zu sich war, musste er zugeben, dass er inzwischen wieder nach ein wenig Abwechslung, ein paar neuen Impulsen, in seinem recht eintönig gewordenen Dasein suchte.

Zunächst stellte er den Korb mit dem Proviant in den Kofferraum seines Passat und vergewisserte sich, dass Angeln, Köder und Dreibein bereits dort lagen. Dann warf er die Regenjacke auf die Rückbank und fuhr los.

Er würde sich eine von Bäumen und Schilf geschützte Ecke am Ufer des Birkensees suchen, nahm er sich vor. Zumindest hatte er sich für wollene Socken und eine Hose aus dickem Cord entschieden. Außerdem hielt er sich überzeugt an das, was jeder eingefleischte Angler ihm sagen würde: Kein Morgen endet so grau, wie er beginnt.

Er verließ die Auffahrt, bog nach links ab und fuhr die Landstraße in Richtung Süden. Wintersruh war zu dieser frühen Stunde noch menschenleer und die meisten Fensterläden waren noch geschlossen. Vereinzelt stieg Rauch aus den Schornsteinen der Häuser in die feuchte Morgenluft und brannte Licht hinter den noch zugezogenen

Gardinen. Noch lag der Frieden der Nacht auf dem trüben und kalten Morgen. Eine Herde Schafe weidete auf einer der Wiesen am Ortsrand und bot, umfangen vom bodennahen Dunst, ein nahezu surreales Bild. Vereinzelt war ihr Blöken zu vernehmen, das die Stille durchbrach. Kein Hundegebell, kein anderes Fahrzeuggeräusch. Nicht einmal das Schreien der Krähen war zu hören. Horatio fuhr die Hauptstraße entlang, vorbei an der Metzgerei und dem kleinen Supermarkt, vorbei an Heilig Kreuz und dem Blauen Krüglein, einem der beiden Gasthäuser im Ort. Er warf einen kurzen Blick auf seine ehemalige Praxis und fuhr gleich nach der Apotheke durch den steinernen Torbogen, dessen Mauerwerk den südlichen und den östlichen Ortsrand von Wintersruh begrenzte.

Dann folgte er einige Kilometer der Landstraße, die nach Diepersdorf und von dort nach Schwaig führte, setzte abermals den Blinker und bog auf eine schmale Straße ein, die sich durch den Lorenzer Reichswald bis nahe zum Ufer des Birkensees wand. In einer windstillen Ecke, geschützt von hohen Fichten und Eichen, parkte er seinen Wagen, spähte aufmerksam nach allen Seiten, weil er wusste, dass das Befahren dieses Weges Privatpersonen untersagt war, und trug seine Angelausrüstung über das Stück Wiese, das sanft abfallend bis hinab zu einer schilfbewachsenen Stelle am Ufer des Sees reichte. Es roch nach Fichtennadeln und feuchtem Holz, nach jungen Pilzen und dunklem Moos. Nach zwei, drei kräftigen Atemzügen entschied er, dass dies ein idealer Platz zum Fischen sei, und baute seine Angel zusammen. Der See, der sich wie eine verbeulte Nierenschale in die Landschaft schmiegte und dessen sauberes Wasser ein Tummelplatz für Forellen, Saiblinge, Hechte und Zander war, lag still und dunkel im Morgendunst, der seine

Konturen verwischte und ihn tiefer erscheinen ließ, als er tatsächlich war.

Horatio setzte sich auf sein Dreibein und holte die Dose mit den Teigbällchen aus dem Korb. Als Köder seien sie unschlagbar, hatte Oskar Rascher, der Inhaber des einzigen Wintersruher Supermarktes, ihm anvertraut, über die Zusammensetzung jedoch geschwiegen. „Geheimrezeptur“, hatte er nur grinsend geflüstert, als er ihm die Dose zusteckte. Forellen seien regelrecht süchtig danach, hatte er obendrein versprochen, würden wie von selbst an den Haken springen. „Na, solange sie trotzdem genießbar bleiben“, dachte Horatio und beäugte skeptisch die klebrige Masse zwischen seinen Fingern. Dann holte er aus und warf die Angel in hohem Bogen über das Schilf.

Glücklicherweise war es nicht zu kalt zum Sitzen, wenngleich der Wind inzwischen recht stramm blies. Doch er verjagte die Regenwolken. Hie und da lugte bereits ein Stück Blau durch das dunkle Treiben am Himmel und der Tag wurde heller.

Horatio stellte vorsichtig die Angel neben sich in die Halterung und goss sich eine Tasse Kaffee ein. Das heiße Getränk tat ihm gut, ebenso wie die Stille und die klare Luft, die er in tiefen Zügen einatmete.

Ein angenehmes, leichteres Gefühl stellte sich ein, das ihn beinahe zum Philosophieren animierte, und er erging sich in der Erkenntnis, nicht bedeutsamer zu sein als jeder einzelne Grashalm, der um ihn herum stand, und nicht wichtiger als der Graureiher, der sich gerade flatternd aus dem Schilf in die Luft emporschwang.

Kaum merklich zupfte es zum ersten Mal an der Angelschnur, und Horatio, im Nu herausgerissen aus seinen morgendlichen Betrachtungen, griff behutsam nach der Rute. Was für ein Glück! Rasch rollte er die Schnur auf und zog gleichzeitig in regelmäßigen Abständen an der Angel. Der Widerstand wurde stärker. Irgendetwas hatte sich festgebissen, daran gab es keinen Zweifel, und so wie es sich anfühlte, war es kein Weißfisch. Sollte er gleich beim ersten Schwung einen Hecht an Land ziehen? Die standen ja ganz gerne am Rand des Schilfs.

Inzwischen ließ sich der Haken kaum noch bewegen. Die Rute bog sich beängstigend und er konnte die Schnur nicht mehr weiter einziehen. Wahrscheinlich hatte sie sich samt Fang im Schilf verheddert.

„Na schön. Ganz wie du willst. Ich krieg dich trotzdem!", drohte er halblaut und befestigte die Angel wieder in der Halterung. So schnell es ging, schlüpfte er in seine schenkelhohen Watstiefel und trat vorsichtig ins Wasser. Die Angelschnur in der einen Hand, bog er das fast mannshohe dichte Schilf mit der anderen beiseite, zog dann noch einmal kräftig am Nylon und traute seinen Augen nicht. Bis zu den Oberschenkeln stand er im kalten Wasser des Sees und starrte fassungslos auf das, was da an seinem Haken hing. Dann griff er ohne zu zögern in die Innentasche seiner Jacke, zog sein Handy heraus und ließ die Finger über die Tasten fliegen. Er lauschte dem mehrmaligen Klingelton und sagte laut und ungeduldig: „Na los, Karl, mach schon! ... Geh ran! ..."

„Karl Weißhaupt", meldete sich endlich eine verschlafene Männerstimme am anderen Ende der Leitung, hörbar bemüht, ein Gähnen zu unterdrücken.

„Karl! Horatio hier. Ich bin draußen am Birkensee, gleich unterhalb des Grillplatzes. Spring in deine Uniformhose und beweg deinen Hintern hier raus. Es gibt Arbeit für dich."

Eine Weile herrschte Schweigen in der Leitung. Horatio vernahm nur eine Art gequältes Knurren. Der Polizeibeamte Karl Weißhaupt schien noch nicht richtig wach zu sein.

„Verdammt, Horatio, weißt du eigentlich, wie spät es ist? Oder besser, wie früh?“ Wieder gähnte er, doch diesmal laut und schamlos. „Ich hab heut endlich dienstfrei, und außerdem hab ich dir doch gestern schon gesagt, dass ich nicht mitkommen werde. So ein Abend mit dir und Fritz im Krüglein schafft mich total. Also, lass mich gefälligst weiterschlafen. Und Petri Heil auch.“

„Karl“, rief Horatio streng in die Muschel, „reiß dich gefälligst zusammen und hör mir zu!“

„Also was? Du brauchst mich doch sicherlich nicht, um deine beiden mickrigen Weißfischchen heimzutragen.“ Mit einem ungenierten Rülpser, der an das reichlich genossene Helle vom Vorabend erinnerte, beendete Karl Weißhaupt seinen Satz, schob lediglich ein gequältes „Oh-heilige-Mutter-Gottes …“ nach.

Horatio verzog indessen missmutig das Gesicht. „Nein, meine Fische schaffe ich allein nach Hause, aber ich hab hier etwas an meinem Angelhaken, das dich trotzdem interessieren dürfte.“ Seine Stimme klang sehr sachlich. Wäre der Polizeibeamte Weißhaupt nicht so müde gewesen, hätte er längst erkannt, dass sein Freund nicht zu morgendlichen Späßen aufgelegt war.

„Und? Was wäre das?“, fragte er gleichgültig. „Ein übrig gebliebenes Nudistenpärchen beim verbotenen Liebesspiel oder bloß der übliche alte Schuh mit Löchern in der Sohle?“

„Ganz richtig, mein Bester, ein Schuh. Nur ist er neu, und es steckt 'ne Leiche drin.“

2

Für wenige Sekunden herrschte Stille am Telefon, so, als hätte Karl Weißhaupt die Luft angehalten. „Du machst Witze", sagte er schließlich, doch seine Stimme verriet Skepsis.

„Höre ich mich so an?", gab Horatio kurz und genervt zurück.

„Ich bin in fünfzehn Minuten da." Weißhaupt, nun eindeutig erwacht, legte ohne ein weiteres Wort auf.

Horatio steckte sein Funktelefon in die Jackentasche zurück und fühlte sich, als sei er in einen schlechten Film geraten. So etwas passierte doch nur in kitschigen Krimis. Er hingegen war lediglich ein harmloser Angler an einem harmlosen, wenn auch grausig grauen mittelfränkischen Morgen am harmlosen mittelfränkischen Birkensee ... Und dennoch: Vor ihm lag ein Toter, an dieser Tatsache war nicht zu rütteln.

Er beugte sich über den männlichen Leichnam, der rücklings mit abgespreizten Armen im Wasser lag, und fand zu seiner Professionalität zurück. „Untypische Haltung", dachte er. Wahrscheinlich hatte sein kräftiges Zerren an der Angelrute den Toten auf den Rücken gedreht. Dieser Mann, der hier bis zur Unförmigkeit aufgequollen im Schilf hing, war bereits seit mehreren Tagen tot, das hätte selbst ein medizinischer Laie auf den ersten Blick erkannt. Ein süßlich-beißender, fischiger Fäulnisgeruch griff um sich und Horatio verzog das Gesicht. Dann trat er hinter den Kopf des Mannes, griff ihm unter die Achseln und zog ihn langsam und vorsichtig ans Ufer.

Dort legte er ihn ab und entfernte den Angelhaken aus seinem Hosenbein. Während er zurück zum Kombi ging, um seinen Arztkoffer zu holen, schüttelte er nachdenklich den Kopf. „Armer Teufel", murmelte er in sich hinein. Ertrinken war kein schöner Tod. Aber welcher Tod war schon schön? Friedlich, ja, wenn man Glück hatte. Erlösend vielleicht auch. Doch schön? In seinen mehr als dreißig Berufsjahren hatte er viele Menschen sterben sehen, und nie war es einfach für ihn gewesen. Wenn er ehrlich zu sich war, musste er zugeben, dass er niemals die Furcht davor verloren hatte. Sterben war keine Selbstverständlichkeit für ihn geworden, keine ärztliche Routine. Und obwohl er es in tausend Facetten kannte, würde sich daran wohl nie etwas ändern.

Er blickte auf die Armbanduhr, bevor er sich einige Tropfen Pfefferminzöl unter die Nase rieb und die Gummihandschuhe überstreifte. Es war bereits nach halb acht. Die dicke Wolkenfront hatte sich westwärts verzogen und lediglich einige graue Kleckse zurückgelassen, die keine Chance gegen das lichte Blau des Himmels und das Orange der Morgensonne hatten. Tautropfen glitzerten im Gras und vereinzelt begannen Vögel ihr morgendliches Konzert in den Hecken und Bäumen. Auch der Wind hatte sich beruhigt, strich nur mehr als laues Lüftchen über die Binsen. „Sanftes Erwachen und ewige Ruhe, nur durch einen Lidschlag voneinander getrennt", dachte er bei sich, ergriff deprimiert seine Arzttasche und ging ans Ufer zurück.

Da er seiner kalten Füße gewahr wurde, setzte er sich rasch auf sein Dreibein, zerrte die Gummiungetüme von den Beinen und bemerkte seine feuchten Socken, als er in die Lederschuhe schlüpfte. Mit einem vorwurfsvollen Blick auf seine Anglerstiefel ging er die wenigen Schritte die Böschung hinunter und kniete sich neben den Toten.

„Na dann", sagte er, als er ihn zu untersuchen begann, und es klang wie ein Seufzen. Der Mann war zirka einsfünfundsiebzig groß und – ungeachtet der Gase, die seinen Bauch blähten – von schlanker Statur. Er hatte ausgeprägte Geheimratsecken und dünne, rötlich-braune Haare. Horatio griff vorsichtig mit zwei Fingern danach. Sie ließen sich leicht aus der schlierigen, von Fäulnis stark veränderten Kopfhaut ziehen. Das aufgequollene, graugrün verfärbte Gesicht ließ kaum mehr Rückschlüsse zu auf das ursprüngliche Aussehen des Toten. Auch das Alter war schwer einzuschätzen. Zwischen fünfzig und sechzig, nahm Horatio an.

Die Augen des Mannes waren vorgequollen und die Lider leicht geöffnet, die Hornhaut trüb und verwaschen. Ein Teil des Nasengewebes fehlte auf der linken Seite und legte die Nasenscheidewand frei. Ebenso fehlte der obere Teil der linken Ohrmuschel. Es sah ganz nach Tierfraß aus, was nicht verwunderte nach der Zeit im freien Gewässer.

Horatio lenkte seine Aufmerksamkeit auf die Kleidung des Toten.

Er trug eine graugrüne Jacke aus englischem Tweed mit Lederflecken auf den Ellbogen und eine dunkelgraue Flanellhose. Gute Qualität. Nichts Billiges. Dazu teure schwarze Lederschuhe. Keine Armbanduhr, keinen Ring. Er knöpfte ihm vorsichtig das Sakko auf, durchsuchte die Innentaschen. Weder Brieftasche noch Ausweis oder Führerschein waren zu finden. Dafür ein vier Zentimeter breiter Schlitz im Hemd, den der Gegenstand – vermutlich eine Klinge – hinterlassen hatte, den man ihm in Herzhöhe in die Brust gestoßen hatte.

Horatio fröstelte. Die Kälte kroch von seinen feuchten Socken hinauf in seine Oberschenkel.

Sein Blick glitt weiter über den Toten.

Der vordere obere Teil der Hose bestand nur noch aus einzelnen Stofffetzen, von einem Ledergürtel zusammengehalten. Behutsam schob er sie zur Seite, um nicht etwaige Beweisspuren zunichte zu machen. Was er darunter entdeckte, ließ selbst ihn schaudern: ein völlig verstümmeltes Abdomen und männliche Genitalien, die nur noch zu erahnen waren. Eine Vielzahl von Messerstichen hatte das Geschlecht des Mannes völlig zerstückelt. Die vom tagelangen Liegen im Wasser aufgequollenen weißen Wundränder klafften und reihten sich wie Blumenkohlröschen um das schwammige blassgraue Muskelgewebe.

Horatio stieß einen kurzen, leisen Pfeifton aus und schüttelte angewidert den Kopf. „Wer in aller Welt ist zu so etwas fähig? Was hat dieser Mann verbrochen, dass man ihm Derartiges angetan hat?", ging es ihm durch den Kopf. Erneut wanderte sein Blick über den Leichnam hinweg zu jener unförmigen Masse, die früher sein Gesicht gewesen war. „Hier hatte jemand ganze Arbeit geleistet." Er streifte die Gummihandschuhe ab und warf sie in die leere Papiertüte, in der er seine Köderdose transportiert hatte. Er fror und fühlte sich unbehaglich. Die Stille um ihn herum hatte nichts Angenehmes mehr, lud nicht mehr ein zu schöngeistigen Exkursen, sondern zwang ihn aufzuhorchen und zu lauern wie gejagtes Wild. Ein plötzliches Geräusch im Schilf ließ ihn zusammenzucken, und mit angehaltenem Atem spähte er in die Richtung, aus der es kam. Kurz darauf erhob sich ein zweiter Graureiher mit heiserem Krächzen flatternd ins Blau.

„Idiot", knurrte er halblaut in sich hinein und gebot so seiner Fantasie Einhalt.

Schwerfällig stand er auf, bemüht, Balance zu finden trotz der schmerzenden und steifen Kniegelenke. Dann nahm er seinen Arztkoffer und ging zum Wagen zurück. Er setzte sich auf den Fahrersitz, ließ jedoch die Türe offen, denn ihm war nach frischer Luft zumute. Zudem wollte er hören, wenn sein Freund eintraf. Für den armen Teufel dort drüben konnte er sowieso nichts weiter tun.

Horatio suchte gerade in seiner Tasche nach dem Notizblock und der Mappe mit den Totenschein-Formularen, als Hauptwachtmeister Karl Weißhaupt in seinem Streifenwagen den Feldweg herunterfuhr.

Das Blaulicht blinkte rhythmisch auf dem Dach des Dienstfahrzeuges und machte dabei ein schleifendes Geräusch.

Er parkte direkt hinter Horatios Passat und stieg aus.

„Wozu brauchst du die asthmatische Funzel, Karl? Es ist keiner da, den du damit beeindrucken kannst." Ein spöttisches Lächeln flog über Horatios Züge.

„Spaßvogel", brummte Karl und lehnte sich gegen Horatios offene Autotüre. „Du parkst übrigens schon wieder rechtswidrig", bemerkte er resigniert und ohne Vorwurf in der Stimme. Mit beiden Händen fuhr er sich durch das ungekämmte Haar, schob anschließend das Uniformhemd in den Hosenbund und hielt seinen Blick auf den leblosen Körper gerichtet, der in etwa fünfundzwanzig Meter Entfernung am Seeufer lag.

Horatio blickte kurz von seinen Formularen auf und grinste müde. „Kannst mich ja kostenpflichtig verwarnen, aber denk dabei auch an die nächste Rechnung, die ich dir für meine ärztlichen Bemühungen stelle."

„Ich lass mich nicht erpressen."

„Wetten?", entgegnete Horatio, doch Karl war an diesem Morgen nicht empfänglich für den Versuch seines Freundes, dieser beklemmenden, grauenvollen Situation durch ein wenig Humor die Schärfe zu nehmen.

„Und?“, fragte er vielmehr, unterstrich seine amtliche Würde mit einem Räuspern und ging langsam auf die Leiche zu. „Kennst du den Mann?“ Jeder Schritt verkündete sein Unbehagen.

„Halt“, rief ihm Horatio hinterher, „nimm erst hiervon“, und drückte ihm gleich darauf das Fläschchen mit Pfefferminzöl in die Hand. „Wasserleichen riechen mit Abstand am schlimmsten.“

Dann legte er Formulare und Stift auf den Beifahrersitz und folgte dem Freund.

„Nein, ich kenne ihn nicht“, kam er auf Karls Frage zurück. „Jedenfalls kann ich mich nicht erinnern, ihn schon einmal gesehen zu haben. Allerdings ist das auch nicht ganz einfach festzustellen anhand dessen, was von ihm übrig ist.“

„Irgendwelche Papiere in den Taschen? Führerschein, Geldbörse?“

„Nein, nichts. Ich hab nachgesehen. Fest steht aber, dass er nicht freiwillig das Zeitliche gesegnet hat, so, wie er zugerichtet worden ist.“

„Wieso? Wie meinst du das? Ist er denn nicht ertrunken?“

„Nein, das ist er ganz sicher nicht. Hab ich zuerst auch gedacht, aber dann hab ich ihn mir genauer angesehen …“

Beide Männer waren inzwischen bei der Leiche angelangt und beugten sich schweigend über sie.

„Scheußlich“, murmelte Karl nach einer Weile und verzog das Gesicht. „Und das auf nüchternen Magen.“

„Nun hab dich nicht so. Ist doch schließlich nicht deine erste Leiche, oder?“

Karl warf Horatio einen ärgerlichen Blick zu, ohne dessen Bemerkung zu kommentieren.

„Der Mann hier ist nicht ertrunken“, bekräftigte Horatio noch einmal. „Würde mich wundern, wenn man auch nur einen einzigen Tropfen Wasser in seiner Lunge finden würde. Hier, sieh selbst!“ Mit einem Holzstöckchen, das in greifbarer Nähe lag, schob er vorsichtig die zerfetzte Hose, die Jacke und das Hemd des Toten beiseite.

„Ach-du-meine-Scheiße ...“, flüsterte Karl gedehnt und deutlich angewidert und atmete einmal kräftig durch. „So was sieht man wahrhaftig nicht alle Tage.“ Ernst und schockiert starrte er auf den mit Wunden übersäten, in Verwesung begriffenen Körper. Dann richtete er sich auf und fand die Stimme wieder. „Ich werd dann mal die diensthabenden Kollegen und vor allem Nürnberg verständigen. Das hier übersteigt unsere Kompetenz.“ Er wandte sich ab und ging langsam zum Auto zurück. Horatio erhob sich ebenfalls, nickte nur und folgte ihm. Während Karl den Sprechfunk betätigte, holte Horatio eine Aludecke aus seinem Wagen und breitete sie über die Leiche. Aus der Entfernung hörte er, wie sein Freund mit der Funkzentrale sprach und danach zu ihm zurückkehrte.

„Die schicken Leute aus der Stadt. Kripo und Spurensicherung. Wir sollen hier warten.“

„Na toll“, knurrte Horatio wenig begeistert und begann, seine Angelausrüstung zusammenzupacken und im Auto zu verstauen.

„Nun hab *du* dich nicht so, Doktor. Du hast wenigstens gefrühstückt.“ Mitleidslos ließ sich Karl auf Horatios Dreibein sinken, das er sich vom Ufer geholt hatte, und starrte, in sich versunken, auf den stillen See hinaus, der inzwischen im Sonnenlicht glitzerte.

„Hier hast du 'ne Stulle.“ Horatio warf Karl eines seiner belegten Brote zu. „Kaffee ist allerdings keiner mehr übrig.“

„Was für ein Tag!“, stöhnte Karl und biss halbherzig in das Brot.

3

„Na gut, dann werd ich mal“, durchbrach Horatio nach einer Weile das beiderseitige Schweigen.

„Was tust du? Wo willst du hin?“, fragte Karl kauend.

„Keine Panik, Wachtmeister! Ich lass dich schon nicht alleine. Ich mache nur meine Arbeit. Schließlich habe *ich* den armen Kerl gefunden, oder? Also werde ich den Totenschein ausfüllen, ganz so, wie es sich gehört“, antwortete Horatio, ohne den Freund weiter zu beachten, und zog ein Formular aus seiner Aktenmappe. Der Totenschein war in der Regel schnell erstellt, und mehr wurde von ihm in diesem Fall nicht erwartet. Für die Obduktion war hier die Gerichtsmedizin in Erlangen zuständig.

In Wintersruh jedoch war er der amtliche Leichenbeschauer. Das hieß für gewöhnlich, die Todesursache festzustellen und ein Protokoll zu schreiben. Allerdings hatte er sich im Laufe der Jahre angewöhnt, sich zu jedem Todesfall persönliche Notizen zu machen, die über das amtliche Erfordernis hinausreichten, auch Kleinigkeiten aufzuschreiben, die auf den ersten Blick vielleicht unwichtig und bedeutungslos erschienen. Und von diesem Grundsatz gedachte er auch jetzt nicht abzuweichen. „Typisch deutsche Gründlichkeit“, hatte Maria immer gesagt und mitleidig gelächelt. Normalerweise war das, was er sich notierte, tatsächlich bestenfalls zweckdienlich, wenn Versicherungsgesellschaften nachfragten, weil es um hohe Summen aus den Lebensversicherungen der Verstorbenen ging. Im Allgemeinen aber schlummerten diese Niederschriften in seinem Karteikasten und bestätigten nur ihm, dass er der Sorgfaltspflicht, die er sich selbst auferlegt hatte, in jeder Hinsicht nachgekommen war. Niemals zuvor hatte er in seiner Eigenschaft als Landarzt und Leichenbeschauer eine *Tötung durch fremde Hand,* wie es offiziell hieß, zu bestätigen gehabt. In seiner Münchner Zeit, vor allem als junger Assistent in der Notaufnahme, war dies manchmal der Fall gewesen, doch lag das eine halbe Ewigkeit zurück. Hier, in dem mittelfränkischen Dorf, das er seit rund fünfundzwanzig Jahren seine Heimat nannte, waren handfeste Prügeleien so ziemlich das Äußerste an „kriminellen" Delikten. Und den körperlichen Schaden, der dabei angerichtet wurde, hatte er bis jetzt immer beheben können, handelte es sich doch meist nur um Platzwunden oder violette, geschwollene Augen. Freilich konnte ihn die dörfliche Beschaulichkeit längst nicht mehr trügen. Als Arzt hatte er im Laufe der Jahre Zugang zu fast allen Häusern und Schicksalen erhalten, wusste um die dunkle Seite der ländlichen Idylle, um menschliche Abgründe, Tragik oder gar Perversion. Er kannte die gnadenlose Moral ebenso wie die verschlagene Feindseligkeit derer, die sonntags die Kirchenbänke füllten, wusste, wer seine Kinder im Suff grün und blau schlug oder die eigene Frau missbrauchte. Doch ein Mord, wie der hier, war etwas ganz anderes.

Horatio ging zurück zur Leiche und sah, wie Karl das Gelände weiträumig mit einer rotweißen Banderole absperrte und anschließend mit einem Paar sprach, das mit Angelruten und Proviantkorb den Waldweg heruntergelaufen war. Verstört und mit entsetzten Gesichtern starrten sie in seine Richtung. Er streifte sich ein neues Paar Gummihandschuhe über, befeuchtete in altgewohnter Manier gedankenverloren seinen Bleistift mit der Zunge und kniete sich wieder neben den Toten. Dann zog er die Aludecke von dessen Kopf zurück und begann, sich Notizen zu machen. Obwohl ganz auf sein Schreiben konzentriert, nahm er dennoch die Geräusche wahr, die alsbald die Szene belebten. Nacheinander fuhren drei Autos vor: zwei Zivilwagen und ein weiteres Polizeifahrzeug. Wagentüren wurden geöffnet und zugeschlagen, Stimmen vermischten sich. Das mussten die Beamten aus Nürnberg sein. Endlich! Er blickte nur kurz über die Schulter, sah zwei Polizisten in Uniform und zwei weitere Männer, die damit befasst waren, sich weiße Einwegoveralls überzuziehen. „Spurensicherung", dachte er und wunderte sich. Hier gab es doch keinen Tatort, der kontaminiert werden konnte, sondern lediglich einen Fundort mitten im Schilf, genaugenommen einen Angelhaken als Fundstelle. Wahrscheinlich war die Leiche auch nicht hier ins Wasser gezerrt worden, überlegte er, sondern mit einem Boot auf den See hinaustransportiert und über Bord geworfen worden. Doch musste er eingestehen, von kriminalistischen Ermittlungen keine Ahnung zu haben und auch nichts davon wissen zu wollen. Er wollte nur endlich und so schnell wie möglich nach Hause.

Als er kurz darauf erneut zur Seite sah, fiel sein Blick auf ein paar blank polierte schwarze Damenslipper. Zierlich lugten sie unter modisch ausgestellten Jeanshosenbeinen hervor. Horatio stutzte, ließ dann jedoch seinen Blick weiter nach oben wandern über einen schwarzen Wollblazer und einen weißen Blusenkragen, direkt in zwei Augen hinein, groß wie Herzkirschen und blauschwarz wie Tinte.

„Haben Sie die Absperrung nicht gesehen, meine Dame?", fragte er unhöflich und wandte den Blick wieder ab, um sich der Intensität dieser dunklen Augen zu entziehen, die interessiert auf ihn gerichtet waren. Horatio hasste Schaulustige, vor allem, wenn sie sich gar zu neugierig und vorwitzig gebärdeten.

„Hauptkommissarin Lili Karmann, Kriminalpolizei Nürnberg“, sagte die Frau neben ihm mit ruhiger und klangvoller Stimme. Unmittelbar danach sah Horatio den Dienstausweis vor sich, den sie ihm unter die Nase hielt.

„Auch das noch“, brummte er absichtlich hörbar. Er spürte, wie genervt und ärgerlich er plötzlich war. „Dieser arme Kerl da vor dir wäre sicher äußerst ungern Mittelpunkt allgemeinen Interesses, hätte er noch die Chance, darüber zu entscheiden. Im Vergleich zu dessen Problem solltest du wegen des verpfuschten Angelausflugs, der paar Formalitäten, deiner nasskalten Füße und der Rückenschmerzen, die es dir unmöglich gestatteten, ohne Stöhnen und fremde Hilfe aufzustehen, nun wahrlich kein Theater machen“, hörte er seine innere Stimme und ärgerte sich über deren leise Ironie noch sehr viel mehr.

Mit einer Hand fasste er sich an die schmerzende Rückseite, mit der anderen stützte er sich ins feuchte Gras, drehte sich Lili Karmann zu und blickte widerwillig zu ihr hinauf.

„Ich leite die Untersuchung hier und hoffe sehr, Sie haben kein Problem damit. Darf ich Ihnen aufhelfen?“ Betont höflich und eine Spur zu fürsorglich, um nicht Schadenfreude unterstellen zu können, reichte sie ihm die Hand.

„Danke, aber das schaffe ich gerade noch alleine“, knurrte Horatio und zog die Aludecke wieder über das Gesicht des Leichnams. Schließlich biss er die Zähne zusammen, nahm gedanklich Schwung und kam ein wenig holprig zum Stehen.

Lili Karmann lächelte, dann fuhr sie mit ernster Miene fort: „Sie sind derjenige, der die Leiche heute früh fand, richtig, Doktor ...?"

„Grünfeld, Horatio Grünfeld. Und früh ist es noch immer, Frau Hartmann. Oder muss ich sagen: Frau Hauptkommissarin?"

„Karmann, Doktor. Mein Name ist Karmann, und ihn richtig auszusprechen ist mir bereits genug der Ehrerbietung." Wieder lächelte sie, diesmal jedoch merklich steriler, und hielt ihre schwarzen Augen auf ihn gerichtet. „Alleine für die sollte sie einen Waffenschein besitzen", dachte Horatio und wich erneut ihrem Blick aus. Er nickte nur kurz und schluckte die Bemerkung, die ihm auf der Zunge lag, zusammen mit seiner Übellaunigkeit hinunter.

„Wann genau fanden Sie den Toten, Doktor Grünfeld?" Die Hauptkommissarin schien voll und ganz auf ihre Arbeit konzentriert. Horatio stand neben ihr und sah, wie klein und zierlich sie war. Höchstens einsdreiundsechzig, vermutete er. Wie alt sie wohl sein mochte? Verstohlen schätzte er sie mit Blicken ab. Ende dreißig? Nein, eher schon Anfang vierzig, unterstellte er, als er die silbernen Fäden in ihrem schwarzen Haar und die kleinen Fältchen um ihre Augen und ihren Mund bemerkte.

„Doktor Grünfeld ...?"

Ihre Stimme zog ihn ins Geschehen zurück.

„Gegen halb acht", antwortete er rasch. „Genauer gesagt, war es sieben Uhr fünfunddreißig, als ich ihn fand. Die Körpergase haben ihn nach oben getrieben an die Oberfläche des Wassers und die leichte Strömung muss ihn dann wohl ins Schilf gezogen haben."

„Und Sie wissen das so genau?"

„Das mit den Gasen und der Strömung?"

Lili ignorierte die Provokation in seinem Ton. „Das

mit der Uhrzeit, Doktor. Alles andere wird uns die Autopsie verraten. Spekulationen sind unnötig." Ihre Stimme blieb ruhig und sachlich.

Horatio räusperte sich. „Nun, Gnädigste, ich bin Arzt, wie Sie ja inzwischen wissen. Auch wenn ich nicht täglich Leichen aus dem See fische, sind meine *spekulativen* Hinweise nicht völlig unbegründet. Auch bin ich Profi genug, um zu wissen, dass genaue Zeitangaben wichtig sind. Und, um es gleich vorwegzunehmen, mit den notwendigen Formalitäten bin ich überdies hinlänglich vertraut." Horatio wurde mit jedem Wort zorniger.

„Umso besser, Herr Doktor", antwortete Lili Karmann unbeeindruckt und fuhr mit ihren Fragen fort.

„Kennen Sie den Mann?"

„Nein."

„Können Sie mir schon sagen, wie lange er bereits tot ist?"

„Ohne Autopsie ist das, wie Sie wissen, … Spekulation." Er betonte das letzte Wort süffisant, um sicherzustellen, dass die Revanche angekommen war.

„Natürlich", erwiderte sie nur. „Trotzdem wäre ich Ihnen dankbar, wenn Sie mir eine Orientierungshilfe geben könnten."

„Unter Berücksichtigung der Wassertemperatur und des Stadiums der Verwesung würde ich sagen, zehn, vierzehn Tage. Das sehen Sie an der Waschhautbildung hier und an der teilweisen Epidermisablösung." Vorsichtig zog er die Folie vom Oberkörper des Toten.

„Und er ist nicht ertrunken?" Sie hatte sich offenbar bereits mit Karl Weißhaupt unterhalten.

„Nein. Der Mann war schon tot, als man ihn ins Wasser geworfen hat. Aber sehen Sie selbst." Horatio bückte sich noch einmal und zog mit einem Ruck die Aludecke ganz von der Leiche, wohl wissend, dass er gerade einen recht boshaften Zug seiner selbst auslebte. Neugierig und gespannt blickte er Lili Karmann ins Gesicht. Doch die Hauptkommissarin verzog angesichts des ebenso schockierenden wie deprimierenden Anblicks keine Miene. Vielmehr setzte sie sich in Hockstellung neben den Toten, und Horatio tat es ihr gleich. Ohne Eile zog sie sich die mitgebrachten Gummihandschuhe über. Still ruhten ihre Augen auf dem zerfetzten, unförmigen Körper vor ihr, dann wanderte ihr Blick langsam hinauf zu dem graugrün verfärbten, aufgequollenen Gesicht des Mannes, verweilte auf den fransigen Wunden an Nase und Ohren und tastete sich zurück auf seinen Oberkörper in Höhe des Herzens. Vorsichtig griff sie nach seiner Hand, deren Finger ebenfalls teilweise von postmortalem Tierfraß verkürzt waren. An dem verbliebenen Daumen, Zeige- und Ringfinger lösten sich bereits die Nägel und die Haut kräuselte sich wie weiße Stockschwämmchen um einen Baumstamm. Sie hielt die Hand ruhig in der ihren und besah sie sich eingehend, bevor sie sie langsam auf das Gras zurücklegte.

Eine Weile hockten sie beide schweigend vor dem Toten. Dann tat Lili Karmann etwas völlig Unerwartetes. Mit dem Daumen ihrer rechten Hand zeichnete sie kaum merklich ein Kreuz über seiner Stirn. Anschließend zog sie die Plane über ihn, streifte ihre Handschuhe ab und erhob sich.

Horatio war so erstaunt ob dieser Geste, dass er ohne nachzudenken ihre Hand ergriff, die sie ihm nun hinhielt, um ihm beim Aufstehen zu helfen.

„Ich bitte Sie, den Totenschein auszustellen und ihn meinem Mitarbeiter mitzugeben, Herr Doktor. Sicherlich werden wir noch einige Fragen an Sie haben, deshalb brauchen wir Ihre Adresse.“ Während sie sprach, sah sie sich suchend um und rief dann laut „Wagner!“ in die

Runde ihrer etwas abseits stehenden Mitarbeiter. Ihr Ton verriet, dass sie es gewohnt war, sich Gehör und Respekt zu verschaffen. Ein junger, blonder Zivilbeamter mit vor Aufregung geröteten Wangen hob den Kopf und eilte heran. „Ja, Chefin?", sagte er beflissen und blieb vor Lili stehen, die Horatios gemurmeltes „Rührend" mit einem ruhigen, doch aussagekräftigen Blick bedachte. Horatio kniff die Lippen zusammen und sah zur Seite. Er wusste, wie albern er sich im Grunde benahm und dass seine Kommentare weder höflich noch angemessen waren. Doch sie waren schneller als sein Denken, daran konnte er im Moment nichts ändern.

„Bitte notieren Sie die Adresse des Doktors, Wagner", sagte Lili, und dann, wieder zu Horatio gewandt: „Danke, Doktor Grünfeld."

Horatio nickte nur, doch Lili hatte bereits auf dem Absatz kehrtgemacht und ging langsam in Richtung der Dienstwagen davon. Er beobachtete sie dabei. Nach einigen Schritten blieb sie unvermittelt stehen, drehte sich noch einmal zu ihm um, die unergründlichen schwarzen Augen auf ihn gerichtet wie ein Schnellfeuergewehr. „Ach, übrigens, ehe ich es vergesse: Auch ich bin Profi, Herr Grünfeld." Damit wandte sie sich endgültig ab und entzog sich ihm raschen Schrittes.

Horatio drückte dem jungen Kriminalbeamten den Totenschein in die Hand und gab ihm seine Personalien, die dieser pflichteifrig in sein Notizbuch schrieb. Dann nahm er den kleinen Klappstuhl, kroch so sportlich wie möglich unter dem rotweißen Flatterband hindurch und ging zu seinem Auto. Achtlos warf er das Dreibein zum Angelzeug in den Kofferraum. Für ihn gab es hier nichts mehr zu tun. „Jetzt müssen die wahren Könner ans Werk, die Profis der Spurensicherung und der Rechtsmedizin mit ihren Massenspektrometern, Gaschromatographen, Rasterelektronenmikroskopen und weiß der Teufel, was noch", dachte er. Er sah beiläufig zu den zwei Männern in den weißen Overalls, von denen der eine die Leiche von allen Seiten fotografierte und der andere Wasserproben entnahm, sie in seinem Asservatenkoffer verstaute und anschließend die Temperatur des Gewässers maß. Karl stand etwas abseits, sprach mit den anderen Polizisten und drehte den Kopf in Horatios Richtung, als der den Motor anließ. Dann hob er die Hand zum Gruß. Horatio winkte kurz zurück und warf einen Blick in die Runde, der sich am Rücken von Lili Karmann verfing.

„Hochnäsiges Frauenzimmer", knurrte er, wendete und fuhr davon.

4

Als Horatio die Haustüre öffnete, war es bereits dunkel und ein außergewöhnlich kalter Abendwind schlug ihm unfreundlich entgegen. Rasch knöpfte er seine alte Wildlederjacke zu und zog den Strickkragen nach oben. Dann verschloss er die Türe, platzierte den Schlüssel unter dem bemoosten Backstein und vergrub die Hände tief in den Jackentaschen, deren ausgebeultes Innenfutter durch jahrelanges Strapazieren an einigen Stellen zerrissen war und mit Vorliebe Parkmünzen, einzelne Schlüssel und Hustenbonbons in die Untiefen des Saums rutschen ließ. Wie oft schon hatte er sich darüber geärgert? Doch nun kümmerte sich niemand mehr um solche Dinge. Jackenfutter blieben zerrissen, abgesprengte Hosenknöpfe blieben unangenäht, Zahnpastatuben ... Freilich tat Frau Haberkorn, was sie konnte, doch musste sie um derartige Kleinigkeiten wissen, um sie zu beheben. Leider vergaß er regelmäßig, sie zu informieren.

Horatio seufzte. Ein Seufzen, das ihm inzwischen zur zweiten Natur geworden war und das er hasste. Es hatte so viel von jammern an sich, von Hilflosigkeit, Trübsinn und Leid. Empfindungen, die eine gänzlich neue Facette seines Wesens ausmachten und die er verabscheute. Er ging eilig die unzureichend beleuchtete Auffahrt hinunter und wurde dabei an die defekte Glühbirne der Außenlaterne am Eingangstor und an seine unaufgeräumte Garage erinnert. Beides sollte er endlich in Ordnung bringen. Warum nur schob er alles vor sich her, von einem Tag zum anderen, von einer Woche zur nächsten? Das war nie seine Art gewesen. Im Gegenteil. Er hatte stets wenig Geduld mit Menschen gehabt, die in Pünktlichkeit, Genauigkeit oder Zuverlässigkeit nur Klischees und überflüssigen Ballast sahen. Für ihn war dies eine Art persönliches Gütesiegel. Doch nun …? Es schien ihm, als entwickelte er eine Lethargie, die weder seinem Bedürfnis nach Perfektion noch seiner Selbstachtung entsprach und letztlich nur dazu führte, dass er sich über sich selbst ärgerte. Es wurde also dringlich, dass er über einige Aspekte seines Lebens nachdachte. Doch heute Abend wollte er nicht grübeln und vor allem nicht alleine zu Hause sitzen. Der Vormittag mit Wasserleiche und Mordkommission hatte einen schlechten Nachgeschmack hinterlassen und den gedachte er nun mit einem Glas Bier im Blauen Krüglein hinunterzuspülen. Er brauchte Gesellschaft, und die war an einem Freitagabend im Blauen Krüglein gesichert.

Rasch ging er den Kiesweg entlang, vorbei an den Rosen, die, von der Nacht verborgen, noch immer ihren süßlich-puderigen Duft verströmten. Der feuchtkalte Wind trug ihn bis zur Hauptstraße, auf die Horatio nun einbog. Er ging schnellen Schrittes vorbei an der mannshohen Hainbuchenhecke und an Eduard Müllers angrenzender Weide, vorbei am Hügel, der hinaufführte zum Friedhof und zur alten Kirche vom Heiligen Kreuz. Dann bog er dort, wo die Straße sich gabelte, nach rechts in Richtung Ortsmitte ab. Phillip Krautmeiers Bauernladen war bereits fest mit dem alten Eisengitter verschlossen und hinter dem Schaufenster, in dem tagsüber Obst- und Gemüsekisten auslagen, waren die Lamellenvorhänge zugezogen. In Daniel Brenners Apotheke, schräg gegenüber auf der anderen Straßenseite, brannte jedoch noch Licht und seine üppige Schaufensterdekoration blinkte kitschig in die Nacht. Im Vorbeigehen erhaschte

Horatios Blick die stramme Blondine aus Pappmaché, die, in einen neongrünen Bikini gezwängt, Sonnenschutzmittel anpries. „Und das bei maximal acht Grad über Null", dachte Horatio, wunderte sich aber nicht, denn Daniel war für seine etwas eigenwilligen Ansichten ortsbekannt. Die Kirchturmuhr schlug gerade zwei Mal. Es war also bereits zwanzig Uhr dreißig, als er das Rathaus und das direkt daneben liegende Feuerwehrgerätehaus passierte. Sonderbar, die Hauptstraße war ungewöhnlich still, selbst für Wintersruher Verhältnisse. Abgesehen von der alten Hanna Hertlein, die ihre geleerte Mülltonne vom Straßenrand ins Haus zurückzerrte, ihm in breitem Fränkisch ein mürrisches „Griäß Gott, Herr Doktä" zuraunte und ohne seine Erwiderung abzuwarten die Haustüre zuwarf, war niemand sichtbar.

„Ebenfalls einen schönen Abend, Frau Hertlein", rief ihr Horatio hinterher. „Alte Bissgurke", brummte er dann, nur für ihn selbst hörbar. Und urplötzlich fiel ihm das Fußballspiel des 1. FC Nürnberg gegen den VfL Bochum ein. Zu dumm, wie hatte er das nur vergessen können? Na ja, der Tag war schließlich aufregend genug gewesen. Trotzdem, was war schon eine Wasserleiche im Vergleich mit einem Spiel des 1. FC Nürnberg? Keiner seiner Stammtischfreunde hätte Verständnis, wenn er den Anpfiff verpassen würde. Schließlich ging es hier um die Ehre der Nürnberger Elf, wie ihm der alte, zahnlose Amadeus Hofmann bereits vor wenigen Tagen erklärte hatte, als er in seinem Sprechzimmer saß und sich die nässende Wunde am blauschwarz verfärbten Bein verbinden ließ.

Also beschleunigte Horatio zur Ehrenrettung Nürnbergs und der eigenen seine Schritte und traf mit nur zwei Minuten Verspätung im Gasthaus ein. Für Fußball hatte er sich nie sonderlich interessiert. Anderen bei schweißtreibendem Sport zuzusehen, deprimierte ihn und widersprach seinem Hang zu körperlicher Trägheit, den er schon sein Leben lang mehr oder weniger erfolgreich zu verbergen versuchte. Das Angeln und hin und wieder eine Runde Golf waren das Äußerste an sportlichen Aktivitäten, was er sich zumutete.

Seine fehlende Hingabe ans Fußballspielen wurde von seinen Stammtischfreunden großzügig toleriert, doch verstehen konnte sie keiner von ihnen. Ein echter Mittelfranke, und als solchen sah man ihn im Ort nach all den Jahren an, liebte Fußball. Da gab es keine Diskussionen. Irgendwann würde auch der alte Doktor das erkennen. Die Stammtischrunde gab die Hoffnung nicht auf.

Die Tatsache, dass er gebürtiger Oberbayer war, wurde problemlos ignoriert, solange er nicht gegnerische Mannschaften anfeuerte. Doch diese Gefahr bestand nicht angesichts seiner unverhohlenen Gleichgültigkeit gegenüber jeder Art von Ballsport.

Als Horatio die Türe zum Blauen Krüglein öffnete, an der heute – des unverzichtbaren Zigarettengenusses wegen – das Schild „Geschlossene Gesellschaft" prangte, schlugen ihm Tabakrauch und Bierdunst ungnädig entgegen. Der Fernseher mit dem fünfundsiebziger Bildschirm flimmerte in der linken oberen Ecke über dem Tresen und zog die Blicke der rund fünfundzwanzig Gäste auf sich, die sich darunter versammelt hatten. Die momentane Stille in der Gaststube war ungewöhnlich, doch jeder konzentrierte sich auf das soeben begonnene Spiel und die Stimme des unsichtbaren Kommentators, der als derzeit mächtigster Mann im Raum das Geschehen lautstark beherrschte.

Horatio sah in die Runde, grüßte kurz, ohne richtig bemerkt zu werden, bahnte sich den Weg durch die

Menge bis zum Tresen und bestellte sich ein Bier. Er kannte sie alle, die hier saßen. Ausnahmslos waren sie seine Patienten gewesen oder waren es noch.

Er ergriff sein Glas und steuerte einen der Ecktische an.

„Setz dich, setz dich!“, rief Karl Weißhaupt, der ihm den Platz freigehalten hatte.

„Wie steht's?“, fragte Horatio eher rhetorisch als interessiert und nahm Platz.

„Dumme Frage. Er hat doch eben erst angepfiffen“, warf ihm Karl angespannt und voll auf das Spiel konzentriert entgegen.

„Na, dann hab ich ja noch nichts verpasst.“ Seine Antwort zeugte von eindeutigem Desinteresse, wurde von den drei Freunden am Tisch jedoch vollkommen überhört.

„Im Übrigen war meine Frage ganz allgemeiner Natur“, schob er etwas lauter nach und blickte der Reihe nach in die Gesichter der drei Männer, die wie hypnotisiert auf den Bildschirm starrten.

„Nicht jetzt“, zischte Daniel Brenner, der Apotheker, an seiner kalten Zigarre vorbei, auf deren Ende er von Zeit zu Zeit nervös herumkaute.

Horatios Blick glitt über die vom Eifer und Bier geröteten Wangen des Pfarrers zurück zu Karls vor Anspannung offenem Mund, und er resignierte. Nur ein Knall in der Lautstärke eines Meteoriteneinschlags würde die drei ins Diesseits zurückbefördern können, aber selbst das war fraglich.

Jakob, der Graupapagei, hüpfte vergnügt in seinem Käfig von einem Bein aufs andere, nippte hin und wieder am Bier, das der Wirt regelmäßig in seinen Trinknapf füllte und das ihn zu vorgerückter Stunde erfahrungsgemäß zu ebenso unkontrollierbaren wie unflätigen

Äußerungen veranlasste. Seine unverkennbare Fußballbegeisterung tat er laut krächzend kund, indem er – ausnahmslos an unpassender Stelle – Bemerkungen fallen ließ wie „Schlappschwanz", „Blindgänger", „Foul" oder „Tor". Sein begrenztes Vokabular umfasste zwei, drei weitere markante Schimpfwörter und unterschied sich im Augenblick kaum von dem der übrigen Zweibeiner im Lokal.

Gleich danach fiel das erste Tor!

Doch leider für die Gegner. Dem einheitlichen Ausruf des Entsetzens, der die Gaststube wie ein Atlantikbrecher flutete, folgte ein bekümmertes Raunen, das in kläglicher Enttäuschung verebbte. „Der Schäfer hodd den Schuss vom Klimowicz gor net halten kenna! Der wor ja ganz woannersch", gab Otto, der Wirt, hinter seinem Tresen fachkundig zum Besten und füllte unablässig sein Helles in die Reihe Gläser vor sich. Es machte seine Gäste durstig, anderen beim Fußball zuzusehen.

„Do hosd fei recht! Der Klimowicz stäidt do so frei vorm Door, der fircht si ja bald, asu allaans ist der! Des däfst mä scho glaam!", bestätigte einer der Wenninger-Zwillinge und fand allseits Zustimmung.

Horatio saß zwischen seinen Freunden, folgte mit halbem Ohr und müdem Blick dem Geschehen und dachte über die Ereignisse des Vormittags nach. Einerseits hatte er sich fest vorgenommen, sich nicht weiter damit zu beschäftigen. Letztendlich war er nur als Zeuge involviert. Doch der Tote aus dem See ließ ihn noch nicht los. Allzu deutlich standen die Eindrücke des Vormittags vor seinem inneren Auge, sah er den verstümmelten Rest dessen vor sich, was noch kurze Zeit vorher ein atmender, denkender, fühlender Mensch gewesen war. Und wieder einmal beschäftigte ihn die tragische Ambivalenz zwischen Leben und Tod, die erst seit Marias abruptem Ende für ihn eng mit der deprimierenden Frage nach dem Sinn des Lebens verknüpft war. Ob der arme Kerl vom See Familie hatte? Kinder? Eine Frau, die ihn liebte und die nun den gleichen tiefen Schmerz empfand, den er seit elf Monaten wie eine chronische Krankheit mit sich herumschleppte? Welche Geschichte sich wohl hinter der Sache verbergen mochte? Die offensichtliche Grausamkeit, mit der dieser Mann getötet worden war, machte ihn betroffen. Es mussten sehr viel Hass und Aggression mit der Geschichte verbunden sein, das stand für ihn fest.

Zwangsläufig führten ihn seine Überlegungen weiter zu Lili Karmann, die den Fall bearbeitete. Eine sonderbare Frau war das, wie er fand. Zumindest erschien sie ihm sehr ..., er suchte nach einem passenden Wort, das seinen Eindruck spiegelte, und entschied sich für ein neutrales *Ungewöhnlich.* Er erinnerte sich, wie sie die halb verweste Hand des Toten in die ihre gelegt hatte, ohne einen Anflug von Ekel oder Angst, und auch an das Kreuz, das sie ihm auf die Stirn gezeichnet hatte. Es hatte so gar nichts Theatralisch-Frömmelndes an sich gehabt, sondern war eine einfache Geste der Ehrfurcht und des Respekts vor dem Tod gewesen, die ihn zugegebenermaßen noch immer beeindruckte.

„Foul!", brüllten einige unisono im Raum und rissen ihn damit aus seinen Gedanken.

„Abseits, Abseits … du Blindgänger … der-Glubb-is-a-Däbb", krächzte Jakob vergnügt hinterher, den geflügelten Ausspruch eines Nürnberger Humoristen und Schriftstellers zitierend.

„Dreht dem Vieech den Krong um", empfahl daraufhin der andere Wenninger-Zwilling bierselig und bekräftigte seinen Vorschlag mit einem lauten Rülpser.

„He, Oddo, däfst du den Babbergai überhabst in der

Bierstubm haldn?", fragte Phillip Krautmeier, der Besitzer des Bauernladens in der Korngasse.

„Worum denn net? Der dud doch kaan wos. Froch net so blöd, Phillip. Die Chinesen bei uns hom ja aa immer ihra Aquarien in ihra Gasthäuser rumsteh", gab der Wirt zurück und streifte den Kaufmann mit einem verächtlichen Seitenblick. Doch der gab sich noch nicht geschlagen.

„Scho, obä die Fisch halten's Maul und krächzen net dauernd zwischänei."

„Ezt halt du deins und schau dä des Spiel oo, Kreizdunnerwetter!", schimpfte der Wirt, während Phillip Krautmeier hinterlistig grinsend seinem Tischnachbarn mit dem Ellbogen in die Seite stieß.

Als der Halbzeitpfiff ertönte, ging ein allgemeines unzufriedenes Raunen durch das Lokal und gleich darauf begann das Schimpfen auch an Horatios Tisch. „So ein grausiges Gekicke. Keine kämpferische Einstellung, nix, gaaar nix!", Pfarrer Rigobert hob sichtlich empört sein Helles, pustete in den Schaum und nahm einen kräftigen Schluck. In der Tat war es kein besonders spannendes Spiel, wie man sich gegenseitig bestätigte. Wenig kampfbetont, deshalb unfränkisch, dazu recht zäh und mit der entschieden besseren Abwehr auf Seiten der Bochumer, lautete das allgemeine Urteil, und dies wurde nicht nur an Horatios Tisch ausgiebig diskutiert.

„Aber die Bochumer sind *auch* schwach", tröstete sich Daniel Brenner und stierte versonnen in sein halb volles Glas.

„Für den Club reicht's allemal", antwortete Horatio, ohne zu überlegen, wurde sich unter den giftigen Blicken seiner Freunde jedoch sofort dieser ketzerischen Äußerung bewusst und hob versöhnlich die Hand. „Na ja", fuhr er fort, „der Pinola hat noch Glück gehabt, dass er nicht vom Platz geflogen ist", kommentierte er, dankbar für diese Bemerkung, die er während des Spiels vom Nachbartisch aufgeschnappt hatte und nun als Ablenkungsmanöver einflocht.

Ein leises, verdutztes Grunzen unter den Freunden bestätigte die Taktik es Ahnungslosen.

„Jetzt ist auch noch der Wolf raus! Den zwicken seine Adduktoren. Wo gibt's denn so was?! … Das Spiel kriegen die nicht mehr in den Griff!", orakelte Daniel Brenner und schüttelte betrübt den Kopf. Die vier Freunde drehten ihre Stühle einander zu und kehrten so in die Realität zurück. „Prost", sagte Karl und erhob sein Glas.

„Na, Doktor, ich hab schon von deinem Fang heut früh gehört", brachte Daniel als Erster das Gespräch auf das morgendliche Ereignis am Birkensee.

„Weiß man schon, wer der Mann ist?", wollte Pfarrer Rigobert wissen.

„Ja, ein stinkreicher Bauunternehmer aus Nürnberg soll's sein", antwortete Karl, Horatio zugewandt.

„Ach?", bemerkte der nur und nahm einen Schluck von seinem Bier.

„Ich hab die Information vor zwei Stunden per Fax aus Nürnberg bekommen", fuhr Karl fort. „Oh, und bevor ich's vergesse, das Fräulein Kripo will dich noch mal sprechen, Doc. Fürs Protokoll, hat sie am Telefon gesagt. Sie ruft dich aber an, diese Lilo ..., wie heißt sie doch gleich?"

„*Lili* Karmann", korrigierte Horatio.

„Sieh an, du hast dir ihren Namen gemerkt?" Karl bedachte ihn mit einem neugierigen Augenaufschlag und schickte anschließend ein vielsagendes Grinsen in die Runde, in das alle einstimmten, abgesehen von Horatio.

„Ich bin zweiundsechzig. Das ist nicht gleichbedeutend mit senil. Und im Übrigen ist das kein Name, der schwer zu behalten ist, oder?“ Er warf Karl einen galligen Blick zu.

„Lass gut sein, Alter“, lachte Karl und schlug dem Freund auf die Schulter. „Ich finde es erfreulich, dass du dich wieder für eine Frau interessierst. Auch wenn es sich dabei um eine Hauptkommissarin der Nürnberger Kripo handelt.“

Nun wurde Horatio wirklich ärgerlich.

„Was redest du da für einen Blödsinn!“, fauchte er. „Ich hab sie ja nicht mal richtig angesehen. Du weißt außerdem genau, was ich von solchen Frauen halte.“ Das Wort *solchen* fand dabei besondere Betonung.

„Was meint er damit?“, wollte Pfarrer Rigobert wissen und stieß Karl in die Seite.

„Na, Emanzen natürlich. Für ihn ist jede berufstätige Frau suspekt. Ganz schlimm wird es, wenn sie erfolgreich ist und einen Stab Männer für sich tanzen lässt“, setzte Karl den Pfarrer ins Bild.

„Oh! Aha …“, gab der nur von sich, nicht recht sicher, was er davon halten sollte.

„Ganz im Gegenteil, mein Freund“, begann Horatio sich zu rechtfertigen. „Ich halte sehr viel von erfolgreichen *Frauen.* Solange sie sich in ihren Sphären bewegen und das bleiben, was sie sind, nämlich Frauen. Ich stehe nach wie vor auf dem Standpunkt, dass ...“

„... dass die Hennen nicht lauter krähen sollten als der Hahn, stimmt's?“, schaltete sich Daniel Brenner mit inzwischen bierschwerer Zunge und verschleiertem Blick ein.

„Ich wusste nicht, dass Hennen auch krähen können“, bemerkte Pfarrer Rigobert ehrlich erstaunt und sah hilfesuchend zu Horatio. Der schüttelte nur resigniert den Kopf, ließ sich dann aber doch zu einer weiteren Erklärung herab: „... dass Männer und Frauen nicht nur physiologisch, sondern insbesondere in ihrer natürlichen Zweckbestimmung generell einer ursprünglichen Rollenverteilung unterliegen. Ein wesensfremder Einsatz der geschlechtsspezifischen Eigenart oder der Fähigkeiten ist weder sinnvoll noch gewinnbringend."

Daniel und Karl sahen sich verdutzt an.

„Was hat er eben gesagt?", wollte Pfarrer Rigobert wissen.

„Wenn er sich ärgert, redet er immer so geschwollen", flüsterte Karl dem Pfarrer hinter vorgehaltener Hand zu und grinste.

„Na, sag ich doch", brachte sich indessen Daniel Brenner wieder ins Spiel. „Hahn und Henne", wiederholte er, hob belehrend den Zeigefinger und gab seinen Worten durch die Betonung einen geheimnisvoll-philosophischen Anstrich.

„Hennen krähen nicht", korrigierte Horatio den angetrunkenen Freund mit einem verächtlichen Blick.

„Eben! Und Kommissarinnen auch nicht. Das erhärtet doch nur meine Aussage, oder? Was meinst du, Hochwürden?"

„Na ja", setzte der an, dachte nach, was ihm nach seinem vierten Glas Bier ebenfalls nicht ganz leicht zu fallen schien, und wollte gerade Thomas von Aquin zitieren. Doch er war sich nicht mehr sicher, ob er damit den Kern des Problems traf, und schwieg vorsichtshalber.

Karl kam ihm zu Hilfe. „Unser Doc hat sich meiner Meinung nach ein wenig zu intensiv mit seinem Kollegen Möbius befasst. Das ist alles." Lachend prostete er dem Pfarrer zu, der inzwischen völlig den Faden verloren hatte.

„Was weißt *du* denn von Möbius?", konterte Horatio herablassend, weniger als Frage gedacht denn als Seitenhieb.

Karl wollte gerade antworten, als sich eine Stimme hinter Horatios Rücken einschaltete. „Das ist der neue Doktor in Schwaig. Der heißt Möbius oder so, glaube ich.“ Horatio drehte sich um und sah Amadeus Hofmann, der hinter ihm saß und sein verbundenes Bein auf den Heizkörperrippen abgelegt hatte. Grinsend prostete ihm der inzwischen Achtzigjährige zu und ließ dabei den einzigen Frontzahn aufblitzen, den sein Mund noch aufzuweisen hatte. „Lauter neue junge Mediziner ringsum“, schnarrte er weiter und schüttelte den Kopf. „Frage mich, wo das noch enden wird.“

„Nimm das Bein runter, Amadeus. Die Wärme ist nicht gut für deine Durchblutung“, sagte Horatio nachsichtig, aber entschieden, doch der Alte grinste nur. „Mag schon sein, dass es meinem Bein schadet, aber *mir* tut's gut. Prost, *Ho-ra-ti-us.*“

Horatio seufzte. „Es ist hoffnungslos mit euch“, resümierte er. Nur zu gut kannte er diese abendlichen Krüglein-Gespräche, die oftmals kaum zu überbieten waren an Sinn- und Zusammenhanglosigkeit; verursacht von biergefüllten Bäuchen und tabakvernebelten Hirnen. Normalerweise amüsierten sie ihn in ihrer Harmlosigkeit und unfreiwilligen Komik. Doch heute nervten sie ihn.

„Möbius war ein Eidgenosse unseres Doktors, allerdings lebte der hundert Jahre früher“, erklärte Karl Amadeus, und dann, wieder an Horatio gewandt: „Auch Polizisten haben eben manchmal das Bedürfnis nach literarischer Verzückung, und sein Buch über den physiologischen Schwachsinn des Weibes befriedigt das in hohem Maß. Außerdem kann auch heute noch jeder Mann daraus lernen. Hab ich recht?“

„Also, mit euch ist heute nicht zu reden. Lasst uns das Thema wechseln“, schlug Horatio vor.

„Gut“, stimmte Daniel Brenner zu, wollte aber gleichzeitig wissen: „Wie sieht sie denn aus, die Kleine von der Kripo?“

„Richtig hübsch“, kam die rasche Antwort von Karl, und nun war es Horatio, der dem Freund einen wachen und neugierigen Blick zuwarf, den erwogenen Kommentar jedoch mit einem kräftigen Schluck Bier hinunterspülte.

„Hab ich mir's doch gedacht!“, lallte Daniel triumphierend und schlug mit der flachen Hand auf die Tischplatte. „Findet 'ne Wasserleiche und obendrein noch 'ne hübsche Polizistin. So viel Glück kannst auch nur du haben, Doc.“

Horatio, dem es nun endgültig die Sprache verschlug, fand einzig Trost in einem weiteren Schluck Bier.

Gleich darauf wurde die zweite Halbzeit angepfiffen und Lili Karmann mitsamt der Wasserleiche und Möbius rutschte gedanklich ins Aus.

Bald nach dem Ende des Fußballspiels machte sich Horatio auf den Heimweg. Er war froh, es nicht weit zu haben, denn der Nachtwind war eisig und biss schmerzhaft in Ohren und Nase. Das Bier hatte ihn müde und seine Glieder schwer werden lassen. Andererseits war er froh, nach der rauch- und alkoholgetränkten Atmosphäre im überhitzten Blauen Krüglein die feuchte Nachtluft zu spüren. Und er war erleichtert, sich der fröhlichen Seichtheit der anderen entziehen zu können, denn allzu viel davon vertrug er noch nicht. Seine schnellen Schritte hallten wider auf den kalten Steinen der Straße und bildeten das einzige Geräusch, das ihn auf seinem Nachhauseweg begleitete.

Unvermittelt glitten seine Gedanken wieder zurück zu den frühen Morgenstunden, zum Toten aus dem

Schilf und zu Lili Karmann. Verdammt. Warum nur konnte er heute nicht abschalten? Das Ganze ging ihn schließlich nichts mehr an. Morgen würde er seine Aussage zu Protokoll geben und damit hatte es dann endgültig sein Bewenden. Freilich, so ein Mord war noch immer etwas Spektakuläres, zumindest in einem verschlafenen Ort wie Wintersruh, und weckte neben Abscheu und Entsetzen vor allem die Neugierde der Leute. Auch bei ihm, das musste er zugeben. Vermutlich war es ein interessanter Job, den diese Karmann und ihre Ermittlungsbeamten hatten. Wie sie als Frau damit klarkam, war ihm allerdings ein Rätsel. Doch auch das ging ihn nichts an, sagte er sich.

Als er die Haustüre hinter sich abschloss, war er froh, daheim zu sein. Es war warm in der Wohnküche, dafür hatte das Feuer im Herd gesorgt, und auch der Kaffee in der Thermoskanne war noch heiß. Er goss sich einen Becher ein.

In der guten Stube, wie Maria das Wohnzimmer immer genannt hatte, stand sein Schachbrett, und er überlegte, ob er sich nicht vor dem Zubettgehen mit einigen Zügen von den Geschehnissen des Tages ablenken sollte. Aber er war es müde, die Partie, die er seit geraumer Zeit gegen sich selbst spielte, weiterzuführen. Auch das angefangene Puzzle – ein kitschig leuchtender Eiffelturm –, das er vor Monaten aus irgendeinem Schrank herausgezogen hatte, lag seit langem unberührt auf dem Beistelltisch neben dem Fernseher. Dabei fiel ihm auf, dass er das Wohnzimmer so gut wie nie mehr betrat. Und betrübt stellte er fest, dass sich sein Leben auf die Größe der Wohnküche reduziert hatte.

Es war bereits nach elf Uhr, als er die Fensterläden rund ums Haus schloss, Holz nachlegte und auf das leise Knistern im Ofen lauschte, das von Zeit zu Zeit die nächtliche Stille durchbrach. Er setzte sich in den alten Ohrensessel am Fenster, drehte den Fuß der Stehlampe, die ihm als einzige Lichtquelle diente, um ihren hellen Schein zu dämmen, und schlürfte seinen Kaffee. Die Ruhe ließ ihn augenblicklich schläfrig werden. Er vernahm das gelegentliche Klappern der Fensterläden, an denen der Ostwind zerrte, und das Ticken der alten Wanduhr, das immer lauter zu werden schien und sein gleichmäßiges Ein- und Ausatmen begleitete. Auch früher waren die Abende oft ruhig, erinnerte er sich, doch fühlten sie sich anders an. Gemütlich waren sie und weich. Jetzt spürte er nur noch die Stille, die bewegungslos machte. Horatio seufzte wieder, hasste sich dafür und griff über das Telefon hinweg zum Radio, das ebenfalls auf dem Beistelltisch neben ihm stand. Erst jetzt bemerkte er, dass der Anrufbeantworter ein Gespräch aufgezeichnet hatte, und drückte den Wiedergabeknopf.

„Guten Abend, Doktor Grünfeld. Hier spricht Lili Karmann. Ich leite die Ermittlungen im Mordfall Kottenburger. Wir haben heute früh kurz miteinander gesprochen. Sie erinnern sich vielleicht."

„Natürlich erinnere ich mich. Bin ja nicht blöd", knurrte er halblaut in Richtung Telefon.

„Morgen Vormittag würde ich gerne einen meiner Mitarbeiter wegen des Protokolls bei Ihnen vorbeischicken. Mein Kollege könnte gegen zehn bei Ihnen sein. Bitte rufen Sie mich kurz zurück, ob Ihnen der Termin passt. Danke."

Horatio notierte sich die Rufnummer, die sie abschließend genannt hatte. Die Kommissarin – *Haupt*kommissarin, verbesserte er sich – hatte mit der gleichen ruhigen und überlegten Stimme gesprochen, die ihn zugegebenermaßen bereits heute Vormittag überrascht hatte. „Eine feste Stimme von samtener Tiefe, die trotz ihres warmen Timbres nichts an Sachlichkeit hatte vermissen lassen", überlegte er. „Von samtener Tiefe", äffte er sich gleich darauf selbst nach und ärgerte sich, dass sich seine Gedanken in derart lächerliche Formulierungen versteigen konnten. Er griff zum Hörer und wählte die Nummer des Polizeipräsidiums in Nürnberg. „Warum konnte Karl nicht das Protokoll erstellen und dorthin schicken?", fragte er sich. „Ach, egal." Das war schließlich ebenfalls nicht sein Problem.

Horatio bestätigte den Termin bei der freundlichen Tonbandstimme am anderen Ende der Leitung, dann legte er auf, löschte das Licht und ging missmutig zu Bett.

5

Ein verrückter Tag, was? Hättest dir nicht träumen lassen, dass dein Angelausflug mit einem Mordfall endet, stimmt's? Schrecklich, die ganze Sache. Der arme Mann. Jemand muss ihn sehr gehasst haben, meinst du nicht auch? Trotzdem, wie kann man so eine scheußliche Tat begehen?, frage ich mich. Hochinteressant, das alles … Und diese Lili Karmann! Eine beeindruckende Frau, finde ich. Doch, doch. Du kannst ruhig zugeben, dass sie dir ebenfalls imponiert hat. Ich kenne ja deine Meinung über Karrierefrauen und weiß, wie schwer es dir fällt, in dieser Hinsicht unvoreingenommen zu bleiben. Mir kam diese Einstellung recht gelegen, wie du weißt. Ich war gerne „nur" Hausfrau. Das lag aber vor allem daran, dass ich dich hatte, mein Schatz. Ich wollte für dich da sein können ... Ja, das war der Sinn meines Lebens. Und es war wunderbar … Doch nicht alle Frauen haben so viel Glück, wie ich es hatte.

Also, Lieber, gib dir einen Ruck und dieser Lili Karmann eine Chance.

Wie? ... Ach so … Na ja, wer weiß? Vielleicht siehst du sie ja doch wieder.

Und mach dir keine Sorgen wegen Tante Emmas Geburtstag. Du kannst sie heute Vormittag anrufen und ihr von deinem Erlebnis berichten. Das wird sie für dein Versäumnis entschädigen und für Tage mit neuem Gesprächsstoff versorgen.

Bis morgen, mein Lieber, und schlaf noch ein wenig.

Horatio erwachte, sah, dass es erst fünf Uhr in der Frühe war, drehte sich in seinem Bett auf die andere Seite und schlief wieder ein.

Am Vormittag saß er in seinem kleinen Sprechzimmer, telefonierte mit Tante Emma, legte eine halbe Stunde später entnervt und erlöst zugleich den Hörer auf die Gabel und sortierte anschließend die Karteikarten für die monatliche Abrechnung mit der Krankenkasse. Der „Herbst“ aus Vivaldis „Vier Jahreszeiten“ begleitete ihn dabei und beinahe hätte er die Türglocke überhört, so sehr war er auf die Musik konzentriert. Er sah von seiner Arbeit hoch und lauschte. Richtig. Das war noch einmal die Türklingel. Dabei war es erst Viertel vor zehn, wie ihm seine Schreibtischuhr verriet. „Überpünktlich, dieser Bursche aus Nürnberg“, dachte er und ging, um ihm zu öffnen.

Überrascht blickte er auf Lili Karmann, die, von ihm abgewandt, im spärlichen morgendlichen Sonnenlicht die späten Rosen im Vorgarten betrachtete.

„Wunderschön“, bemerkte sie, während sie sich zu ihm umdrehte und ihm die Hand zum Gruß reichte.

„Guten Morgen, Doktor Grünfeld. Ich bin ...“

„Ich weiß, wer Sie sind, Frau Karmann. Von einem Tag zum anderen reicht meine Merkfähigkeit gerade noch. Guten Morgen“, fiel er ihr rasch ins Wort und klang dabei keineswegs so freundlich, wie es angemessen gewesen wäre. Er erwiderte den festen Druck ihrer Hand, und Lili lächelte.

„Ich bin wegen des Protokolls hier, wollte ich eigentlich sagen.“

Horatio räusperte sich. „Natürlich. Bitte“, er gab den Weg frei und ließ sie eintreten.

Mehr als erstaunt darüber, sie hier zu sehen, bemühte er sich, es zu verbergen. Mit einer Handbewegung geleitete er sie in sein Sprechzimmer und bat sie, Platz zu nehmen, während er sich hinter seinen Schreibtisch setzte.

„Was verschafft mir die unverhoffte Ehre? Ich hatte eigentlich einen Ihrer Mitarbeiter erwartet." Er sah fragend in die großen, schwarz glänzenden Augen der Hauptkommissarin und konnte sich nicht erinnern, jemals einen Blick erwidert zu haben, der dem dieser Frau gleichgekommen wäre. Hypnotisch, durchdringend, unergründlich ... waren diese Augen. All so was kam ihm dabei in den Sinn. „Wie albern und kitschig du doch sein kannst auf deine alten Tage", rief er sich gedanklich zur Räson und brachte Vivaldi mit einem Knopfdruck zum Verstummen.

„Oh, ja, natürlich. Eigentlich sollte Inspektor Wagner diese Aufgabe übernehmen, doch er ist anderweitig beschäftigt. Sie werden also mit mir vorliebnehmen müssen. Ich hoffe, es fällt Ihnen nicht allzu schwer." Ihr Ton war herausfordernd, doch sie lächelte entspannt.

„Nun, ich denke, Sie werden Ihre Sache gut machen, Frau Hauptkommissarin", antwortete er gönnerhaft und sah sie erwartungsvoll über seinen Schreibtisch hinweg an.

„Darauf dürfen Sie getrost vertrauen, Doktor Grünfeld." Lili erwiderte seinen Blick auf eine Weise, die ihm deutlich machte, dass sie sich von seinen unverhohlenen Vorurteilen nicht beeindrucken ließ.

„Ich möchte Ihre Zeit nicht allzu lange beanspruchen, Herr Doktor. Also, beginnen wir gleich." Sie stellte den mitgebrachten schwarzen Aktenkoffer auf ihre Knie, öffnete ihn und zog einen Laptop und einen Mini-Drucker heraus.

Horatio war beeindruckt. „Donnerwetter!", entfuhr es ihm, „ich hätte nicht gedacht, dass sich die Kripo Nürnberg eine derartige Ausrüstung leisten kann. Ist das Standard?"

„Ein Laptop ist heutzutage sicherlich keine revolutionäre Innovation mehr … na ja, möglicherweise hier auf dem Land …", sie setzte ihre Überlegung gekonnt in Szene. „Aber ich möchte Ihr Weltbild nicht grundlos verzerren, Doktor. Laptop samt Drucker sind eine private Anschaffung, die mir die Schreibtischarbeit wesentlich leichter macht."

„Sie können das Verlängerungskabel benutzen, gleich hier neben dem Schreibtischbein", bot Horatio an und verkniff sich eine Antwort.

Lili bedankte sich. Während sie ihren kleinen Computer zum Laufen brachte, beobachtete Horatio, wie sich ihr Gesichtsausdruck veränderte. Jetzt schien sie wieder ganz der Sache verschrieben. Auch der angriffslustige Glanz der Schwarzkirschenaugen hatte sich verändert, war dem matten, kühlen Schimmer von geschliffenem Onyx gewichen. Lediglich als sie ihn nach seinem Familienstand fragte und er so ungerührt wie möglich „Witwer" sagte, blickte sie für einen Moment von ihrer Arbeit hoch und sah ihn an. Auf ihrem Gesicht lag ein Ausdruck, der Frage und Antwort zugleich zu enthalten schien, sich seiner weiteren Deutung jedoch entzog.

Lili arbeitete konzentriert, stellte routiniert ihre Fragen und bewahrte die professionelle Distanz eines Arztes, wie Horatio überrascht feststellte. Dabei ging es nicht um das, *was* sie tat, sondern *wie* sie es tat. Ganz zweifellos beherrschte sie ihren Job. Genau wie er. Irritiert musste er zugeben, dass ihm das – gegen seinen Willen – Respekt abverlangte. Was ihn jedoch noch mehr verwirrte, war die Tatsache, dass sie dabei ganz und gar nicht wie eine karrieresüchtige Emanze auf ihn wirkte, sondern irgendwie ... charmant. „Blödsinn", korrigierte er sich schnell. Charme war ein Wort, das er mit Lili Karmann nicht in Verbindung zu bringen gedachte.

Mit einem Lächeln sah sie ihn an. Die Schwarzkirschenaugen waren zurückgekehrt. „So, das war's. Wir sind fertig. Bitte lesen Sie sich das Protokoll nochmals in Ruhe durch und unterschreiben Sie dann hier!" Sie deutete auf die soeben ausgedruckte Niederschrift. „Und nochmals vielen Dank, Doktor Grünfeld."

„Keine Ursache. Gerne geschehen", murmelte er und senkte seinen Blick auf die sortierten Karteikarten vor sich, ohne sie wahrzunehmen. Seine Finger waren seit geraumer Zeit damit beschäftigt, sie, ungeachtet der vorangegangenen mühevollen Sortierarbeit, zu gleich hohen Stößen zusammenzuschieben. Er ergriff das Blatt Papier und las. Während er es unterschrieb, fragte er: „Kann ich Sie ... ehm ... möchten Sie vielleicht eine Tasse Kaffee, bevor Sie nach Nürnberg zurückfahren? Ich weiß, ... nun, ich bin mir sicher, dass Sie keine Zeit dafür haben, aber ich dachte ..., na ja, vielleicht ... einen Kaffee?"

Ungeduldig schob er ihr das Protokoll zu, fingerte gleich darauf wieder an seinen Karteikarten herum und wurde mit jedem Wort ärgerlicher über sein schuljungenhaftes Gestammel. „Herrgott, Idiot! Was faselst du da wie ein debiler Analphabet? Die muss ja denken, du tickst nicht richtig", schimpfte er gedanklich mit sich selbst.

Lili bemerkte diesen Anflug von Unsicherheit offenbar nicht. Jedenfalls ließ sie sich nichts anmerken, was ihn beruhigte. Sie verstaute ihren Laptop in der Aktentasche, erhob sich gleichzeitig mit Horatio und sagte dann eher beiläufig: „Das ist sehr freundlich von Ihnen, Doktor. Ich trinke gerne eine Tasse Kaffee, ehe ich zurückfahre. Solange ich *Sie* nicht von der Arbeit abhalte."

Horatio verneinte, war sich bereits unschlüssig, ob er es nicht doch lieber bereuen sollte, ihr den Kaffee angeboten zu haben, und wies ihr den Weg in die Küche. Sie ging an ihm vorbei und er erhaschte einen Hauch des Parfüms, das sie dezent umgab. Es erinnerte ihn an Maria, an den Duft und die Wärme ihrer Haut, die Zartheit ihrer Lippen, wenn sie ihn sanft auf die Stirn, die Wangen oder den Mund geküsst hatte, und es versetzte ihm einen Stich im Magen.

Lili blieb in der Wohnküche stehen und sah sich um.

„Bitte setzen Sie sich doch", höflich wies Horatio auf die Holzstühle, die um den großen Esstisch standen. „Ich werde uns rasch frischen Kaffee aufbrühen."

Lili nahm Platz und beobachtete ihn dabei, wie er den Inhalt der noch halb gefüllten Kaffeekanne in den Spülstein goss und frisches Wasser einfüllte.

„Der war bereits kalt", erklärte er, während er mit Filterpapier und Kaffeedose hantierte. Aus den Augenwinkeln registrierte er, dass sich Lili auf Marias Stuhl gesetzt hatte. „Nicht hier", wollte er, einer spontanen Regung gehorchend, einwenden und es ihr verwehren, besann sich jedoch sogleich und rief sich zur Ordnung. „Was macht es denn aus, wenn sie dort sitzt? Nichts", sagte er sich. Es war eben nur ... so ungewohnt.

„Horatio ist ein seltener Name", bemerkte sie in seine Überlegungen hinein.

„Altrömisch. Zudem geschichtsträchtig", belehrte er. „Denken Sie zum Beispiel an Admiral Nelson. Meine Mutter liebte ihn."

„Nelson?"

„Den *Namen!* ... So alt bin ich nun auch wieder nicht." Er warf ihr einen vorwurfsvollen Blick zu und sah, dass sie vor sich hin schmunzelte. „Diese Frau ist irgendwie irritierend", dachte er. „Lass dich nicht aus der Ruhe bringen, alter Knabe!", ermahnte er sich eindringlich, und fragte dann: „Was geschieht jetzt?"

„Verzeihung?"

„Ich meine, wie werden Sie in der Sache jetzt weiter vorgehen? Ich war noch nie in einen Mordfall verwickelt, lese keine Krimis und sehe mir auch keine im Fernsehen an. Und falls doch, verschlafe ich regelmäßig die relevanten Szenen. Also, ... erzählen Sie mir ein wenig von Ihrer Arbeit, Frau Hauptkommissarin. Einen Mörder zu fangen, das ist doch hoch interessant, oder? Und noch dazu sehr gefährlich, stelle ich mir vor." Er bemerkte, wie es ihm mit jedem weiteren Wort schwerer fiel, nicht spöttisch zu wirken, obwohl dies nicht in seiner Absicht lag. Doch er konnte sich nicht dagegen wehren.

Lili hörte ihm aufmerksam zu, dann sagte sie freundlich: „Besonders für eine Frau, nicht wahr?"

Er bemerkte ihr Lächeln und zuckte mit den Achseln.

„Pardon, aber so bin ich nun mal", erklärte er und es klang ebenso eitel wie aufrichtig.

„Geben Sie sich keinen falschen Illusionen hin, Doktor. Meine Arbeit ist weniger aufregend, als Sie womöglich denken. Sie besteht zu fünfundneunzig Prozent aus Routine und nur der kümmerliche Rest ist Spannung und Abenteuer. Richtig gefährlich, so wie in Hollywood", witzelte sie, „wird es selten, und das ist auch gut so."

Sie schwieg kurz, überlegte, dann fuhr sie fort, „Allerdings kommt man irgendwann an den Punkt, an dem man erkennt, dass man jede Illusion und den naiven Glauben an das Gute im Menschen verloren hat. Und das macht diese Arbeit wirklich schwer ... Menschen sind zu allem fähig." Sie sah eine Weile schweigend ins Leere.

„Eine deprimierende Erkenntnis", resümierte Horatio, doch Lili schüttelte verneinend den Kopf.

„Auf den ersten Schock dieser Erkenntnis folgt der kurze Schmerz darüber, dann die Ernüchterung und ganz zuletzt die Distanz zu all dem. Ist 'ne hilfreiche Form der Resignation. Ein Prozess, der unaufhaltsam voranschreitet."

Er sah, dass sie ihn beobachtete, und sagte: „Das klingt trotz allem sehr sachlich und theoretisch."

Sie nickte. „Und wird dem offen gestanden sehr wenig gerecht, was sich im eignen Innern abspielt, wenn man der ungeschminkten Wirklichkeit begegnet, Tag für Tag, Woche für Woche, Jahr für Jahr." Sie schien zu überlegen. „Sie möchten ein wenig mehr Praxis? Na gut ... Ich denke da zum Beispiel an den Jungen, den Wagner und ich kürzlich aus einem verkommenen Hinterhof im Süden von Nürnberg herausgezogen haben. Siebzehn war der Bursche, das Gesicht eines unschuldigen Engels. Ein Kind noch, mager, verwahrlost ... und tot. Überdosis. Ich sehe seinen schmerzverzerrten schaumverklebten Mund vor mir, … die Nadel steckte noch in seinem Arm … Sein verkrampfter Körper hatte auf dem regennassen Asphalt gelegen neben einem Berg aus muffigem Altpapier … Wollen Sie mehr hören?"

Horatio antwortete nicht, nickte nur.

„Na schön … Ich sehe die verängstigten und leeren Augen der beiden Kinder, die wir vor nicht mal einer Woche in einem Mietshaus in der Innenstadt angetroffen haben. Eng aneinander geklammert hatten sie beobachten müssen, wie der Vater noch immer auf die Mutter eindrosch, als sie bereits blutend und ohnmächtig auf dem Küchenfußboden lag. Er stank nach altem Schweiß und Alkohol und grölte wie ein …" Sie verkniff sich das letzte Wort, schüttelte nur verständnislos den Kopf. Ihr Unterkiefer schob sich nach vorne, als sie die Lippen zusammenpresste. Dann fuhr sie fort: „Das sind Bilder einer Wirklichkeit, die grausamer ist als jede Fantasie und die einen verfolgt bis in die Träume hinein."

Plötzlich, gerade so, als habe sie einen inneren Hebel umgelegt, lächelte sie wieder. „Ich hoffe, ich habe Sie beeindruckt."

„Milch und Zucker?" Horatio starrte nachdenklich auf die Kaffeemaschine, die leise vor sich hin blubberte.

„Wie kann man damit leben?", fragte er schließlich, und sein Blick glitt zurück zu Lili.

„Milch und Zucker, danke ... Wie man damit lebt? Gar nicht. Man schiebt es weg, so oft und so gut es geht, vertagt die Gedanken und Gefühle, besinnt sich auf seine Professionalität und versucht erst gar nicht zu verstehen, warum Menschen so handeln, wie sie es tun. Man geht klinisch an die Sache ran und flüchtet für den Rest der Zeit in kleine persönliche Nischen, in denen man sich sein Stückchen heile Welt bewahrt hat. Ich denke, in gewisser Weise geht es Ihnen in Ihrem Beruf nicht viel anders, oder?"

Horatio wiegte abschätzend den Kopf. „In meinem Beruf gibt es aber oft auch sehr schöne Momente", räumte er ein. „Dennoch haben Sie recht. Für mich sind die schlimmsten Augenblicke immer jene gewesen, in denen sich mir das Leben, das sich mir anvertraut hatte, entzog. Wenn ich hilflos dabeistehen und erkennen musste, dass ich nichts mehr tun konnte. Auch wenn der Verstand tausend Gründe liefert, die einen vor sich selbst rechtfertigen oder entschuldigen, man fühlt sich trotzdem als Verlierer, ja, manchmal sogar als Versager."

Lili schüttelte den Kopf. „Nein", sagte sie, „dieser Anspruch ist eindeutig zu hoch, wenn Sie mich fragen. Vor allem geht er in die falsche Richtung, Doktor."

„Wieso?"

„Grenzen zu erkennen, ist weise. Sie zu respektieren, zeugt von Demut. Wenn man jedoch mit ihnen hadert, ist das – Sie verzeihen – Dummheit und Arroganz."

Horatio lachte laut auf und bedankte sich für die Zurechtweisung.

„Gern geschehen", neckte sie. „Aber ganz ehrlich, ich weiß, was Sie meinen. Manchmal ist es wirklich sehr schwer. Andererseits brauchen wir beide das menschliche Leid, um im Geschäft zu bleiben, habe ich recht?"

„Auch ein Standpunkt", konterte Horatio trocken.

„Und nur zur Hälfte ernst gemeint", entgegnete Lili leichthin. „Ich muss mich selbst immer wieder zur Disziplin ermahnen, vor allem in meiner Funktion als Vorgesetzte", fuhr sie fort und lächelte ihn herausfordernd an.

Horatio räusperte sich.

„Wissen Sie denn inzwischen mehr über den Toten?"

„Oh ja. Sein Name ist Thomas Kottenburger. Ein erfolgreicher Bauunternehmer aus Nürnberg. Achtundfünfzig, verheiratet, zwei erwachsene Kinder. Seine Frau hatte ihn vor etwa zwei Wochen als vermisst gemeldet.

„Das ging aber schnell, oder?"

„Ja. Wir hatten Glück. Seine Tochter und sein Schwiegersohn haben ihn gestern Nachmittag noch identifiziert. Außerdem finden wir nicht jeden Tag unbekannte Tote, deren Identität wir feststellen müssen. Wir wussten seit zwei Wochen, dass Kottenburger vermisst wurde. Also lag es zumindest nahe, dass ..."

„Verstehe. War sicher nicht ganz einfach für die Familie."

„Das ist es nie."

„Natürlich, aber ich dachte gerade an den Zustand der Leiche. Und außerdem trug der Mann doch weder Schmuck noch hatte er Papiere bei sich."

„Anhand der Kleidung und vor allem auf Grund einer körperlichen Auffälligkeit war es trotzdem rasch möglich, festzustellen, um wen es sich handelt."

„Eine Auffälligkeit? Was ist mir denn da entgangen?" Horatio wurde neugierig.

„An seinem linken Fuß sind die beiden äußeren Zehen zusammengewachsen. Angeboren, selten und vererbbar, wie wir vom Gerichtsmediziner erfuhren. Die Tochter hat dieses Phänomen ebenfalls."

„Syndaktylie!", erklärte Horatio hörbar erleichtert. „Eine anatomische Fehlbildung genetischer Natur. Nun ja, die Schuhe habe ich ihm natürlich nicht ausgezogen." Er war beruhigt, dass man ihm keine mangelnde Sorgfalt nachsagen konnte. Einem einfachen Landarzt würde man „Lückenhaftigkeit" womöglich vorschnell zutrauen.

„Wir haben zudem bereits Kottenburgers Zahnstatus beim behandelnden Arzt angefordert. Aber das ist nur noch eine Formalität. Es besteht kein Zweifel an seiner Identität."

Lili sah auf ihre Armbanduhr. Dann sagte sie: „Heute Nachmittag werde ich mit der Ehefrau sprechen und anschließend voraussichtlich eine der beiden Töchter besuchen."

„Heute? Es ist Samstag. Haben Sie denn kein Wochenende?", wandte Horatio ein, sich sogleich bewusst, wie dumm diese Bemerkung war.

„Ebenso wenig wie ein Landarzt", gab sie freundlich zu bedenken. „Ein Mordfall duldet nun mal keinen Aufschub."

„Entschuldigen Sie. Es war unüberlegt von mir." Er trug die volle Kaffeekanne an den Tisch und setzte sich.

Lili griff nach dem blauen Kaffeebecher mit dem weißen Rand, der vor ihr auf dem Tisch stand, und zog ihn zu sich her.

„Nein, nicht diesen!", entfuhr es Horatio eindeutig zu grob.

Erstaunt über die unerwartet heftige Reaktion zog Lili rasch ihre Hand zurück und blickte ihn aus neugierigen, wachen Augen an. Dann erwiderte sie nur: „Verzeihung", und schob den Becher vorsichtig an seinen ursprünglichen Platz zurück.

„Ach, keine Ursache", brummte Horatio, unzufrieden mit sich selbst. „Es ist nur, weil ..." Er vollendete den Satz nicht, sondern drehte sich um und langte nach zwei Kaffeebechern, die auf dem Küchenboard standen. „Du benimmst dich wirklich wie ein Idiot", dachte er grantig.

„Hier bitte, nehmen Sie diesen. Der ist sauber", entschuldigte er sich verlegen und reichte Lili einen der beiden Becher.

Sie beobachtete ihn still. Während er Kaffee einschenkte und so ihren Schwarzkirschenblicken entging, fragte sie: „Wem wollten Sie eben Gerechtigkeit widerfahren lassen, Doktor, der Sauberkeit oder einer Erinnerung?" Sie sagte es auf eine Art, die weder herablassend noch respektlos war, und Horatio erwiderte zum ersten Mal das Lächeln, das sie ihm schenkte.

„Also, wie werden Sie Ihren Fall lösen, Frau Karmann?" Seine Stimme hatte sich wieder entspannt und klang beinahe fröhlich.

„Interessiert Sie das denn?", wollte sie wissen und nippte mehrmals vorsichtig an ihrem heißen Kaffee.

„Nicht wirklich", log er. „Im Grunde geht es mich nichts an, und genaugenommen halte ich gar nichts von dilettantischer Einmischung. Das sage ich auch immer meinen Patienten, wenn sie anfangen, Doktor zu spielen und fertige Diagnosen und Therapiepläne aus den Hosentaschen ziehen."

„Einmischung? Hatten Sie denn vor, sich *einzumischen?*" Ein waches Schmunzeln umspielte ihren Mund.

„Gott bewahre! Nein! Wo denken Sie hin? Ich war nur

interessiert, das ist alles." Unruhig rührte er mit dem Löffel in seinem Becher herum.

Lili nickte, und beide tranken eine Weile schweigsam ihren Kaffee.

„Trotzdem, da muss eine interessante Geschichte dahinterstecken, meinen Sie nicht auch? Ein Mord, der mit so viel Brutalität vollzogen wurde, lässt auf Hass als Motiv schließen. Hier ist jemandem ganz mächtig die Galle übergelaufen", schlussfolgerte Horatio und nickte seinen Worten bekräftigend hinterher. „Oder war es nur Raubmord? Schließlich fehlten dem Toten ja alle persönlichen Dinge", überlegte er weiter, „Geldbörse, Papiere, Schmuck."

Lili grinste. „Nein, das war kein schlichter Raubmord, aus einer günstigen Gelegenheit heraus, die Täter und Opfer zufällig zusammengeführt hat. Hass war zudem nicht das Motiv, sondern der Auslöser. Das Motiv liegt noch völlig im Dunkeln. Davon abgesehen würden Sie sich vermutlich wundern, wie simpel oft die Erklärungen sind, die sich hinter den verzwicktesten und brutalsten Szenarien verbergen. Motivation und Tatausführung sind nicht zwingend kongruent. Allerdings ist Hass immer ein guter Impulsgeber, sowohl für geplante als auch für unkontrollierte, spontane Grausamkeit. Doch diese hier war wohl weniger eine Tat im Affekt. Ich vermute, es war Vergeltung. Wobei das eine das andere ebenfalls nicht ausschließt. Jetzt gilt es, das Motiv herauszufinden, denn das führt uns geradewegs zum Täter."

Horatio dachte über Lilis Worte nach. „Klingt kompliziert", sagte er.

Dann stand er auf, ging unschlüssig einige Schritte hin und her, stellte die leeren Kaffeetassen in den Spülstein und fragte: „Wäre es denn denkbar ..., ich meine, bestünde denn rein theoretisch die Möglichkeit ...?", angestrengt suchte er nach einer Formulierung, die seinem Wunsch, die Aufklärung des Falles mitverfolgen zu dürfen, den Anstrich von Plausibilität verlieh.

Doch Lili kam ihm zuvor. „Sie haben also doch Blut geleckt. Allerdings ist es nicht üblich, dass …“, sagte sie streng und schnitt damit seinen Gedankengang ab.

„Natürlich. Verstehe“, unterbrach er sie schnell. „Es war auch nur so eine verrückte Idee. Vergessen Sie es einfach.“ Es war ihm peinlich, überhaupt davon angefangen zu haben.

„Ich sagte, es ist nicht üblich. Das heißt nicht, dass es nicht möglich wäre.“

Ihr überlegenes Grinsen bewies ihm, dass sie ihn durchschaut hatte.

„Heißt das, ich könnte ein wenig ...?“

„Wenn ich es gestatte, ja. Ein *wenig* und absolut inoffiziell, wohlgemerkt!“

„Gleich heute?“ Ein jungenhafter Eifer lag in seiner Frage.

Lili nickte.

„Haben Sie denn so viel Kompetenz?“, vergewisserte er sich.

Sie hob nachsichtig die Augenbrauen. „Sie wären überrascht, Doktor“, sagte sie nur, stand auf und griff nach ihrem Aktenkoffer und ihrer Handtasche.

Horatio, völlig perplex von ihrem Angebot, überlegte nicht weiter. So eine Gelegenheit würde sich ihm gewiss so schnell nicht wieder bieten.

„Abgemacht!“ Rasch reichte er ihr verschwörerisch die Hand.

„Aber Sie halten sich zurück, Doktor Grünfeld, verstanden? Sonst werde ich Sie wieder von dem Fall abziehen, klar? Nichts ist kontraproduktiver als ein Laie, der ..., nun, Sie wissen schon …“

„Keine Frage, Frau Karmann. Sie sind schließlich die Chefin!", witzelte er und rieb sich die Hände.

„Ganz richtig." Lili sah wieder auf ihre Armbanduhr. Es war bereits Viertel nach zwölf. Um zwei wolle sie bei Felizitas Kottenburger, der Witwe des Toten, sein, müsse vorher aber noch einmal ins Präsidium, drängte sie. Es war also Zeit, aufzubrechen.

„Sie fahren bei mir mit", beschloss sie kurzerhand. „Ich bringe Sie heute Abend wieder hierher zurück. Allerdings kann's spät werden." Ihre dunklen Augen waren fragend auf Horatio gerichtet.

„Das ist o.k. Die Patientenabrechnung läuft mir nicht davon. Ich kann sie ebenso gut auch morgen machen. Oder übermorgen. Schließlich bin ich Rentner." Er grinste breit, ging in den Hausflur, um Schuhe und Jacke anzuziehen.

Dann riss er ein Blatt vom Notizblock, der neben der Tür hing. „Ich werde Frau Haberkorn eine Nachricht hinterlassen. Das ist die Frau, die hier …", mit einer großzügigen horizontalen Handbewegung wies er in den Raum, „na, Sie wissen schon. Sie kommt gegen halb eins und bringt mir das Essen."

Lili beobachtete ihn, während er schrieb, und war insgeheim belustigt über den Elan, den er an den Tag legte. Er wirkte gänzlich verändert. So lebendig hatte er nichts mehr gemein mit dem mürrischen, ernsten Zyniker, den sie gestern kennengelernt hatte. „Auch ein Gefangener seiner Einsamkeit", dachte sie.

Horatio legte den Zettel mitten auf den Küchentisch. „Bin sofort zurück", versicherte er, „schalte nur den Anrufbeantworter für meine Patienten ein", und eilte in Richtung Sprechzimmer.

Lili warf einen verstohlenen Blick auf den Zettel: *Bin auf Verbrecherjagd! Essen bitte in den Kühlschrank stellen.*

Weiß nicht, wann ich heute zurückkomme. Gruß! Doc, stand darauf.

„Der bringt mich in Teufels Küche", murmelte sie und atmete tief durch.

„Na, dann los", rief er ihr zu und erschien wieder im Türrahmen. Er nahm Lili den Aktenkoffer ab und ging beschwingten Schrittes zur Haustüre.

„Ich werde es bereuen", seufzte Lili noch einmal kaum hörbar und folgte ihm.

6

„Ich werde es bereuen“, dachte Horatio. Schweigend saß er neben Lili in deren Dienst-Toyota und beobachtete sie insgeheim aus den Augenwinkeln. Er war es nicht gewohnt, auf der Beifahrerseite zu sitzen. Schon gar nicht, wenn eine Frau hinter dem Steuer saß. Noch unangenehmer fühlte es sich an, dass er im Begriff war, eine Welt zu betreten, die ihre war. Eine Welt, in der sie das Sagen hatte. Dort musste er sich ihr unterordnen. Eine Aussicht, die ihm entschieden missfiel. Dabei ging es gar nicht darum, dass er ihr den Job nicht zutraute. Nein, er zweifelte inzwischen immer weniger daran, dass sie ihre Sache gut machte. Doch Lili Karmann verzerrte schlichtweg die klaren Strukturen seines bald dreiundsechzigjährigen Weltbildes. Noch verwirrender war, dass sie dies mit einer geradezu sträflichen Überlegenheit tat und mit einer Offenheit, die ihm, er gestand es sich widerstrebend ein, nicht unsympathisch war.

„Warum tun Sie das?“, fragte er schließlich.

„Was tue ich denn?“ Lilis Blick und Aufmerksamkeit waren auf den Straßenverkehr gerichtet, der ungewöhnlich lebhaft war für die samstägliche Mittagszeit.

„Warum lassen Sie mich teilhaben an der Klärung dieses Falles?“

Lili schmunzelte, sah kurz zu ihm herüber, dann wieder auf die Fahrbahn. „Weil ich denke, dass es Ihnen guttun wird. Und weil wir gerade dabei sind: Ich denke auch, Sie sind ein Chauvinist, wie er im Buche steht. Obendrein verbittert und griesgrämig.“ Sie sagte das ganz beiläufig, ohne eine Spur innerer Beteiligung. „Sie verstecken Ihre eigenen kleinen Ungereimtheiten hinter Zynismus und gespielter Gleichgültigkeit. Und Sie hadern mit dem Schicksal, weil es Sie getroffen hat. Aber keiner von uns bleibt verschont. Es wird, glaube ich, höchste Zeit, dass Sie das lernen und aufhören, sich selbst im Weg zu stehen."

Horatio schluckte. „Wie kommen Sie dazu …?", wollte er sich gerade empören, besann sich jedoch eines Besseren. „Das heißt also, Sie wollen mir eine Lektion in Sachen Leben erteilen, Doktor Freud? Ist das so eine Art missionarisches Sendungsbewusstsein, was Sie antreibt, oder wollen Sie mir nur beweisen, was für ein toller weiblicher Bulle Sie sind, wie man in Ihrer Welt so schön sagt?"

Sie überlegte kurz. „Könnte sein. Vielleicht beides. Vielleicht liegt's aber nur daran, dass ich Sie eigentlich nicht ausstehen kann. Und wahrscheinlich ist genau das der Grund, warum ich mich von Ihnen angezogen fühle."

Horatio blies die Wangen auf, doch dann wurde ihm Lilis letzter Halbsatz bewusst. Mit einen kurzen „Pah" stieß er die Luft aus. Er sah sie von der Seite an und hob die linke Augenbraue als Ausdruck seines Erstaunens. Dann lächelte er zufrieden und lehnte sich in seinen Sitz zurück. „Sie fühlen sich also von mir angezogen?"

„Bilden Sie sich bloß nichts drauf ein", sagte Lili emotionslos. „Jeder trägt schließlich ein Stückchen Perversion in sich. Ich sehe in Ihnen ein willkommenes Opfer für meine persönlichen Charakterstudien. Also denken Sie nicht weiter darüber nach. Außerdem werden wir uns jetzt ausnahmslos um diesen perfiden Mord kümmern, klar?"

Horatio schmunzelte noch immer.

„Liegt der Autopsiebericht schon vor?“, wollte er nach einer Zeit des beiderseitigen Schweigens wissen.

„Heute, am Samstag? Sie scherzen! Sie haben die Leiche erst gestern früh gefunden. Ich werde ihn also frühestens Montag erhalten. Und auch das nur mündlich. Ich will Doktor Held Montagfrüh in der Gerichtsmedizin aufsuchen und mit ihm sprechen.“

„Da komme ich mit!“, entschied er, und Lili warf ihm einen skeptischen Seitenblick zu.

7

Lili bog nach rechts in die Eichendorffstraße ein und von dort Richtung Naturgartenbad. Bald darauf parkte sie den Toyota am Straßenrand, stieg aus und überflog mit einem raschen, umfassenden Blick das Anwesen der Familie Kottenburger. Horatio zollte ihr indes insgeheim Anerkennung für ihren „männlichen" Fahrstil, den sie in der vergangenen halben Stunde zwischen Wintersruh und Nürnberg-Erlenstegen unter Beweis gestellt hatte, und folgte ihr.

Maria hatte es, so oft es ging, vermieden, selbst zu fahren, fiel ihm ein. Für sie waren Autos Männersache gewesen. Sie hatte überhaupt eine ganz klare Trennung der Zuständigkeiten gepflegt, was das Zusammenleben von Mann und Frau betraf. Und das war ganz in seinem Sinne gewesen, denn es gab seiner Meinung nach nichts Nervtötenderes als dieses ewige Kompetenzgezanke zwischen Eheleuten.

Eine Frau wie Lili Karmann hingegen hätte dafür wenig Verständnis, davon war er überzeugt. In seinen Augen glich sie einem wandelnden Zeitzünder mit ihrem Widerspruchsgeist, der geradezu penetranten Selbstsicherheit und der unnatürlichen Bereitschaft, ihre „Männlichkeit" zu beweisen. Ja, schlimmer noch: Sie wollte besser sein als ein Mann! Wie albern! Für einen Moment fragte er sich, ob er nicht doch lieber umkehren und mit der S-Bahn und dem Bus zurück in sein eigenes kleines – wenngleich recht trostloses, aber immerhin unkompliziertes – Leben fahren sollte. Doch dann drängte sich Lilis Stimme in seine Überlegungen hinein: „Sind Sie soweit, Doktor?“, und wirkte wie ein Magnet.

Kottenburgers Jugendstilvilla war von einer dichten, gut zwei Meter hohen Wacholderhecke verdeckt, die das Anwesen wie eine Festungsmauer umgab.

Lili ging langsam auf das schmiedeeiserne Tor der Einfahrt zu. Horatio folgte ihr und lugte durch die Gitterstäbe, während sie den Knopf der Sprechanlage drückte. Eine breite Kiesauffahrt führte direkt vor das Portal des Gebäudes, eines renovierten Überbleibsels jener Tage, die künstlerische Schönheit mit Zweckmäßigkeit zu verschmelzen suchte.

„Sie halten sich zurück. Das ist ein Befehl“, hörte er Lili sagen, als sie zum zweiten Mal und nachdrücklicher den Klingelknopf betätigte.

„Ganz wie gewünscht“, knurrte er. Dies war wieder einer jener Augenblicke, die nicht nur seine Beherrschung strapazierten, sondern ihm ausreichend begründeten, warum er Frauen wie Lili so wenig sympathisch fand.

„Sind Sie eigentlich verheiratet?“

Horatios Frage kam unvermittelt. Erstaunt sah sie ihn an. „Nein. Warum?“

„Das habe ich mir gedacht.“ Mit Genugtuung formulierte er jedes einzelne Wort.

„Sie sind ...“, begann Lili, als die Sprechanlage ertönte.

„Wer ist da?“, forschte eine blecherne weibliche Stimme.

„Kriminalpolizei. Bitte öffnen Sie“, forderte Lili, drehte sich Horatio zu und flüsterte: „Es ist mir völlig egal, was Sie von mir denken.“

Kurz darauf sprangen die beiden Flügel des Tores mit einem leisen Knacken auf und schwenkten zur Seite. Lili und Horatio gingen den weißen Kiesweg hinauf, der erste Blicke auf die weitläufige, fast parkähnliche Grünanlage gewährte.

„Aber Notizen könnte ich doch wenigstens machen, oder trauen Sie mir das auch nicht zu?“, fragte er gereizt. Lili schien genau zu wissen, was in ihm vorging, und zeigte ihm das kleine Aufnahmegerät in ihrer Handtasche.

„Wieder eine private Anschaffung?“, fragte er spöttischer als beabsichtigt.

„Standardausrüstung“, gab sie geduldig zurück.

Inzwischen hatten sie das Eingangsportal erreicht, eine massive, ornamentreiche Eichentüre mit einem Buntglasfenster aus ineinander verflochtenen lindgrünen Ranken und kobaltblauen Blüten. Eine schmächtige Frau mittleren Alters hatte sie bereits geöffnet. Sie trug eine grellweiße, gestärkte Kittelschürze, die zu ihren stoischen, farblosen Gesichtszügen passte. Ernst, beinahe blasiert, bat sie Lili und Horatio einzutreten, ohne den beiden einen Blick zu schenken.

„Bitte folgen Sie mir. Die gnädige Frau erwartet Sie in der Bibliothek.“

„Wo auch sonst“, raunte Horatio Lili zu, und sie bedachte ihn schweigend mit einem strengen Blick. „Na, ist doch wahr“, bekräftigte er. „So ein protziger Palast ist doch ...“ Ein Knuff von Lilis Ellbogen in seine Seite beendete abrupt seinen Kommentar.

Die Bedienstete ging voraus durch die helle Weite der marmorgefliesten Eingangshalle und öffnete nach kurzem Anklopfen die Türe, die in den Raum rechts neben der breiten, geschwungenen Treppe führte. Als Horatio und Lili eintraten, bemerkte er zuallererst das gedämpfte Tageslicht, zurückgedrängt durch schwere, bodenlange Damastvorhänge, die, dunkel gemustert und nur halb geöffnet, die hohen Fenster verdeckten. Er blickte sich um, fand die Wände bis zur Decke verkleidet mit lückenlos gefüllten Bücherregalen aus dunklem, glänzendem Holz, begrenzt durch eine reich verzierte, doch keineswegs kitschig wirkende Stuckdecke und war beeindruckt von der Menge der Bücher, die hier standen. Zwei Sitzgruppen mit weinroten Polstersesseln und polierten Jugendstil-Tischchen wirkten wie zufällig hingestreut auf einem Aubusson-Teppich, der fast ein Drittel des Bodens bedeckte. Am anderen Ende des Raumes brannte Feuer in einem Kamin und verlieh der eleganten Schwere des Raumes ein wenig Lebendigkeit. Bedrückend war die Stille, die er ausstrahlte. Sie fühlte sich ähnlich an wie die leeren Stunden in der tonlosen Einsamkeit seines eigenen Hauses im vergangenen Jahr ohne Maria. Er wunderte sich, dass selbst ein so feudales Ambiente mit all dem hochglanzpolierten Wohlstand nicht darüber hinwegzutäuschen vermochte.

Noch ganz mit den eigenen Gedanken beschäftigt, hörte er Lilis sachliche Stimme neben sich. „Guten Tag. Ich bin Lili Karmann von der Kriminalpolizei in Nürnberg."

Horatio folgte ihr durch den Raum. Erst jetzt sah er die Frau in der hinteren linken Ecke, unweit des Kamins. Halb verdeckt von einem wuchtigen Schreibtisch aus dunkel glänzendem Palisander, saß sie dort, hob den Kopf und lächelte den beiden Fremden höflich zu. Eine Schreibtischlampe warf ihren Lichtkegel auf einige Dokumente, die sie in ihrer Hand hielt und jetzt zur Seite legte.

„Guten Tag, Frau Karmann", sagte sie mit ruhiger Stimme, „ich bin Felizitas Kottenburger." Sie ignorierte den Ausweis, den Lili ihr hinhielt, und richtete ihre eisblauen Augen in fragender Erwartung auf Horatio, der sich inzwischen zu Lili gesellt hatte. Horatio grüßte, und ihm fiel auf, dass sich die Frau hinter dem Schreibtisch beinahe übergangslos einfügte in das Gesamtbild des Raumes, so, als sei sie ein dauerhafter, fest integrierter Bestandteil davon, ähnlich den Bildern an den Wänden in den prachtvollen Rahmen oder den Bänden in den Bücherregalen, in edles Leder gebunden und goldbeschriftet.

„Dies ist Doktor Horatio Grünfeld, der Arzt, der Ihren Mann am Birkensee gefunden hat", erklärte Lili.

„So?", Felizitas Kottenburger musterte Horatio interessiert. Nach einer Weile fuhr sie, an ihn gewandt, fort: „Sind Sie denn in die Ermittlungsarbeit im Mordfall meines Mannes einbezogen? Ich dachte, dies sei ausschließlich Aufgabe der Polizei." Ihre Frage klang verwundert, doch keineswegs missbilligend.

Horatio wollte gerade antworten, wurde aber von Lilis Räuspern daran gehindert.

„Doktor Grünfeld ist nicht direkt mit der Ermittlungsarbeit betraut, Frau Kottenburger, aber er hat mich bereits sehr hilfreich bei meiner Arbeit unterstützt. Sollten Sie allerdings Bedenken wegen seines Hierseins haben, werde ich selbstverständlich ..."

„Aber nein, Frau Karmann, keineswegs. Bitte, setzen Sie sich doch", sagte sie verbindlich. „Darf ich Ihnen eine Tasse Tee anbieten?"

Sowohl Lili als auch Horatio lehnten dankend ab. „Wir werden Ihre Zeit nicht über Gebühr beanspruchen", versprach Lili, und Horatio vermutete, es geschah aus reiner Höflichkeit. Lili war seiner Meinung nach nicht die Frau, die auf persönliche Trauer Rücksicht nahm. Sie würde vielmehr ihre Ziele ungeachtet der Befindlichkeit ihres Gegenübers hartnäckig verfolgen.

„Zuallererst jedoch möchten wir Ihnen unser Beileid

aussprechen zum Tod Ihres Gatten." Lili drückte sich recht distinguiert aus, empfand Horatio, doch es wunderte ihn kein bisschen. Hier atmete alles Stil und Vornehmheit, und so etwas färbte ab.

Felizitas Kottenburger nickte ernst. In ruhiger Erwartung sah sie zu Lili. Tadellos, kam es Horatio spontan in den Sinn, als er sie genauer betrachtete. Alles an ihr schien diesem Eindruck zu entsprechen. Aussehen, Manieren, einfach alles. Das frisch gelegte platinblonde Haar, kurz genug, um die dezent schimmernden Perlen an den Ohrläppchen nicht zu überdecken. Das unaufdringlich und geschickt geschminkte Oval des Gesichts mit den klaren, ebenmäßigen Zügen, die großen blauen Augen, der schlanke Hals, verdeckt von einem schwarzen Rollkragenpullover, den eine große, hellgraue Wollstola mit schwarzem Paisleymuster umschlang. „Wie alt sie wohl sein mochte?", fragte er sich. „Sie besitzt eine Haut wie fünfunddreißig und eine Abgeklärtheit wie sechzig. Irgendwo dazwischen muss ihr wahres Alter liegen", vermutete er.

Felizitas Kottenburger drehte sich in ihrem Stuhl, schob ihn ein Stück zurück und fuhr damit um den Schreibtisch herum, näher an Lili und Horatio und an das Feuer im Kamin heran.

Betroffen stellte Horatio fest, dass sie sich mit leisem Surren in einem Rollstuhl fortbewegte. Auf ihren Schenkeln lag ein schwarzes Wollplaid, das ihre bewegungslosen Beine bedeckte. Er warf Lili einen kurzen Blick aus den Augenwinkeln zu.

„Die Beine brauchen viel Wärme", erklärte Felizitas Kottenburger lächelnd, „so ist es besser." Betretenes Schweigen lag für wenige Augenblicke in der Luft, doch dann fuhr sie in leichtem Plauderton fort: „Ein Unfall vor vielen Jahren. Ich bin seitdem querschnittsgelähmt."

„Das tut mir leid“, sagte Lili, und es klang aufrichtig, wie Horatio empfand.

„Ein Autounfall?“, hakte sie nach.

„Ein Sturz.“ Felizitas Kottenburger lächelte noch immer. „Man lernt, damit zu leben“, erklärte sie leidenschaftslos und mit einer Souveränität, die keine Chance ließ, sie zu bemitleiden. „Lassen Sie uns zu Ihren Fragen kommen!“ Damit beendete sie das Thema.

Lili nahm das Tonbandgerät aus der Handtasche, schaltete es ein und stellte es auf den Schreibtisch.

„Vor zirka zwei Wochen haben Sie Ihren Mann als vermisst gemeldet, Frau Kottenburger“, begann Lili.

„Ja, das ist richtig. Es war Freitag, der 11. September. Mein Mann war in der Nacht nicht nach Hause gekommen und morgens auch nicht in seinem Büro erschienen. Als am Vormittag einige wichtige Termine abgesagt werden mussten, hat seine Sekretärin gegen zehn, halb elf hier angerufen. Niemand wusste, wo er war. Ich am allerwenigsten.“

Mit einer kurzen, fahrigen Handbewegung unterstrich sie die Resignation, die im Gesagten mitschwang. „Sein Handy lag wohl ausgeschaltet auf seinem Schreibtisch, wie man mir berichtete, doch von ihm fehlte jede Spur ... Bis gestern.“ Ihre Stimme war leiser geworden, aber noch immer sehr beherrscht. Kerzengerade saß sie da, die Hände nun übereinander gelegt und auf den Schenkeln ruhend, und sah nachdenklich in die Flammen des Kaminfeuers.

„Ihr Mann war ein erfolgreicher Geschäftsmann, Frau Kottenburger. So etwas bringt oft Neid und Missgunst mit sich. Hatte er Feinde? Oder steckte er in irgendwelchen Schwierigkeiten?“, forschte Lili.

Felizitas Kottenburger, aus ihren Gedanken gerissen, betätigte den kleinen Hebel an der Armlehne und schwenkte den Rollstuhl in Lilis Richtung. „Feinde? Nein. Nicht, soweit ich weiß.“ Sie überlegte. „Thomas war in Geschäftsdingen sicherlich kein leichter Konkurrent für manche. Er behauptete sich, sagte, was er dachte, und handelte danach. Er war ausgesprochen selbstbewusst und von sich überzeugt. Aber der Erfolg gab ihm recht.“

Sie griff nach der Porzellankanne, die, von einem Stövchen gewärmt, auf dem Beistelltisch stand, und schenkte sich Tee ein. „Sie möchten wirklich nicht?“, fragend blickte sie zu den beiden Besuchern, die abermals verneinten.

„Natürlich hat auch er die Auswirkungen der Flaute in der Baubranche deutlich zu spüren bekommen, wie Sie sich denken können. Doch Thomas war recht geschickt und verstand sein Handwerk, wie man so schön sagt.“ Sie lächelte offen und ließ ihren Blick von Lili zu Horatio wandern.

„Da fällt mir ein …“, sie hielt plötzlich inne und setzte die Teekanne vorsichtig ab. „Er hatte in letzter Zeit große Schwierigkeiten mit seinem ehemaligen Geschäftspartner, wie er mir anvertraute. Ein gewisser Gernot Bader … Geld soll von den Geschäftskonten verschwunden sein oder Ähnliches. Ich habe mich, offen gestanden, nicht sonderlich dafür interessiert. Das Bauunternehmen ist … *war* Thomas' Sache. Ich bin selbst ziemlich vermögend, müssen Sie wissen. Wir waren im Grunde nie auf Thomas' Einnahmen angewiesen.“

Aus ihrem Mund klang das nicht einmal dünkelhaft, wie Horatio fand.

„Vielleicht sollten Sie tatsächlich mit Herrn Bader sprechen. Gut möglich, dass *er* Ihnen weiterhelfen kann.“ Sie sagte es so, als habe sie nicht nur einen wertvollen Hinweis gegeben, sondern maßgeblich zur Aufklärung des Mordes beigetragen und eine weitere Befragung somit überflüssig gemacht.

„Danke, das werden wir." Lili ging nur scheinbar darauf ein, war noch lange nicht zufrieden. „Allerdings … allerdings beschäftigt mich die *Art* des Verbrechens doch sehr, Frau Kottenburger, die … nun ja, doch eher auf eine, sagen wir: stark emotionale Beteiligung des Täters hinweist."

Felizitas Kottenburger hob interessiert den Kopf. „Oh! Heißt das, Sie vermuten den Täter eher in Thomas' privatem Umfeld?"

„Nun, für Vermutungen ist es noch zu früh", wich Lili aus, „aber ganz ausschließen kann ich es nicht. Sie werden das sicherlich verstehen."

Felizitas Kottenburger antwortete nicht, doch sie lächelte mild und nachsichtig.

„Wie war Ihr Mann sonst? Ich meine, als Privatperson, als Mensch."

„Nun, nicht immer ganz einfach, um ehrlich zu sein. Er war es, wie schon gesagt, gewohnt, sich durchzusetzen", gestand sie vage und überlegte eine kleine Weile, bevor sie fortfuhr. „Ich sollte Ihnen, denke ich, nicht verheimlichen, Frau Karmann, dass mein Mann und ich schon seit sehr langer Zeit keine konventionelle Ehe mehr führten, um es einmal so auszudrücken. Das wäre wohl auch schwer möglich gewesen angesichts meiner Einschränkungen." Sanft fuhr sie sich mit der Hand über ihren rechten Oberschenkel. „Nach meinem Unfall war ich kaum mehr eine Hilfe für ihn und konnte ihm verständlicherweise auch keine richtige Partnerin mehr sein. In jeder Hinsicht. Doch uns verbanden noch immer eine tiefe Freundschaft und aufrichtiges gegenseitiges Wohlwollen. Wann immer ich ihn brauchte, war er für mich da."

Wieder lenkte sie ihren Blick in die Flammen. Ihre Züge wirken jetzt jedoch wie versteinert.

Das Gespräch schien sie trotz allem sehr anzustrengen, vermutete Horatio, der sie schweigend beobachtete. „Eine tapfere Frau", dachte er bei sich und bewunderte ihre Haltung angesichts dieser erneuten Tragödie in ihrem Leben.

„Allerdings war ich nicht umfassend über seinen beruflichen Alltag, seinen Terminplan und auch seine sonstigen Aktivitäten informiert, wie Sie sich denken können", fuhr sie fort.

Lili nickte. „Verzeihen Sie, Frau Kottenburger, aber ich muss Sie das fragen: Gab es andere Frauen im Leben Ihres Mannes? Eine Geliebte?"

„Meine liebe Frau Karmann", Felizitas Kottenburgers Stimme klang beinahe belustigt. „Ich sitze seit fast fünfundzwanzig Jahren in diesem Stuhl und meine Lebendigkeit beschränkt sich auf den Bereich oberhalb meiner Taille. Thomas war Anfang dreißig, als es passierte. Ein Mann in der Blüte seines Lebens also, wie man so schön sagt. *Natürlich* gab es andere Frauen in all den Jahren. Warum auch nicht?" Sie lächelte mild. „Doch er war stets diskret und hat mich immer respektiert. Die Familie war ihm wichtig, und er hätte mich niemals verlassen, das darf ich Ihnen versichern." Sie senkte die Augen, führte die Tasse mit dem Tee zum Mund und nippte daran.

Horatio sah zu Lili, die noch immer keinen Blick von ihr ließ.

„Können Sie mir Namen nennen?"

Felizitas Kottenburger schüttelte den Kopf. „Nein, ich bedaure, aber ich wollte sie nie wissen. Ich hoffe, Sie werden das verstehen." Horatio entnahm ihrer Stimme jenen moralischen Appell, der andere dazu aufforderte, einen wunden Punkt nicht weiter zu berühren, und den nur Hartgesottene zu ignorieren vermochten. Lili bohrte gnadenlos weiter. „Sprach er mit Ihnen über seine Affären?" Horatio blickte verlegen zu Boden.

„Nein. Wahrscheinlich besaß er genug Rücksicht, mich nicht damit zu belasten." Felizitas Kottenburgers Stimme zeugte nun von verhaltenem Ärger und Schmerz.

„Tut mir leid, aber ich muss solche Fragen stellen." Lili sprach ohne großes Mitgefühl und hielt dem eisigen Blick von Thomas Kottenburgers Witwe stand. „Ist Ihnen in den Wochen oder Tagen vor dem Mord irgendetwas an Ihrem Gatten aufgefallen, das uns bei der Aufklärung des Mordes weiterhelfen könnte, Frau Kottenburger? Bitte denken Sie genau nach. Es ist wichtig. Selbst Kleinigkeiten, beiläufige Äußerungen zum Beispiel, oder verändertes Verhalten."

Die Frau fuhr sich nachdenklich mit der linken Hand über die Stirn, und Horatio bemerkte das auffällige Kleinod an ihrem Ringfinger. Es war ein Brillantring von ganz besonderer Form und Schönheit. Auch Maria hatte einen solchen Ring getragen. Wehmütig ließ er seine Gedanken einfangen vom Glitzern am Finger der fremden Frau. Dieser Ring hier war jedoch um einiges kostspieliger als Marias, da war er sich sicher. Der herzförmige Solitär war gehalten von zwei zierlichen weißgoldenen, vielleicht sogar Platinhänden, und sein weißes Licht leuchtete im Schein des Kaminfeuers, als würde er es nicht nur reflektieren, sondern aus sich selbst heraus strahlen. Mindestens zwei Karat musste er wiegen und hatte wahrscheinlich ein kleines Vermögen gekostet.

Marias Brillant war viel kleiner gewesen und in eine schlichte Goldfassung gesetzt, aber sie hatte ihn geliebt und niemals abgelegt, nicht einmal bei der Hausarbeit. „Das muss er aushalten, sonst taugt er nichts", waren ihre Worte gewesen. Er hatte es ausgehalten. Jahr für Jahr. Ohne Schrammen, ohne Kratzer, die nicht rasch wegzupolieren gewesen wären.

Er musste wohl eine ganze Weile auf Felizitas Kottenburgers schlanke, inzwischen wieder kraftlos auf der Lehne des Rollstuhls ruhende Hand gestarrt haben, gänzlich vertieft in seine eigenen Erinnerungen, denn er erschrak ein wenig, als sie unvermittelt das Wort an ihn richtete.

„Er ist schön, nicht wahr?", sagte sie und sah Horatio an. Dann hob sie ihre Hand vorsichtig an und drehte sie langsam nach links und nach rechts. Der Edelstein loderte auf in tausend regenbogenfarbenen Blitzen. Horatio, der sich bei einer Indiskretion ertappt fühlte, räusperte sich. „Ja, ein sehr schönes Stück", antwortete er und blickte entschuldigend zu Lili.

„Er gehörte meiner Mutter, Doktor Grünfeld", erklärte sie. „Vater hatte ihn ihr zu meiner Geburt geschenkt, und sie hat ihn für den Rest ihres Lebens getragen. Kurz bevor sie starb – ich war gerade achtzehn geworden –, zog sie ihn vom Finger und steckte ihn mir an. ‚Trage ihn für mich weiter', hatte sie gesagt, ‚er soll dir so viel Glück und Liebe bringen wie mir.'" Sie verstummte. Ihr Gesicht wirkte plötzlich wieder wie versteinert. Weder der Ausdruck darin noch ihre Stimme verrieten etwas über die Gefühle, die sie bewegen mochten. Dennoch, Horatio war sich sicher, die Empfindungen dieser Frau genau zu kennen, wusste er doch nur zu gut um die schmerzvolle Wunde, die der Verlust des geliebten Partners schlug. Noch dazu, wenn es, wie in ihrer beider Fall, so völlig unvermittelt geschah. Felizitas Kottenburger musste sich, wenn sie die Augen schloss, obendrein immer das Bild des grausam verstümmelten Körpers ihres Mannes vorstellen. Es war kaum nachzuvollziehen, welche Qualen sie litt. Voller Mitgefühl blickte er in das unbewegte Gesicht dieser tapferen und beherrschten Frau. Noch einmal schenkte sie ihm kurz darauf ein elegantes Lächeln und richtete dann ihr Augenmerk wieder auf Lili, als das Telefon auf dem Schreibtisch klingelte.

„Oh, einen Augenblick bitte. Entschuldigen Sie mich." Rasch drehte sie sich ab und rollte zum Telefon hinüber. „Ja? ... nein, nicht jetzt, Anna ... na schön, stellen Sie durch." Sie lächelte verbindlich in Lilis und Horatios Richtung und rollte dann noch etwas zur Seite, sodass lediglich ihr Profil sichtbar blieb. „Ja? ... Wer? ..." Sie schwieg eine Weile, schien dem Gesprächspartner am anderen Ende der Leitung aufmerksam zuzuhören. Horatio fiel auf, wie sich der Ausdruck ihres Gesichts änderte, wie sich ihre Züge anspannten und die Mundwinkel nach unten verzogen, als würde sie ihre Zähne voller Zorn aufeinanderbeißen. Ihr Kinn begann leise zu beben und die Hand, die den Hörer hielt, zitterte plötzlich. Dann atmete sie tief durch und sagte: „Gut. Wir werden darüber sprechen. Aber nicht jetzt. Ich bin beschäftigt. Geben Sie mir Ihre Rufnummer. Sie hören von mir ... Ja. Das werde ich." Ihre Stimme klang sachlich und passte nicht zu ihrer offensichtlichen Erregung, wie Horatio meinte. Doch irgendwie war diese Frau insgesamt rätselhaft für ihn. Was ihn wiederum nicht wunderte, denn nicht umsonst hatte er sein Augenmerk zeitlebens auf die körperlichen Aspekte menschlicher Existenz gelegt. Davon verstand er eine ganze Menge. Ging es hingegen darum, die feinen Nuancen der menschlichen Persönlichkeit zu deuten, hielt er sich raus. Davon verstand er nichts. Der ganze Psychokram, wie er es nannte, lag ihm einfach nicht.

Felizitas Kottenburger nahm ihr in schwarzes Leder gebundenes Notizbuch zur Hand, notierte sich eine Rufnummer und legte ohne ein weiteres Wort auf. Für einen kurzen Moment starrte sie auf die Ziffern vor sich, schloss den Kalender und drehte sich wieder Lili und Horatio zu. Wie auf Knopfdruck lächelte sie.

„Handwerker!“, empörte sie sich. „Nichts als Scherereien! … Wo waren wir stehen geblieben?“ Nun klang sie wieder freundlich, und Lili wiederholte ihre letzte Frage.

„Nein, es tut mir aufrichtig leid, aber ich glaube, ich kann Ihnen nicht weiterhelfen. Wäre mir irgendetwas aufgefallen, würde ich mich bestimmt daran erinnern.“

Es klopfte leise an die Türe, und gleich darauf betrat eine kleine, rundliche Frau den Raum. Ihr Alter war schwer zu schätzen, doch sie wirkte recht hausbacken und altjüngferlich auf Horatio in ihrem braunen Wollkostüm und den robusten Halbschuhen.

„Kann ich etwas für dich tun, Mama? Geht es dir gut?“, fragte sie besorgt, betupfte sich verlegen die rot geränderten Augen mit einem Taschentuch und bemühte sich, ihre weinerlich klingende Stimme vor den beiden Fremden zu beherrschen. „Guten Tag“, sagte sie dann vorsichtig, „Sie sind die Herrschaften von der Polizei, nicht wahr?“ Ängstlich blickte sie von Horatio zu Lili, zerknüllte nervös ihr Tempotaschentuch und schob es ungeschickt in ihre Jackentasche, die sich daraufhin unvorteilhaft beulte.

„Ja, Kind. Mach dir keine Sorgen. Es ist alles in bester Ordnung.“ Felizitas Kottenburger hörte sich an, als spreche sie mit einer Zehnjährigen. Zu Lili und Horatio gewandt, sagte sie: „Darf ich vorstellen, das ist meine Tochter, Dorothea Schott.“

Um die dreißig konnte die Frau höchstens sein, rechnete Horatio, die Tochter im Blick. Allerdings wirkte sie eher wie fünfundvierzig mit den dauergewellten Haaren, dem schlecht sitzenden farblosen Kostüm und den Gesundheitstretern. „Eine Runderneuerung wäre hier durchaus angebracht“, dachte er und schämte sich insgeheim seiner lästerlichen Gedanken, denn die junge Frau war am Boden zerstört angesichts des familiären Dramas, das war deutlich zu erkennen.

„Guten Tag“, grüßte Lili freundlich, während Horatio der jungen Frau nur schweigend zunickte. Unschlüssig blieb sie mitten im Raum stehen und sah Hilfe suchend zu ihrer Mutter.

Horatio betrachtete noch einmal die beiden Frauen, die sich weder äußerlich noch in ihrem Verhalten glichen, und konnte kaum glauben, Mutter und Tochter vor sich zu haben.

„Ich danke Ihnen, Frau Kottenburger. Hier ist meine Karte. Sollte Ihnen doch noch etwas einfallen ...“

„... werde ich mich selbstverständlich bei Ihnen melden. Danke.“ Thomas Kottenburgers Witwe nahm Lilis Visitenkarte entgegen, verabschiedete sich höflich von den beiden Fremden und warf einen kurzen, aber liebevollen Blick auf ihre Tochter. „Dora, bitte begleite die Herrschaften hinaus.“

„Leben Sie ebenfalls hier, im Haus Ihrer Mutter?“, wollte Lili von Dorothea Schott wissen, als sie wieder in der Eingangshalle standen. Die junge Frau sah grundlos eingeschüchtert zu Boden. „Nein, nein“, stammelte sie. „Ich wohne in Erlangen, zusammen mit meiner Familie. Nur Großonkel Andreas, der Onkel meiner Mutter, lebt noch hier. Im Übrigen möchte ich mich bei Ihnen für mein Aussehen entschuldigen“, verlegen blickte sie an sich hinunter und strich sich über die Haare, „aber der Tod meines Vaters ließ mir kaum Zeit, an mich zu denken. Ich habe seit gestern Morgen kein Auge mehr zugetan. So vieles gibt es jetzt für mich zu erledigen.“

„Selbstverständlich“, antwortete Lili, und Horatio leistete insgeheim Abbitte dafür, Dorothea Schott so vorschnell und geringschätzig beurteilt zu haben. „Vielleicht ist sie gar nicht so übel?“, räumte er ein. Man durfte sie eben nur nicht mit der Mutter vergleichen. In gewisser Weise wirkte sie sogar ... lebendiger, ja, *menschlicher* in ihrer Schlichtheit. Aber dennoch ...

„Mein Großonkel heißt Andreas von Waltenfels“, sagte sie eifrig. Im Bemühen, alles richtig zu machen, blickte sie Lili erwartungsvoll an und erweckte dabei den Eindruck eines kleinen Welpen, der hoffte, dass man ihm den Kopf tätschelt, weil er brav das Stöckchen apportiert hat.

Horatio fand es ebenso tragisch wie anrührend und sah sich beinahe wieder in seiner ursprünglichen Meinung über Dorothea Schott bestätigt.

„Ist er zu Hause? Wenn ja, würde ich gerne auch mit ihm sprechen.“

„Natürlich. Aber viel Sinn wird das nicht machen.“

„Warum?“

„Er verlässt das Haus schon seit Jahren nicht mehr. Seine Welt ist gerade noch so groß wie sein Zimmer und der Garten. Nur manchmal hat er gute Tage. Dann sitzt er stundenlang in seinem alten Korbsessel auf der Terrasse hinter dem Haus, beobachtet die Vögel und führt Selbstgespräche.“ Dorothea war richtig mitteilsam geworden, schien die Angst, die der Besuch der Kriminalpolizei in ihr ausgelöst haben mochte, überwunden zu haben.

„Ist er krank?“, wollte Lili wissen.

„Alzheimer, sagen die Ärzte.“ Sie zuckte die Schultern. „Aber das ist halt nur eine Vermutung. Ich denke, er ist einfach nur alt ... und eben ein bisschen … komisch.“ Sie lächelte gequält, putzte sich geräuschvoll die

Nase und stopfte das Taschentuch diesmal ungeschickt in ihren Ärmelaufschlag. „Ich werde Sie zu ihm bringen, wenn Sie möchten."

„Danke", sagte Lili, „nun bräuchte ich bitte nur noch Ihre Adresse, denn wir werden auch an Sie ein paar Fragen richten müssen, Frau Schott." Lili sah auf ihre Armbanduhr. „Ich melde mich bei Ihnen."

Dorothea erschrak, nickte dann aber einsichtig und nannte Anschrift und Telefonnummer, die Lili in ihr kleines Heft mit dem dunkelblauen Einband schrieb.

Horatio fragte sich indes, warum sie sich auch mit dem alten Herrn unterhalten wollte. Alzheimer-Patienten waren sicherlich nicht die hilfreichsten Gesprächspartner, wenn es darum ging, einen Mord aufzuklären.

Dorothea ging voraus und wies den Weg zur Terrasse. „Hier ist er", sagte sie und zog sich mit einem Nicken und einem unsicheren Lächeln zurück.

Großonkel Andreas saß in einem Korbsessel. Seine Hände ruhten auf den Armlehnen und um seine Beine war eine wollene Decke geschlungen, aus deren unterem Ende zwei Füße in ausgetretenen Lammfellpantoffeln baumelten. Sein greises Gesicht war blass und die Haut über den hohlen Wangen mit kleinen braunen Flecken übersät. Seine Nase ragte weit aus dem Profil heraus und der schmale Mund mit den bläulichen Lippen war leicht geöffnet. Die Sonne spielte mit den wenigen Haarlocken, die sich flaumig, silbern und widerspenstig um seine roten Ohren kräuselten.

Lili trat nahe an ihn heran und stellte sich zwischen ihn und die Sonne, worauf der alte Mann langsam den Kopf hob und seine wässrigen graugrünen Augen auf sie richtete. Für einen Moment schien es, als sei er blind, denn sein Blick war tot wie der eines Fisches, doch plötzlich verzog er den Mund zu einem breiten Grinsen.

„Guten Morgen, Herr von Waltenfels", begann sie vorsichtiger als üblich, um den alten Mann nicht zu erschrecken. Großonkel Andreas rührte sich jedoch nicht. Sie wiederholte ihren Gruß, diesmal etwas lauter, und beugte sich nahe zu seinem Gesicht.

„Scht", zischte er nur kurz, legte den zittrigen Zeigefinger an seine Lippen und bedeutete Lili, ruhig zu sein. Dann wanderte sein Blick von Lili zu Horatio, der dicht hinter ihr stand. In einer Lautstärke, die typisch war für schwerhörige Menschen, krächzte er heißer: „Du musst still sein, verdammt noch mal. Du verjagst mir ja die Hasen dort drüben unter dem Baum, meine Dame. Siehst du, jetzt hoppeln sie davon." Seine Stimme klang nicht unfreundlich, eher schon belustigt. „Die haben's miteinander getrieben." Spitzbübisch verzog er seinen Mund zu einem Grinsen und betrachtete Lili eingehender.

Auch sie musste lachen. „Verzeihen Sie die Störung, Herr von Waltenfels", entschuldigte sie sich, doch schien ihn das nicht zu interessieren.

„Wer bist du, Mädchen, he?", schnarrte er vielmehr aus seiner maskenhaften Regungslosigkeit heraus.

„Mein Name ist Lili Karmann. Ich bin von der Mordkommission Nürnberg." Sie hielt dem alten Mann ihre Dienstmarke dicht vor die Augen. Er warf einen kurzen Blick darauf und wiederholte ausdruckslos: „Mordkommission Karmann … Karmann, Männchen, Männchen …" Dabei kicherte er in sich hinein und veranlasste Lili zu einem verzweifelt-resignierten Seufzer.

Aber dann lächelte der alte Mann unvermittelt wach und fröhlich. „Du bist hübsch, Mädchen", sagte er und bemühte sich, die rot geränderten Lider des rechten Auges zu einem Zwinkern zu bewegen.

„Danke, ich bin ...", begann Lili, doch Großonkel Andreas fiel ihr ins Wort.

„Habt ihr ihn endlich drangekriegt, den alten Halunken, he?“

„Wen meinen Sie, Herr von Waltenfels?“ Lili hoffte ganz offenbar auf eine Chance, doch noch einige Fragen an den alten Mann richten zu können.

„Na, Thomas, natürlich, meinen Großneffen! Wen denn sonst?“, ereiferte er sich und schlug mit der Hand auf die Lehne des Sessels. „Oder ist er gar nicht mein Neffe?“ Großonkel Andreas drehte den Kopf zur Seite und schien angestrengt nachzudenken. „Na ja, den Mann meiner Felizitas eben. *Den* meine ich“, sagte er dann, nickte bekräftigend und kicherte in sich hinein. „Das ist ein schlimmer Finger, der Thomas, das darfst du mir glauben, Mädchen. Lass dich bloß nicht mit dem ein.“ Warnend brachte er erneut, diesmal eher drohend als beschwörend, seinen Zeigefinger zum Einsatz.

„Wie darf ich das verstehen?“, forschte Lili weiter. Horatio verbiss sich indes ein Schmunzeln.

„Wie darf ich das verstehen? ... Wie darf ich das verstehen? ...“, imitierte der Alte Lili belustigt. „Na, *überhaupt,* eben! Der brüllt und säuft und hurt herum und ...“ Er hatte vor Eifer seine Stimme erhoben und ließ erahnen, wie kraftvoll und bereitwillig er sie in jungen Jahren einzusetzen vermocht hatte. Geifer lief ihm in einem dünnen Rinnsal übers Kinn. Er richtete seinen Oberkörper ein wenig auf und wackelte unsicher in seinem Sessel hin und her. Horatio tat rasch einen Schritt auf ihn zu und legte ihm die Hand stützend auf die Schulter.

„Ach, geh weg“, krähte der Alte gereizt und schüttelte sich ein wenig, ohne ihn eines Blickes zu würdigen. Horatio gab ihn frei.

„Geht es Ihnen gut?“, fragte Lili. „Soll ich Ihnen ein Glas Wasser holen?“

Sie sah sich um, doch der in der Nähe stehende Terrassentisch mit der Platte aus bunten Mosaiksteinen war leer. Kein Tee, kein Wasser, nur ein paar welke Blätter lagen darauf, die der Wind von den Bäumen herübergeweht hatte.

Der alte Mann winkte ab. „Ach, sauf dein Wasser selbst“, brummte er grimmig, schien sich aber wieder beruhigt zu haben. „Ich bin dreiundneunzig, Mädchen, und schwerhörig. Ich habe mein eigenes Wasser in den Beinen, zittere wie eine Pappel im Wind und pinkle in die Hose. Drum trage ich Windeln wie ein Baby. Wenn du mir was Gutes tun willst, dann bring mir eine Flasche Schnaps und eine Zigarette.“ Er lachte laut auf, und es hörte sich an wie das Rasseln einer Ankerkette.

Lili blickte zu Horatio, der ratlos lächelte und die Achseln zuckte. „Was hatte sie denn erwartet?“, fragte er sich.

Doch Lili gab noch nicht auf. „Was können Sie mir über Ihren Großneffen Thomas noch sagen, Herr von Waltenfels?“

„Ganz einfach, Süße, der ist ein Dreckskerl. Buchte ihn ein! Mehr gibt's dazu nicht zu sagen“, trotzig kniff er die blauen Lippen zusammen. Sein Blick wanderte wieder suchend hinüber zu der Baumgruppe auf der Lichtung, doch das Hasenpaar hatte sich dauerhaft ins Unterholz verzogen.

„Ihr Großneffe ist tot, Herr von Waltenfels. Er wurde erstochen, und ich ermittle in dieser Mordsache.“ Lilis Versuch, den alten Mann durch deutliche Worte zu schockieren und so ins Gespräch zurückzuziehen, schlug jedoch fehl.

„Gut so“, antwortete er nur ungerührt, den Blick noch immer abgewandt. „Ich konnte ihn nie leiden, den Schwerverbrecher. Jetzt hat er endlich gekriegt, was er verdient. Sie haben ihn mit der Schubkarre abgeholt, stimmt's? Und auf den Müll geworfen, stimmt's?" Er kicherte in sich hinein. „Ich hab's gesehen!"

Lili sah fragend zu Horatio, doch der schmunzelte nur und zuckte hilflos mit den Schultern.

„Wie meinen Sie das?", insistierte Lili weiter. „Was haben Sie gesehen?"

„Das geht dich nichts an!", schimpfte der alte Mann plötzlich wieder los und warf ihr einen giftigen Blick zu. „Wer bist du überhaupt?" Dann, übergangslos, quengelte er wie ein Kind. „Ich bin müde und will ins Bett. Hol das Mädchen. Na wird's bald!" Er griff mit der Hand in den Mund, zog mit einem Schnalzen sein künstliches Gebiss heraus und schob es mit einem trotzigen Blick auf Lili in seine Jackentasche. Das Gespräch war für ihn eindeutig beendet.

Lili lächelte. „Gut, ich sage dem Mädchen Bescheid. Vielen Dank und auf Wiedersehen."

Großonkel Andreas antwortete nicht, sondern sah hinüber zu den Bäumen, unter denen eben noch die Hasen ihrem Liebesspiel gefrönt hatten.

„Er hängt Erinnerungen nach", flüsterte Horatio grinsend.

Zurück im Auto wirkte Lili sehr nachdenklich.

„Was ist?", fragte Horatio, der sie in ihrer Schweigsamkeit beobachtete. Die Gespräche mit der Ehefrau, der Tochter und dem Großonkel waren seiner Meinung nach nicht besonders aufschlussreich gewesen.

„Ich sammle", antwortete sie und startete den Toyota.

„Fakten? Geistesblitze? Fehlschläge?"

„Ja", lachte Lili, „all das. Doch in erster Linie Eindrücke, Empfindungen."

„Und was sagen Ihnen Ihre Empfindungen zu diesen dreien?"

„Die Frau wirkte sehr gefasst. Beinahe schon *zu* gefasst. Sie log, als sie mir weismachen wollte, das Verhältnis zu ihrem Mann sei von gegenseitigem Wohlwollen und Respekt getragen gewesen. Ihre Augen glitzerten so kalt wie der protzige Brillant, den sie am Finger trug."

„Neidisch?" Horatio warf ihr einen spöttischen Seitenblick zu, den Lili mit einem nachsichtigen Lächeln bedachte.

„Also, auf mich wirkte sie eher wie eine Puppe. Irgendwie leblos. Und das nicht nur unterhalb der Gürtellinie. Sie war einfach zu ... zu *perfekt*. So unglaublich beherrscht trotz der Tragödien in ihrem Leben", überlegte er weiter.

„Ganz recht. Mit dieser Show, die sie uns gerade lieferte, würde sie in eine dieser alten Hollywood-Schmonzetten passen. Sie ist keineswegs die verständnisvolle Ehefrau, die sich mit der schweren Behinderung und obendrein mit der Entfremdung von ihrem Mann abgefunden hat. Sie wich häufig und sehr geschickt meinen Fragen aus, haben Sie's bemerkt? Auch sprach sie nie vom Wir. Nur vom Er und Ich. Meiner Meinung nach ist sie verbittert, enttäuscht, zutiefst verletzt. Was ja niemanden verwundern muss."

Horatio nickte.

„Und das, was sie verschwieg", fuhr Lili fort, „sagt mehr als ihre wohlüberlegten Worte. Aber vielleicht braucht sie dieses Selbstbild, hat es für sich erschaffen, um mit ihrem Leben klarzukommen. Jedenfalls schien sie den Tod ihres Mannes trotz allem recht gut zu verkraften. Das allerdings, was sie über ihn sagte, deckt sich durchaus mit der wesentlich weniger eleganten, dafür aber umso deutlicheren Aussage des Großonkels: Er brüllt, säuft und hurt herum. Das lässt auf einen eher rücksichtslosen, labilen und mitunter cholerischen Charakter schließen, der, was Frauen betraf, kein Kostverächter war. Also alles andere als ein liebevoller Ehemann, der, abgesehen von ein paar harmlosen Seitensprüngen, das schwere Schicksal seiner Frau entschlossen mitgetragen hat."

„Sind Sie jetzt nicht ein wenig zu hart? Nicht jeder taugt zum Heiligen. Schließlich hat er es nicht gerade leicht gehabt. Ich meine, die schwer behinderte Frau, die, nennen wir es ruhig beim Namen, seit fünfundzwanzig Jahren keine mehr für ihn war. Die Tochter, ein naives, einfältiges Seelchen, wie es im Buche steht. Wenn Sie mich fragen, dann hatte der Mann nicht nur *einen* Grund, frustriert zu sein und hin und wieder über die Stränge zu schlagen. Außerdem blieb er doch bei seiner Familie, nicht?"

Horatio war der Auffassung, er müsste Thomas Kottenburger posthum männlichen Beistand leisten, wenngleich ihn die Worte des Großonkels zugegebenermaßen nachdenklich stimmten.

Lili lächelte. „Ich suche nicht nach Entschuldigungen oder Rechtfertigungen, Doktor Grünfeld, sondern nach einem Profil für das Opfer und vor allem den oder die Täter. Ich moralisiere nicht und werte nicht. Ich füge zusammen, das ist alles."

„Könnten Sie sich näher erklären? Schließlich bin ich blutiger Anfänger."

„Gerne", antwortete sie und dachte kurz nach. „Da sind Eindrücke, Empfindungen, Worte, die gesagt oder verschwiegen wurden. Sie alle sind Teile des Puzzles, wenn auch unsortiert und manchmal scheinbar beziehungslos. Also verschiebe ich sie wieder und wieder. Drehe dran wie an einem Zauberwürfel. Und ganz allmählich wird ein Bild daraus, entsteht ein stimmiges Ganzes."

„Das klingt tatsächlich wie ... *Zauberwürfel-Magie.*"

„Keineswegs, Doktor. Es ist nur das manchmal mehr, manchmal weniger aufwändige Bemühen, die vertrackte Mischung aus Logik und Intuition auf den richtigen Nenner zu bringen", lachte sie, verfiel gleich darauf jedoch erneut in grüblerisches Schweigen.

„Was ist eigentlich mit Kottenburgers zweiter Tochter? Sie sagten doch, er hätte zwei, oder?", wollte Horatio wissen.

„Ja. Doch die ältere Tochter ist wohl seit langer Zeit krank. Lebt in einem Pflegeheim. Genaueres erfahre ich hoffentlich in Kürze. Wagner kümmert sich gerade drum."

Lili startete den Toyota und fuhr los.

„Ich frage mich ...", sagte sie nach einiger Zeit.

„Was?"

„Warum hat der alte Mann Thomas Kottenburger einen Schwerverbrecher genannt?" Sie zog ihre Stirn kraus und schien ernsthaft über das Gesagte nachzudenken.

„Ich bitte Sie! Wahrscheinlich reine Antipathie. Sie können das Gerede des alten Herrn doch auf keinen Fall ernst nehmen. Der weiß nicht mal mehr seinen Namen. Er lebt in einer Welt, die für uns glücklicherweise unzugänglich ist. Eine Welt mit ganz eigenen Gesetzen, die mit der Realität nichts mehr gemein hat. Kottenburger wurde nicht mit der Schubkarre auf den Müll gekippt! Er hätte uns genauso gut erzählen können, einer der beiden Feldhasen hätte Thomas Kottenburger ins Gebüsch gezerrt und abgemurkst."

„Natürlich haben Sie recht … Und trotzdem …"

8

Die rote Morgensonne durchdrang mit fahrigen Pinselstrichen die Wolkendecke und marmorierte das verschlafene, eintönige Grau des Himmels. Undurchsichtig wie Milchglas hing der Bodennebel über den dunkelbraunen Ackerschollen, als Horatio auf die Veranda trat und sich gähnend in den alten Korbsessel fallen ließ. Müde rieb er sich die Augen, bevor sein Blick über die Rosen im Vorgarten wanderte. Unbewegt lag das Morgenlicht auf ihnen. Heute würde er sich endlich die Zeit nehmen und sie ausschneiden. „Vergiss bitte die Rosen nicht", hatte Maria heute gesagt, kurz bevor er die Augen geöffnet hatte. Fast ein wenig wehmütig hatte ihre Stimme geklungen, ganz im Gegensatz zu sonst, und er wollte doch, dass sie glücklich war; wo immer sie jetzt auch sein mochte.

Die Turmuhr von Heilig Kreuz schlug gerade sechs. Um halb neun hatte er sich mit Lili in Erlangen verabredet, um mit dem Rechtsmediziner zu sprechen.

Doch nachmittags würde er sich den Rosen widmen, das nahm er sich fest vor.

Er bemerkte, dass er fror, und erst jetzt wurde ihm bewusst, dass er im Unterhemd und mit noch feuchten Haaren hier draußen saß. Er ergriff seine Kaffeetasse und ging ins Haus zurück.

Seine Gedanken wanderten noch einmal zurück zum Samstag. Nachdem Lili ihn am Nachmittag heimgefahren hatte, kam ihm das Haus noch stiller vor als sonst. Frau Haberkorn hatte ihm sein Essen in den Kühlschrank gestellt und einen Zettel dazu gelegt, auf dem stand *„Sind Sie jetzt ganz und gar verrückt geworden?!“*, und während er das Essen aufwärmte, hatte er überlegt, ob Frau Haberkorn womöglich richtig lag mit ihrer Vermutung. Trotzdem. So gut wie im Augenblick hatte er sich seit langer Zeit nicht mehr gefühlt. Neue Menschen, neue Eindrücke, eine ganz andere Welt hatte sich ihm eröffnet mit tausend neuen Aspekten, die ihn beschäftigten und ablenkten von ..., ja, wovon eigentlich? Schlagartig war ihm klar geworden, dass die letzten drei Tage sein Leben völlig auf den Kopf gestellt und ihm in rasanter Weise klargemacht hatten, in welchem Vakuum er sich seit Marias Tod befunden hatte. Blieb nur die Frage, wie es weitergehen würde; danach. Was würde bleiben, wenn seine „Gangsterjagd“ abgeschlossen war? Der erneute Rückzug in die Unbeweglichkeit?

„Blödsinn!“, hatte er sich halblaut zur Räson gerufen, „du alter Trottel misst dem Ganzen viel zu viel Bedeutung bei.“

Dennoch war er so deprimiert gewesen bei diesen Gedanken, dass er beschlossen hatte, seinen Nachmittagstee auf der Terrasse des Wintersruher Sonnenschlösschens einzunehmen. Ein klangvoller, fast übergewichtiger Name, wie er seit jeher meinte, für eine kleine, gemütliche Pension am Fuße des Moritzbergs. Selten war er dort gewesen, und wenn, dann mit Maria, sonntags, nach dem Gottesdienst. Die Gaststube mit ihrer bemerkenswert guten Küche war zwar ihrem Anspruch an Qualität entgegengekommen, trotzdem war es ihr nie ganz recht gewesen, dort hinzugehen. „Was sollen denn die Leute denken, Schatz? Die meinen ja, ich sei zu faul zum Kochen“, hatte sie jedes Mal protestiert und es dann zu seiner Freude ausgiebig genossen, bedient zu werden.

Gestern hatte es ihn wieder dorthin gezogen, denn da

gab es Menschen. Bekannte aus dem Dorf oder vielleicht sogar ein paar Wanderer, die sich in diese Ecke der Landschaft verirrt hatten. Irgendjemanden, mit dem er einfach nur hatte plaudern wollen.

Gegen sechs war er wieder zu Hause gewesen, dankbar für das Lachen fröhlich spielender Kinder, den Duft der warmen Brezeln und die Gesellschaft, die ihm ein Ehepaar aus Lyon geleistet hatte, mit dem er sich köstlich über sein eingerostetes Französisch amüsierte.

Horatio ging ins Schlafzimmer, um sich anzuziehen.

Er öffnete den Kleiderschrank und schob seine Anzüge beiseite. Ordentlich auf Holzbügeln reihten sie sich ein in eine Vielzahl von Hosen, Jacken und Mänteln. Da war sein dunkelblauer Dufflecoat, den er besonders mochte, dann eine Lammfelljacke, deren Leder speckig glänzte und die er seit Jahren nicht mehr angehabt hatte. Er schob zwei Strickjacken, die er aus einem Irlandurlaub mitgebracht hatte, achtlos weiter, als sein Blick auf eine alte Golfjacke fiel. Er ergriff sie am Ärmel und zog sie ein Stück heraus. Die graublaue Wolle fühlte sich rau an. „Mein Gott, wann war es, dass ich den letzten Ball geschlagen habe?", fragte er sich. Bestimmt zwei, drei Monate vor Marias Tod. Richtig. Draußen in der Fränkischen Schweiz war das gewesen, auf dem Kanndorfer Golfplatz, mit Franz, dem alten Halunken. Horatio lächelte in der Erinnerung. Ob er sein Handicap von zwanzig noch würde halten können? Eigentlich spielte er gerne Golf. Zumindest hatte er das immer gedacht. Sonderbar. Seit Marias Tod war ihm kein einziges Mal der Gedanke daran in den Sinn gekommen. Und Franz, sein jahrelanger Flightpartner, hatte auch nicht mehr nachgefragt. Wie es ihm wohl ging? Er hatte ihn ewig nicht gesprochen. Das letzte Mal am Telefon, kurz nach Marias Beerdigung.

„Wenn du einen Freund brauchst, weißt du, wo du mich findest, aber jetzt werde ich dich erst mal in Ruhe lassen", hatte Franz damals gesagt, und Horatio wusste, es war ehrlich gemeint. Tatsächlich fühlte er sich seit Marias Tod nicht mehr wohl in der Gesellschaft anderer. Selbst alte Freunde mied er. Und die waren respektvoll genug, sich nicht aufzudrängen.

Trotzdem wäre es schön, Franz wieder zu sehen, dachte er bei sich und nahm sich vor, ihn alsbald anzurufen.

Hier hingen seine weißen Kittel. Einige bestimmt dreißig Jahre alt. Noch aus seiner Zeit als Oberarzt der Inneren Medizin am Münchner Universitätsklinikum, mit dem Aufwind zu einer glänzenden Karriere im Rücken und der Aussicht auf das ganz große Geld. Er war ein guter Arzt, das wusste er. Und damals war er schlichtweg brillant gewesen, das besaß er schwarz auf weiß. Zudem hielt er nicht viel von falscher Bescheidenheit. „Ambitioniert, zuverlässig, ein ausgezeichneter Diagnostiker", so hatte man zu jener Zeit von ihm gesprochen. Und das mit vollem Recht, erinnerte er sich. Doch dann wollte Maria zurück nach Hause, und er war mit ihr gegangen, um sich hier, in Wintersruh, ihrem Heimatort, als Landarzt niederzulassen. Weit weg vom großen Leben und den großen Ambitionen.

Horatio schmunzelte. Es hatte nicht einen einzigen Tag gegeben in all den Jahren, an dem er seine Entscheidung bereute.

Dann nahm er einen Kittel heraus und hielt ihn ins Licht. Er trug noch das verwaschene Namensschild im Kragen, „Dr. med. H. Grünfeld", und war an der rechten Tasche fein säuberlich gestopft. Maria hatte sogar Socken gestopft, abends vor dem Fernseher oder wenn sie gemeinsam in ihrer Wohnküche gesessen hatten, um einem

Konzert im Radio zu lauschen. Sie war eine sparsame Frau gewesen, obwohl es ihnen, weiß Gott, nie an Geld gefehlt hatte. Immer hatte sie streng darauf geachtet, nach nötigen und unnötigen Ausgaben zu trennen. Ein ordentlich geflickter Kittel war schließlich keine Schande. Als Kind armer Leute, aufgewachsen auf einem kleinen Bauernhof, hatte sie gelernt, genügsam zu sein und die wenigen Dinge, die sie damals besessen hatten, zu achten. Sie hatte diese Bescheidenheit nie verloren.

Er hängte den Kittel zurück zu all den anderen, die er bis vor einem Jahr so gern getragen hatte. Sauber, frisch gestärkt und faltenlos gaben sie Zeugnis von vergangener Zeit. Von Freude, Lachen und einem stillen Glück, das unwiederbringlich für ihn verloren war.

„Alter romantischer Narr", schalt er sich und schluckte kräftig, um den Kloß in seinem Hals loszuwerden.

Er griff nach dem Pullover, der zuoberst auf dem sorgfältig gefalteten Stapel lag, zog eine Tweedhose vom Bügel und ging ins Bad.

9

Als er seinen Passat in der Universitätsstraße parkte, wartete Lili bereits am Eingangsportal. Ungeduldig sah sie auf die Armbanduhr und bedeutete ihm, er solle sich beeilen, während er sich an der Reihe dicht parkender Autos vorbeischlängelte.

„Entschuldigen Sie, aber der Montagmorgen-Verkehr nach Erlangen ist grauenhaft“, sagte er und reichte ihr die Hand.

„Schon gut, aber wir haben nicht viel Zeit“, antwortete sie. „Ich hab einen vollen Terminplan.“

Horatio sprang die Treppen hinauf, zwei Stufen auf einmal nehmend. Schnellen Schrittes folgte er ihr durch das Gebäude der Erlanger Rechtsmedizin, bis sie zu einem langen, menschenleeren Flur kamen, mit einer endlosen Fensterflucht auf der einen und dunkelbraunen Holzbänken neben einer Reihe von Türen auf der anderen Seite. Den gingen sie entlang bis zum Aufzug und fuhren ins Untergeschoss.

„Wagner und ein weiterer Kollege sind auf dem Weg zu Kottenburgers Firma, um mit der Sekretärin und den anderen Mitarbeitern zu sprechen. Und ich habe mir den Bericht der Kollegen von der Spurensicherung noch mal angesehen, die seinen Mercedes bereits vor zwei Wochen untersucht haben. Er stand auf dem Hof der Baufirma. Da ihn ausschließlich der Tote gefahren hat, wie seine Frau sagte, hat wahrscheinlich auch er ihn dort abgestellt an dem Abend, an dem er verschwand.“

„Und? Irgendetwas herausgefunden?“

„Nichts. Keine Beschädigungen, keine brauchbaren Fingerabdrücke, abgesehen von Kottenburgers eigenen, kein Blut, keine sonstigen Körperflüssigkeiten. Keinerlei Hinweise, die auf sein Verschwinden oder den Mord hindeuten."

„Na ja, wenn er im Hof der Firma stand, wurde er bestimmt nicht für die Durchführung des Verbrechens genutzt. Der Täter hätte ja wohl kaum den Wagen nach der Tat gesäubert und ordentlich im Hof der Baufirma geparkt, oder?" Horatio fand seine Überlegung ziemlich clever, um nicht zu sagen *professionell.*

„Das vielleicht nicht, aber der oder *die* Täter hätten Kottenburger durchaus an seinem Auto abpassen und verschleppen oder sogar dort töten können. Dies wäre vermutlich nicht spurlos über die Bühne gegangen, denken Sie nicht auch, Sherlock?"

„Natürlich", gab Horatio ungern zu.

„Wichtig ist es, den 10. September zu rekonstruieren. Das ist der Tag, an dem Kottenburger nach jetzigem Kenntnisstand zum letzten Mal gesehen worden ist."

Der Aufzug hielt, öffnete sich und Lili und Horatio betraten das Untergeschoss. Der fensterlose lange Gang war bis zur Decke gefliest. Neonröhren beleuchteten den Weg zu einer Edelstahltür mit Milchglasfenstern. Es roch nach Formalin, Formaldehyd und anderen Desinfektionsmitteln. Lili ging zielstrebig den Flur entlang und öffnete schwungvoll die beiden Flügel der Türe. Im Weitergehen ergriff sie zwei Kunststoffschürzen, die an Haken an der Wand hingen, und drückte Horatio eine in die Hand. Die andere band sie sich selbst um.

„Wollen Sie etwa selbst das Skalpell schwingen?", fragte Horatio und legte seine ganze Ironie in die Stimme.

„Nicht heute", gab Lili allen Ernstes zurück.

Der Autopsieraum war hell erleuchtet. Drei Sektionstische standen in seiner Mitte, zwei davon belegt. Die Leiche auf dem mittleren Tisch war ganz mit einer Kunststoffplane bedeckt und am hinteren Tisch beugten sich ein Mann und eine junge Frau über den geöffneten Brustkorb der zweiten Leiche. Der Mann war um die fünfzig, hatte rotbraune dichte Locken, die ihm bis weit in den Nacken reichten und im Neunzig-Grad-Winkel von seinem Kopf abstanden. Auf seiner Nasenspitze saß eine altmodische Brille mit großen, eckigen Gläsern, die ihm ein einigermaßen skurriles Aussehen verlieh.

Als Lili den Raum betrat, hob er den Kopf.

„Oh, Frau Karmann, wie schön, Sie zu sehen!", begrüßte er sie überaus freundlich. Dann richtete er sich auf, legte die Rippenschere auf den kleinen Organtisch, der oberhalb des Kopfendes des großen stählernen Sektionstisches angebracht war, und streifte sich die Gummihandschuhe ab.

„Guten Morgen, Doktor Held." Lili ging auf den Gerichtsmediziner zu und reichte ihm die Hand. „Das ist Doktor Grünfeld", sagte sie weiter, auf Horatio weisend. „Er hat die Leiche im Birkensee gefunden und den Totenschein ausgestellt."

„Oh ja, natürlich, ich weiß. Guten Tag, Doktor Grünfeld. Lassen Sie mich raten ... Chirurgie? Habe ich recht?" Held lachte verbindlich.

„Innere. Guten Tag", antwortete Horatio und gab dem Kollegen die Hand.

„Hier liegt er, der Gute, in all seiner verstümmelten Pracht", begann Held ohne Umschweife und zog mit einem Ruck die Plastikplane vom mittleren Sektionstisch.

„Unser Doktor hier hat mitunter eine ganz eigene Art von Humor", raunte Lili Horatio zu, und Held lachte.

„Er ist halt Mediziner", gab Horatio zu bedenken.

„Eben. Und außerdem wissen meine Kunden, dass ich sie alle mag und liebevoll behandle." Er tätschelte den Arm des Toten und Lili rollte die Augen.

„Sie zweifeln? Die Toten, meine Liebe, egal wie schrecklich sie zugerichtet sein mögen, sind in aller Regel viel weniger abstoßend als die Lebenden. Sie sind geduldiger, nicht wehleidig und schweigsamer. Ja, vor allem Letzteres. Deshalb sind sie mir so sympathisch", fuhr er fort. „Doch nun zu Ihrem Fall. Sie haben es doch sicher eilig, wie ich Sie kenne?"

„Sehr, Doktor Held, danke." Lili sah auf ihre Armbanduhr.

„Leiche 106 A 037 weist folgende Besonderheiten auf …"

Horatio war nahe an den Sektionstisch getreten und hatte sich zusammen mit seinem Kollegen über den Toten gebeugt. Bald darauf waren beide Mediziner so sehr in ein Zwiegespräch verstrickt, dass sie Lili augenscheinlich völlig vergessen hatten.

„Halt, Doktor Held", gebot sie, die nicht die Hälfte dessen verstanden hatte, was die beiden fachsimpelten. „Ich darf Sie bitten, Ihre Ausführungen in erster Linie an mich zu richten, denn ich bin die, die den Mordfall bearbeitet. Und bitte tun Sie es so, dass ich es verstehe", fuhr sie selbstbewusst, aber freundlich fort.

„Wie dumm von mir! Werden Sie mir noch einmal verzeihen?", fragte Held galant, und Horatio schmunzelte in sich hinein, getroffen vom Blitz der Schwarzkirschenaugen.

„Also, Frau Karmann, der Tote lag zirka vierzehn Tage im See, berücksichtigt man die durchschnittliche Wassertemperatur von acht Grad sowie die geringe Strömung. Die Lungen waren frei von Wasser, denn er war bereits tot, als er in das selbige geworfen wurde."

Lili streifte Horatio mit einem schnellen Blick, den er selbstzufrieden erwiderte. „Todesursache war die sechzehn Zentimeter tiefe Stichwunde, die unter anderem der rechten Herzkammer zugefügt wurde", fuhr Held fort. „Mit voller Wucht übrigens", bemerkte er dabei nüchtern und betastete vorsichtig das aufgequollene Gewebe rund um die Einstichstelle.

„Ein männlicher Täter also?", fragte Lili.

Der Gerichtsmediziner überlegte kurz.

„Hm, ... nein. Nicht zwingend. Ein fuchsteufelswildes Weib kann das auch", grinste er Lili an und setzte dann seine Ausführungen fort. „Die rechte Herzkammer wurde gänzlich durchbohrt und der Lungenflügel verletzt. Der Tod trat unmittelbar ein infolge des kardiogenen Schocks. Die anschließend verabreichten Stichwunden in den Unterbauch dienten lediglich noch der Verzierung." Doktor Held wandte sich nochmals der Herzwunde zu. „Interessant ist die Stichführung", sagte er. „Hier sehen Sie selbst, Lili. Ich darf Sie doch so nennen?" Lili nickte beiläufig und betrachtete sich dann ebenfalls noch einmal die Wunde.

„Bei der Mordwaffe handelte es sich um eine einschneidige Klinge, vielleicht ein Küchenmesser, von gut drei Zentimeter Klingenbreite." Er nahm eine dünne Sonde und führte sie in die Wunde ein. „Der Einstichkanal ist übrigens fast horizontal, wie Sie trotz des fortgeschrittenen Verwesungsprozesses noch sehen können, mit leichtem Winkel nach links unten." Er betonte besonders die beiden letzten Worte und sah Lili vielsagend an, während er auf die beiden Röntgenbilder am Leuchtkasten hinter sich deutete.

Sie überlegte, nahm sich dann ein Skalpell vom Instrumentenwagen, stellte sich vor Horatio hin und hob den Arm, als wolle sie auf ihn einstechen.

„He, he, vorsichtig", rief er, zuckte zusammen und trat abwehrend einen Schritt zurück.

Doktor Held hatte sich indessen mit verschränkten Armen gegen den Seziertisch gelehnt und beobachtete schmunzelnd die Szene.

„Keine Sorge, ich tue Ihnen nichts", sagte Lili. *„Noch nicht"*, und Horatio blickte um Verständnis heischend zu seinem Kollegen.

„Wenn ich, so wie jetzt, vor Ihnen stehe und zusteche, halte ich das Messer automatisch so, dass die Klinge vertikal ausgerichtet ist, richtig?", fuhr sie fort und blickte zu Held, der zufrieden nickte.

„Alles andere wäre unergonomisch. Die Griffe von Messern sind so konstruiert, dass die Schnittfläche bei Gebrauch vertikal verläuft. Folglich muss ...", wieder dachte sie kurz nach, „ja, das Opfer hat vor dem Täter gelegen, und zwar so ...", sie trat an den Sektionstisch, stellte sich neben die Leiche, hob die Hand mit dem Skalpell und führte sie langsam nach unten zur Einstichstelle. „Und der Winkel nach links unten bedeutet, dass der Täter Linkshänder ist."

„Schlaues Mädchen", flüsterte der Gerichtsmediziner hinter vorgehaltener Hand in Horatios Richtung. „Sie müssten sie erst sehen, wenn sie Leichen zerlegt."

Lili blickte zu Held, dann zu Horatio und starrte anschließend nachdenklich auf den Toten. Sie besah sich seine Hand- und Fußgelenke und sagte: „Keine Ligaturen, keine Quetschungen. Er war also nicht gefesselt. Der Tote hat sich nicht gewehrt. Folglich war er zum Zeitpunkt der Tat entweder bewusstlos ..., oder ... wurde er niedergeschlagen, Doc? Oder betäubt?"

Held schüttelte den Kopf. „Keinerlei Hinweise."

„Oder ...", schlussfolgerte sie weiter, „er hat geschlafen."

„Gut gemacht, Lili“, lobte Held und trat neben sie.

„Sonst noch etwas Wissenswertes?“, fragte sie.

„Nun ja“, Held schob die Brille auf dem Nasenrücken nach oben, „er hatte wohl einige Gläser Wein intus, bedenkt man die Menge an Gerbsäure in seinem Magen. Außerdem hatte er Fisch zum Abendbrot. Hätte er sich wahrscheinlich verkniffen, wenn er gewusst hätte, dass er bald darauf selbst im See landet.“

Er lächelte unschuldig, als ihn Lilis und Horatios Blicke gleichzeitig trafen.

„Sie sind unverbesserlich respektlos, mein Lieber.“ Lili reichte ihm die Hand, um sich zu verabschieden. „Ihren schriftlichen Bericht kriege ich wann?“

„Frühestens morgen Abend, spätestens übermorgen früh. Hab noch 'ne Menge zu tun.“

„Morgen Abend, … spätestens.“

„Na schön, weil Sie es sind.“

„Danke, Doktor, und bis demnächst.“ Lili drehte sich um und ging in Richtung Tür.

Horatio reichte dem Kollegen ebenfalls die Hand. „Wiedersehen, und danke“, sagte er rasch und folgte ihr.

Held nickte nur und sah den beiden grinsend nach. „Und seien Sie vorsichtig, Doktor Grünfeld. Die Frau Hauptkommissarin ist gefährlich, wie sie ja inzwischen wissen“, rief er Horatio hinterher, der gottergeben die Achseln zuckte.

„Ich muss zurück ins Präsidium“, sagte Lili, als sie beide wieder draußen auf der Straße standen. Bis jetzt hatte sie geschwiegen, schien tief in ihre Gedanken verstrickt. „Aber heute Nachmittag habe ich in ihrer Gegend zu tun. Wenn Sie Zeit haben, komme ich anschließend bei Ihnen vorbei und informiere Sie über das weitere Vorgehen.“

Sie klang sehr dienstlich und reserviert, und Horatio fragte sich, ob er etwas Falsches gesagt oder getan hatte. Ärgerlich schob er sich die Hände in die Jackentaschen. Wieso machte er sich Gedanken über Lilis Befindlichkeiten? Noch schlimmer: über sein Verhalten? Es verwirrte ihn, und das mochte er ganz und gar nicht.

„Es sei denn, Sie wollen sich aus der Sache zurückziehen."

„Aber nein", antwortete er schnell. „Ich werde zu Hause sein."

„Das habe ich befürchtet", sagte Lili scherzhaft und lächelte ihn an. Ein warmes, dunkles Leuchten war für einen kurzen Moment in ihre Augen zurückgekehrt.

Ohne ein weiteres Wort stieg sie in ihren Toyota und fuhr davon, während ihr Horatio nachsah.

10

Der späte Vormittag war ungewöhnlich windstill unter dem blassblauen Himmel, und die Terrasse des Cafés nur spärlich besucht. Hie und da konnte man die verhaltenen Stimmen der Gäste hören, heimlich und bruchstückhaft, wenn man es wollte, ihrer Unterhaltung lauschen, die sich mit dem leisen Plätschern des Rinnsals vermischte, das aus dem Steinbrunnen inmitten der Blumenbeete quoll. Doch Horatio achtete nicht darauf.

Die feuchte Kühle des Herbstes hatte das leuchtende Orange der Montbretien in müdes, lebloses Braun verwandelt und das samtene barocke Rot der „Fetthenne" war dem stumpfen Graubraun von Asche gewichen. Nur ein paar vereinzelte Strauchrosen hatten noch ihr Zitronengelb bewahrt und richteten gierig ihren Kopf gegen die tief stehende bleiche Sonne, die durch müde Wolken spähte. Wie Wollflusen hingen sie am Himmel, rauchweiß und unbewegt.

Ein Stück weiter die Wiese hinauf barst ein alter, knorriger Apfelbaum unter der Last seiner rotwangigen Früchte. Überreif warteten sie vergeblich darauf, geerntet zu werden. Bis hinauf zu den bewaldeten Hügeln standen Zwetschgenbäume in unregelmäßigen Abständen und säumten zur Linken die schmale Landstraße nach Schwaig.

Horatio hatte seine Heimfahrt zugunsten einer Tasse Kaffee unterbrochen und es sich auf einer der alten Holzbänke auf der Steinterrasse eines kleinen Cafés bequem gemacht. Der Cappuccino stand dampfend vor ihm. Genau das, was er jetzt brauchte. Gierig griff er danach und verbrannte sich Lippen und Zunge.

„Verdammt, was ist los mit dir, alter Knabe!", schalt er sich im Stillen. Die latente innere Unruhe, die sich nun schon seit drei Tagen seiner bemächtigte und ihn gedanklich und körperlich umtrieb, war lästig. Der Mordfall beschäftigte ihn. Er dachte wieder über die menschliche Tragik nach, die sich dahinter verbarg und von der er bisher nur Fragmente kannte. War es die Tat eines Irrsinnigen gewesen, wie der Gerichtsmediziner meinte? Oder blindwütige Rache? Heute Abend würde er von Frau Karmann hoffentlich mehr erfahren. Von Frau Karmann! Wie dämlich sich das anhörte. Nicht des Namens wegen, sondern weil es viel zu förmlich klang.

„Ich werde sie einfach Lili nennen, zumindest, wenn ich über sie und den Fall nachdenke", gestattete er sich und überzeugte sich davon, dass dies nicht zu persönlich war, sondern einfach nur kürzer, pragmatischer. Zudem waren sie im Augenblick ja so etwas wie Kollegen, und da konnte man sich beim Vornamen nennen, ohne die nötige Distanz zu verletzen. Daran war ihm besonders gelegen. Keinesfalls, das hatte er sich gestern bereits vorgenommen, würde er der Sache mehr Bedeutung beimessen. Sobald Lili den Fall gelöst hatte, würde er sich wieder zurückziehen in sein eigenes Leben, sich seiner Handvoll Patienten, seinem Haus und vor allem Maria und ihren Rosen widmen. Und alles wäre wie immer. Doch jetzt, ... jetzt freute er sich erst einmal auf den heutigen Abend.

11

„Ich habe Neues zu berichten", begrüßte ihn Lili und trat rasch ein, als er ihr die Haustüre öffnete. Es war bereits kurz vor sieben und draußen kalt und düster.

Er half ihr aus dem Wollmantel und führte sie in die Wohnküche. Sie folgte der Wärme des Herdes, in dem ein wohliges Feuer knisterte, blieb daneben stehen und rieb sich die klammen Hände.

„Gemütlich haben Sie es hier." Sie blickte um sich und lächelte.

Hatte, verbesserte er in Gedanken und nickte.

„Aber bitte, nehmen Sie doch Platz und erzählen Sie. Ich richte uns inzwischen etwas zu essen. Kaffee? Tee? Wein?"

„Tee, bitte."

„Ich freue mich, dass Sie gekommen sind", bemerkte er beiläufig und schnitt das Brot in Scheiben. „Sicherlich hätten Sie Besseres zu tun, als um diese Zeit mit einem alten Landarzt in seiner Wohnküche Tee zu trinken und belegte Brote zu essen."

„Ganz und gar nicht. Da war nur der hässliche Stapel Schreibkram auf meinem Schreibtisch. Und im Übrigen: So viel Bescheidenheit passt nicht zu Ihnen." Ihr Blick traf seinen für den Bruchteil einer Sekunde. „Ich bin ziemlich altmodisch, müssen Sie wissen", fuhr sie fort, „und um ehrlich zu sein, leider auch ziemlich langweilig. Ich ziehe einen dampfenden Becher Tee und ein glimmendes Kaminfeuer Nürnbergs Nachtleben vor."

„Nun, das sehe ich nicht als Nachteil."

„Na ja, mir genügt es jedenfalls. Aber nun zu unserem Fall.“ Sie lenkte das Gespräch in eine andere Richtung, setzte sich an den Küchentisch und zog einen Schnellhefter aus der Aktentasche. „Wagner war heute Vormittag in Kottenburgers Baufirma und sprach mit einigen Mitarbeitern und der Sekretärin. Sein Bericht war recht aufschlussreich.“ Sie überflog die Zeilen. „Die Sekretärin, Ursula ‚Uschi‘ Roth, ist noch recht jung. Zweiundzwanzig, und nach Wagners Beschreibung ein ‚richtig heißer Ofen‘. Wasserstoffblond und lila gesträhnt, gepiercter Schmollmund und, ich zitiere: ein extrem kurzer Minirock über einem unruhigen Becken ... Wagner hat manchmal eine recht blumige Art, die Dinge zu beschreiben“, sie lächelte, las still weiter im Text und fuhr dann fort: „Sie gab wohl recht freimütig und ungerührt zu, dass sie seit längerem ein Verhältnis mit Kottenburger hatte, was ihr einen regelmäßigen Nebenverdienst in der Firma sicherte. Spaß habe es obendrein gemacht, denn, ich zitiere weiter: Der Alte hat gewusst, was Frauen brauchen. Das hat sie Wagner jedenfalls kaugummikauend eröffnet. Er ist ganz rot im Gesicht geworden, als ich ihn darauf ansprach.“

Horatio lachte, sagte jedoch nichts dazu und schenkte Tee in die beiden Tassen, die er inzwischen auf den Tisch gestellt hatte.

„Vielleicht knöpfe ich mir das Mädchen ja selbst noch mal vor“, überlegte Lili laut. „Doch weiter! Kollege Wagner hat zudem in Erfahrung gebracht, dass unsere Leiche bis vor drei Monaten viele Jahre lang regelmäßig Geld auf das Konto einer Elisabeth Kunze überwiesen hat, und besagte Dame war eine Vorgängerin der kessen Sekretärin.“

„Erpressung?“ Horatio ließ ab vom Brotschneiden und blickte zu Lili.

„Oder Unterhaltszahlungen."

„Ein uneheliches Kind?"

„Möglich. Ich werde Frau Kunze morgen Vormittag besuchen. Wagners Bericht enthält außerdem Hinweise auf den ehemaligen Geschäftspartner von Kottenburger. Die beiden haben sich vor einigen Monaten getrennt. Um diesen Gernot Bader werde ich mich ebenfalls morgen kümmern."

„Volles Programm also."

Lili nickte, noch immer in Wagners Bericht vertieft.

„Kann ich wieder mitkommen?", fragte Horatio ebenso beiläufig wie erwartungsvoll.

„Haben *Sie* nichts Besseres zu tun?"

„Nur die Kassenabrechnung, und die kann immer noch warten. Meine wenigen Patienten habe ich telefonisch für einige Tage an den neuen Doktor verwiesen", sagte Horatio und lauerte gespannt auf Lilis Kommentar. Doch sie erwiderte nur: „Ach ja?", und widmete sich sofort wieder Wagners Zeilen.

„Wagner ist gerade dabei, Kottenburgers Privat- und Geschäftskonten bei der Stadtsparkasse, der Dresdner und der HypoVereinsbank zu prüfen. Geld liegt da in rauen Mengen drauf, wie er bereits feststellte. Solvent war der Bursche jedenfalls. Wobei nur er selbst auf seine Privatkonten Zugriff hatte. Die Ehefrau besitzt keine Vollmacht."

„Eigenartig", bemerkte Horatio.

„Ja und nein, denn sie hat, wie wir ja bereits wissen, ihr eigenes beträchtliches Vermögen", erinnerte sie Horatio an das Gespräch mit Felizitas Kottenburger. „Und nun erbt sie ja so oder so alles, denke ich."

Er nahm zwei Teller und Besteck aus dem Schrank und deckte den Tisch, während Lili ihre dienstlichen Unterlagen in der Aktentasche verstaute. Dann holte er den kalten Braten und ein Stück Bauernkäse aus dem Kühlschrank und stellte sie zu den Broten und der Butter auf den Tisch.

„Schluss für heute mit den Leichen und Mördern?“, fragte er.

„Schluss für heute. Hoffentlich. Man weiß ja nie“, sagte Lili und lehnte sich zurück, während sie argwöhnisch auf das Handy schielte, das neben ihr auf dem Tisch lag.

„Also dann: Guten Appetit, Frau Karmann. Den Braten hat Haberkörnchen gemacht. Er schmeckt kalt fast noch besser als heiß.“

„Danke für die Einladung“, sagte Lili höflich und griff nach dem Brot.

„Erzählen Sie mir ein wenig von sich. Ich meine damit nicht die Kriminalbeamtin, sondern Lili Karmann, den Menschen. Ich weiß rein gar nichts von Ihnen.“

„Ist es denn nötig, etwas von mir zu wissen?“

„Nein. Aber neugierig bin ich trotzdem. Gibt es da keinen Mann? Keine Familie? Keine Kinder? Kein ... Irgendwas?“

Lili lachte. „Meine Lebensgeschichte ist lang und traurig. Mögen Sie lange und traurige Geschichten?“

„Nein. Erzählen Sie.“

Für einen Moment sah sie ihn stumm an, schien zu überlegen. Schließlich begann sie: „Na gut. Aufgewachsen bin ich in Regensburg. Meine Mutter war Italienerin, kam aus Sizilien. Verarmter Adel. Mein Vater war Kaufmann. Beide leben nicht mehr. Meine Kindheit? ...“, wieder dachte sie nach. „Unspektakulär. Zwei ältere Schwestern, beide verheiratet und traditionsbewusste brave Hausfrauen.“ Sie betonte die beiden letzten Worte genüsslich und Horatio lächelte kauend. „Sie würden Ihnen gefallen, denn sie rümpfen verständnislos die Nase über mich und meine geradezu skandalöse Eigenständigkeit. Ganz zu schweigen von meiner Arbeit. Keiner in meiner Familie hatte Verständnis dafür, als ich damals nach Fürstenfeldbruck auf die Polizeifachhochschule ging."

„Wundert Sie das?"

„Ja, eigentlich schon", entgegnete sie aufrichtig.

„Gibt's denn da niemanden, der Sie von Ihren Dummheiten abhält?", wollte Horatio wissen.

„So wie Sie das sagen, meinen Sie einen Mann." Wieder überlegte sie, schien unschlüssig, ob sie dieses Thema anschneiden sollte. „Na ja", sagte sie dann mehr zu sich selbst, „warum auch nicht?", und schob so den Vorsatz, allzu Persönliches zurückzuhalten, erst einmal beiseite. „Dreizehn Jahre ist es jetzt her. Ich war Anfang dreißig – und verlobt", sagte sie. „Wir wollten heiraten. Kinder. Jedenfalls sprachen wir öfter davon. Er plante, ich plante. Dann, eines Morgens unter der Dusche, spürte ich einen Knoten in meiner linken Brust. Nicht groß, wie eine Erbse vielleicht. Nichts Beängstigendes. Eine Zyste, beruhigte ich mich, denn ich war immer wieder mit diesen Dingern gesegnet gewesen, seit ich zwanzig war. Einige Wochen später war der Knoten merklich gewachsen und mit ihm eine gewisse Unruhe, die sich nicht mehr verdrängen ließ. Könnte es vielleicht doch ...?" Lili schwieg einen Augenblick, dann fuhr sie fort: „Die Biopsie sagte ja. Krebs." Wieder verstummte sie, starrte vor sich auf den halb leeren Teller. „Es folgten fünfzehn Monate schrecklicher Tortur. Körperlich und seelisch. Zwei Operationen, sechzehn Bestrahlungen. Medikamente, auf die mir sterbensübel wurde. Angst, Einsamkeit, Isolation, ... Schmerzen. Und die Hoffnung auf Leben, die jede Gedankenlosigkeit mit einem Schlag hinweggefegt hatte." Sie legte das Besteck auf den Tellerrand, stand auf, ging langsam um den Tisch und zum

Fenster. Bei Tage gab es den Blick frei auf das Stück Rasen, das das Grundstück hinter dem Haus begrenzte, und auf die dahinter liegenden Felder und den Wald. Doch nun bildeten Land und Himmel eine einzige schwarze Fläche hinter dem Glas. Lili blieb davor stehen und blickte stumm hinaus in die Dunkelheit.

Auch Horatio hatte zu essen aufgehört. Schweigend folgte er ihr mit den Augen. Sie hatte das Gesicht von ihm abgewandt, doch ihr Profil zeichnete sich im Lichtkegel der Stehlampe ab und spiegelte sich in der Fensterscheibe.

„Und er?“, fragte er schließlich.

Lili drehte ihm über die Schulter ihr Gesicht zu und lächelte. „Ich hab's ihm nicht gleich erzählt. Erst wenige Tage vor der ersten Operation. Musste selbst erst wieder Boden unter die Füße bekommen. Vielleicht dachte ich auch, ich könnte den Krebs aus meinem Körper verbannen, indem ich ihn verschwieg und ignorierte. Dumm, nicht?“

Horatio antwortete nicht, sah sie nur an.

„Er fuhr mich in die Klinik – damals wohnte ich noch in Regensburg –, blieb jedoch im Auto sitzen. Lieferte mich nur ab. ‚Du schaffst das schon‘, hat er gesagt und mir meinen Koffer gegeben. Dann hat er mir verlegen meine Hand getätschelt. Er war nervös und fühlte sich unwohl, das war ihm deutlich anzumerken.“ Lili drehte sich nun ganz zu Horatio um und lehnte sich gegen die Fensterbank. Die Arme hielt sie noch immer fest vor sich verschränkt. „Er hat nicht gesagt, *wir* schaffen das, sondern *du* schaffst das“, wiederholte sie noch einmal. Für einen Augenblick presste sie die Lippen aufeinander, doch dann lächelte sie, und während sie zu ihrem Stuhl zurückging, sagte sie leichthin: „Ich habe ihn seitdem nicht wieder gesehen.“

Sie setzte sich und trank ihre Teetasse leer. Als Horatio noch immer schwieg, begann sie von neuem. Ihre Stimme war fest, frei von Bedauern oder Sentimentalität: „Irgendwann schickte er einen Blumenstrauß ins Krankenhaus. Keine Rosen, mit denen er mich sonst immer bedacht hatte, sondern eine bunte Mischung aus irgendetwas. Und einen Brief, in dem er mir sein Bedauern über den ‚Verlauf der Dinge' ausdrückte und darüber, dass er unter den gegebenen Umständen leider doch nicht ..., na ja, das übliche Blabla eben. Drei Monate später hat er geheiratet. Ich habe es damals aus der Zeitung erfahren. Ein hübsches junges Ding aus gehobenen gesellschaftlichen Kreisen. Freilich kein Vergleich mit dem Fünfundvierzig-Kilo-Wrack, das ohne Haare, Augenbrauen und Wimpern aussah wie der jämmerliche Schatten eines Zombies, aufgedunsen vom Kortison und mit einer narbigen Körperwölbung, die kaum mehr an eine weibliche Brust erinnerte. Mal ganz zu schweigen von der Lebenserwartung, die möglicherweise höchst absehbar sein würde."

Horatio hörte noch immer nur zu, sagte nichts, starrte auf seinen Teebecher, den er mit beiden Händen hielt und zwischen den Fingern hin und her drehte. Er hatte die Lippen zusammengepresst, als wolle er sich dadurch jeden Kommentar verbieten.

Lili nickte, bekräftigte damit noch einmal das Erzählte, doch ihr Gesichtsausdruck hatte sich verändert. Fragend, unsicher, verletzlich war er plötzlich, beinahe schüchtern, so, als würde sie sich schämen für ihre Offenheit. Horatio bemerkte nicht, dass er ihr jetzt geradewegs in die Augen sah, denn seine Gedanken waren weit, sehr weit entfernt. Dann sagte er ruhig: „Sie haben nichts verloren. Gar nichts. Und Sie sollten es vergessen, so schrecklich es auch für Sie war."

„Oh, das Leben sorgt schon dafür, dass man sich seines Unglücks bewusst bleibt“, antwortete sie und hielt seinem Blick noch immer stand.

„Wein?“, fragte er, nachdem sie beide eine Zeit lang geschwiegen hatten.

„Lieber noch Tee“, antwortete Lili, „ich muss fahren.“ Sie hatte zu ihrer Selbstsicherheit zurückgefunden.

„Ein halbes Glas? Medizinisch verordnet?“

„Na, meinetwegen.“ Lächelnd schob sie den Teller ein Stück von sich und entfaltete eine der Papierservietten, die griffbereit auf dem Tisch lagen.

„Haben Sie Angst?“ Ohne sie anzusehen, ganz und gar auf das Einschenken des Weinglases konzentriert, richtete er die Frage an sie.

„Wovor?“ Lili wusste nicht genau, worauf er hinauswollte.

„Vor dem Sterben.“ Wieder sah er ihr direkt in die Augen, bemerkte ihr Erstaunen. „Immerhin haben Sie einen gefährlichen Job ... Und Sie hatten Krebs, eine Krankheit mit hoher …“ Er führte seinen Satz nicht zu Ende und hätte sich ohrfeigen können für seinen Mangel an Feingefühl. Doch er war es gewöhnt, diese Dinge beim Namen zu nennen. Auch wenn es sich zugegebenermaßen gerade irgendwie anders anfühlte.

„Ja, die Todesrate ist hoch, … und auch die Rückfallrate“, sagte sie eher beiläufig. „Und mein Job hat auch mit dem Tod zu tun, … aber ich denke nicht viel drüber nach.“ Sie griff nach dem Weinglas, drehte es mit den Fingern auf der Tischplatte im Kreis.

„Während der Therapie …, ich hab nie daran gedacht, dass mein Leben nun vorbei sein könnte. Sterben hatte nie wirklich etwas damit zu tun.“ Sie lächelte ihn an, scheu, beinahe verlegen. „Naiv, nicht?“

Horatio antwortete nicht, sah nur nachdenklich auf das Glas, das sich noch immer zwischen ihren Fingern drehte.

„Aber damals habe ich gelernt, dass Sterben und Tod zwei ganz verschiedene Dinge sind“, fuhr sie fort. „Vor dem Tod habe ich keine Angst. Vor dem Sterben … schon.“

Er nickte.

„Jetzt Sie“, forderte sie im Plauderton, um der Stimmung, die das Erzählen ihrer eigenen Geschichte hinterlassen hatte, die Schwere zu nehmen. „Wer versteckt sich hinter dem frauenfeindlichen und brummbärigen Landarzt, den ich am Birkensee traf?“

„Ich bin weder frauenfeindlich noch sonst irgendwie unsympathisch, um das klarzustellen. Was möchten Sie denn wissen?“ Horatio hörte sich offen und angriffslustig an, doch sein Unterkiefer spannte sich und ein Schatten huschte über sein Gesicht.

Lili ließ sich davon nicht beeindrucken. Ihr Interesse war diesmal zwar nicht dienstlicher Natur, doch kam ihr die professionelle Hartnäckigkeit entgegen, mit der sie regelmäßig anderen ihre Geheimnisse entlockte.

„Alles“, forderte sie deshalb, ohne den Eindruck zu erwecken, dass dies tiefere Bedeutung hätte.

Horatio lachte und wies darauf hin, dass er mangels ausreichender sozialer Kontakte in den vergangenen Monaten die Gelegenheit zum Reden womöglich schamlos ausnutzen könnte.

„Nur zu“, ermutigte sie ihn. „Ich habe gelernt zuzuhören.“ Sie zog ihren Teller zu sich zurück und griff noch mal nach dem kalten Braten, der appetitlich duftete, und nach den Butterbroten.

Unterdessen schenkte Horatio den Wein ein und begann zu erzählen. Erst von Neu-Perlach bei München, wo er aufgewachsen war, und von seiner Zeit als junger Assistenzarzt. Von seiner steilen Karriere als Internist am Universitätsklinikum München und später dann von den Jahren seiner frühen Jugend, gleich nach dem Krieg. Jener Zeit, die gezeichnet war von Entbehrung, zerbombten Stadtteilen, von seinem Vater, der in Russland gefallen war und den er nur von Bildern kannte. Dann folgten die ersten Jahre in Wintersruh. „Es hat eine ganze Weile gedauert, bis ich die Sturköpfe hier im Ort davon überzeugt hatte, dass ihnen ein oberbayerischer Sturkopf in keiner Weise nachsteht und ich einer von ihnen bin", erinnerte er sich lachend und goss sich Wein nach. Maria erwähnte er kein einziges Mal.

Lili hörte ihm aufmerksam zu, ohne ihn zu unterbrechen, und bemerkte, wie sein Unterkiefer und seine Stimme sich entspannten, während er sprach. Und sie behielt ihn im Blick, als sie schließlich nach Maria fragte.

„Sie sagten, Sie sind Witwer, Doktor. Wann ist Ihre Frau gestorben?"

„Vor elf Monaten und fünf Tagen", antwortete er höflich, aber sein veränderter Ton ließ keinen Zweifel daran, dass sie mit ihrer Frage verbotenes Terrain betrat.

Doch Lili war hartnäckig. „Erzählen Sie mir von ihr!"

Eine Weile blieb er verbissen stumm. Dann sah er wieder geradewegs in ihre dunklen Augen. Sein Blick war abschätzend. Endlich sagte er: „Ich habe mit niemandem über Maria gesprochen seit ihrem ... Tod."

Lili antwortete nichts, hielt auch diesmal seinen Augen stand.

„Sie war ...", begann er zögernd, „sie war etwas ganz Besonderes." Er ließ sich Zeit, die passenden Worte zu finden, die das, was er fühlte, wenn er an sie dachte, angemessen umschrieben, war sich gleichzeitig unsicher, ob ihm das überhaupt gelingen würde. Maria und dem, was ihn noch immer mit ihr verband, mit Worten gerecht zu werden, fiel ihm grausam schwer.

Überdies war er es nicht gewohnt, sein Inneres zu präsentieren, kannte seine Ungeschicklichkeit im Mitteilen von Emotionen. Und von Maria zu sprechen, war reines Gefühl. Wie sollte er sich einer im Grunde völlig fremden Frau gegenüber verständlich machen? Maria war die Einzige, die seine Empfindungen genau zu deuten vermocht hatte. Seinen Ärger, den er hinter Zynismus versteckte, die Freude, die er mit Gleichmut kaschierte, die Rührung und Sentimentalität, die sich oft in brummigen, barschen Kommentaren entlud.

Doch er wagte es, ein Stück weit er selbst zu sein an diesem Abend. Warum, war ihm rätselhaft. Aber er tat es, und mit jedem Satz fiel es ihm leichter, sein Herz zu öffnen. Lili lauschte ihm still, fasziniert von der Veränderung, die mit ihm vorging. Sein Blick begann sich zu verschleiern in der Erinnerung und seine Züge entspannten sich. Seine Stimme war weich geworden und dunkler als üblich.

„Maria hatte moosgrüne, sanfte Augen. In einem bestimmten Licht glänzten sie warm wie Bernstein", schwärmte er. „Ganz anders als Ihr Schwarzkirschenblick", fügte er hinzu und schenkte ihr ein spitzbübisches Grinsen.

„Danke", sagte sie trocken. „Aber immerhin vergleichen Sie mich. Das bedeutet, Sie nehmen mich zumindest als Frau wahr."

„Warum auch nicht? Schließlich sind Sie das doch. Und eine recht ansehnliche obendrein." Was hatte er da eben gesagt? War er verrückt geworden? Lieber hätte er sich auf die Zunge beißen sollen, als so etwas zu sagen! Donnerwetter! Öfter durfte ihm das nicht passieren, ermahnte er sich insgeheim und räusperte sich.

„Nochmals danke schön. Aus Ihrem Munde werte ich das als echtes Kompliment. Erzählen Sie weiter!“, antwortete Lili ungerührt.

„Sie war Lehrerin, arbeitete an einer privaten Behindertenschule in München, als ich sie kennenlernte. Ich verliebte mich auf den ersten Blick in sie. Ein Jahr später waren wir verheiratet.“ Sein Blick ruhte wieder auf der blauen Tasse. „Ich habe niemals eine Frau kennengelernt, die sanftmütiger und geduldiger war und dabei doch von so viel Kraft und Optimismus beseelt“, fuhr er fort. Er lächelte müde. „Irgendwann beschlossen wir, hierher in ihren Heimatort zu ziehen. Marias Herz war hier. Das hatte ich immer gespürt. Gleich nach ihrem Studium ist sie nach München gegangen. Hatte ein wenig von ‚der Welt‘ sehen wollen, wie sie immer sagte. Sie hat auch rasch eine Anstellung gefunden, ... und natürlich mich.“ Er grinste liebevoll. „Aber ihr Heimweh wuchs und bald konnte sie es nicht mehr verheimlichen, wie sehr sie sich nach ihrer Heimat sehnte. Nach ihrer Familie, ihrem kleinen Dorf, ihren alten Freunden. Also zogen wir hierher und ich bemühte mich, in die Landarztrolle hineinzuwachsen. Maria blieb fortan daheim und führte den Haushalt. Zwar haben wir keine Kinder, aber ihre Hausfrauenrolle hat sie dennoch geliebt. Sie war von ihr erfüllt und hat sie nie in Frage gestellt, wissen Sie.“

„Nun, solange *Sie* das nicht taten?“ Lilis prosaischer Einwand holte ihn aus seiner Erinnerung zurück.

„Wie meinen Sie das?“

„Ich meine, nein, ich *weiß*, dass viele Männer zwar die Rollenteilung insgeheim genießen und sich urheberrechtlich aufs Bedientwerden berufen, mit der Zeit aber jeden Respekt vor ihren Hausfrauchen verlieren. Sie denken und reden geringschätzig über ihr Heimchen am Herd und setzen damit einen Mechanismus in Gang, der tatsächlich oft dazu führt, dass solche Frauen langsam am Kochtopf verdummen."

„Bei Maria und mir war das nicht so", protestierte er. „Sie war eine intelligente und tatkräftige Frau und wir haben uns prima ergänzt."

„Sie müssen nicht die Stacheln aufstellen, Doktor, und Ihre Frau verteidigen." Lächelnd beschwichtigte sie ihn mit einer Handbewegung. „Ich sage ja nicht, dass es keine Ausnahmen gibt."

„Halten Sie deshalb an Ihrem Beruf fest?", spielte er den Ball zurück, und sie fing ihn souverän auf.

„Nein, ich liebe meinen Beruf. Aber ich gestehe mit Blick auf jede gute Partnerschaft und einem kleinen, *klitze*kleinen Anflug von Neid und Bedauern, dass sich irgendetwas in mir auch ganz gerne für Ehe, Kinder und Haushalt entschieden hätte."

Horatio war überrascht, wie offen sie das zugab. Trotzdem verwarf er ihr Bekenntnis. „Ach, hören Sie auf!", sagte er. „Sie wollen mir doch nicht weismachen, dass sich nach diesem ..., diesem ... Blindgänger", er betonte das Wort in ehrlicher Schmähung, „kein Mann mehr für Sie interessiert hat?"

„Doch, das will ich. Es ist die Wahrheit", antwortete sie schlicht. „Sicher, da gab es schon hin und wieder die eine oder andere Gelegenheit", grenzte sie vage ein, „aber nichts wirklich Ernstzunehmendes."

„Angst?", fragte Horatio, und sie überlegte.

„Vielleicht. Im weitesten Sinne. Aber auch Anspruch. Und natürlich Skrupel."

„Skrupel?"

Lili antwortete nicht, sah an ihm vorbei. Dann fasste sie mit der rechten Hand an ihre linke Schulter und ließ sie langsam zu ihrem Herzen hinuntergleiten. Offenbar war sie sich dieser wohl schon tausend Mal wiederholten Geste nicht bewusst, denn sie zuckte zusammen, als Horatio laut und beinahe ärgerlich „Blödsinn" rief. „Sehen Sie sich doch an! Sie sind eine hübsche Frau", schimpfte er, „und Sie besitzen Persönlichkeit." Ungefiltert ehrlich und spontan kamen die Worte aus ihm heraus. „Jemand wie Sie hat es, weiß Gott, nicht nötig, sich über seinen Busen zu definieren!" Richtig zornig hörte er sich an, und er wurde noch wütender, als ihm klar wurde, dass er Lili soeben wieder ein Kompliment gemacht hatte.

Lili war platt vor Staunen. Dann jedoch lachte sie schallend los. „Und das aus Ihrem Munde", sagte sie und blinzelte ihm versöhnlich zu.

„Mein Chauvinismus stempelt mich nicht zwangsläufig zum Lügner", gab er zu bedenken und lächelte nun ebenfalls. „Entschuldigen Sie, ich sollte meine Zunge im Zaum halten. Aber wissen Sie, in meinem Beruf beurteilt man den menschlichen Körper in erster Linie nach seiner Funktionstüchtigkeit. Die Optik spielt dabei eine eher nachrangige Rolle. Was jedoch nicht heißt, dass man betriebsblind wird und körperliche Schönheit nicht mehr als solche wahrnimmt."

„Verstehe", sagte Lili und trank von ihrem Rotwein. „Danke für das Kompliment."

„Das war kein bisschen geschmeichelt", knurrte Horatio.

„Ich weiß", bestätigte Lili. „Woran ist Ihre Frau gestorben?" Ihre Frage kam völlig unerwartet und ließ keinen Raum für Ausflüchte.

„Es war das Herz." Sein Ton gab zu verstehen, wie fassungslos er noch immer über den Verlust Marias war. Er blickte hinüber zu dem Platz, an dem der blaue Becher stand. „Sie hatte Kartoffeln für das Abendbrot geschält. Ihre Arme lagen auf der Tischplatte. In der linken

Hand hielt sie eine halb geschälte Knolle, in der rechten das Messer. Ihr Kopf war vornüber gesunken und ruhte auf einem Berg Kartoffelschalen. Ganz friedlich lag sie da, die Augen geschlossen. Gerade so, als wollte sie sich nur ein wenig ausruhen. So habe ich sie gefunden, als ich eines Abends nach Hause kam. Ich konnte nichts mehr für sie tun." Seine Stimme war leise geworden, monoton. „Von einer Sekunde zur anderen. Alles vorbei." Er atmete tief durch. Dumpf und niedergeschlagen ruhten seine Augen noch immer auf Marias Tasse.

„Und doch können Sie sich glücklich schätzen für das, was Sie so lange hatten. Es ist so viel mehr, als viele andere jemals in ihrem Leben erfahren dürfen. Ich jedenfalls beneide Sie darum."

Horatio sah zu ihr hin. Ihre Ehrlichkeit war ein Geschenk.

„Ich frage mich manchmal, was wohl mehr schmerzt, Doktor", fuhr sie fort. „Die Sehnsucht nach dem, was man verloren hat, oder die nach dem, was man niemals erlangen konnte."

Beide saßen sich schweigend gegenüber, sahen versonnen auf ihre halb leer gegessenen Teller, betroffen von der Offenheit, mit der sie sich begegneten.

Horatio ergriff als Erster wieder das Wort, schlug einen leichteren Ton an. „Wissen Sie, Chefin, wir sollten das öfter tun", sagte er lächelnd, griff nach Messer und Gabel und nahm sich ein weiteres Stück kalten Braten.

„Gemeinsam mit dem Schicksal hadern?" Auch Lili griff noch einmal nach dem nach Knoblauch und Kümmel duftenden Fleisch.

„Nein, gemeinsam zu Abend essen."

12

Gegen elf Uhr des folgenden Tages parkte Lili ihren Toyota in der Gartenstraße. Horatio wies sie auf das Parkverbot hin, und sie schob ihr „Beamter im Dienst"-Kärtchen gut sichtbar hinter die Windschutzscheibe. Dann stieg sie aus und knöpfte sich den Wollblazer zu, denn der Wind blies herzhaft an diesem Vormittag und die weiße Sonne war ohne Wärme. Horatio folgte ihr. Er sah, dass sie fror, sagte jedoch nichts. Gemeinsam gingen sie den schmalen Gehsteig entlang.

„Hier ist es." Lili zeigte auf eine Haustüre vor sich.

Abschätzend glitt sein Blick an der schäbigen Front des Wohnblocks entlang, vor dem Lili stehen geblieben war.

„Hier wohnt Elisabeth Kunze", sagte sie noch einmal.

„Altes Gemäuer. Könnte einen Eimer Farbe gebrauchen", brummte Horatio.

„Der freudlose Charme der Bedürftigkeit", bemerkte Lili und ging auf die dunkelbraune Eingangstüre zu, die mit Schrammen übersät war vom achtlosen Aufstoßen mit grobem Schuhwerk, verkratzt von Fahrradblenden, matt von schmutzigen Fingerabdrücken. Das Holzbrett mit den Namensschildern und Klingelknöpfen hing locker über einem Loch in der Wand und verdeckte nur spärlich die elektrische Verdrahtung dahinter.

„Nachlässig nenn ich das", knurrte Horatio, der sich nie so recht mit der Großzügigkeit hatte anfreunden können, mit der man über Bedürftigkeit hinwegsah, die weniger mit Geldmangel als mit Schlamperei zu tun hatte.

Lili zuckte nur die Schultern, während sie die Namensschilder überflog. Ihr war es ganz offensichtlich egal. „Hier, Kunze“, sagte sie und drückte den Klingelknopf. Horatio stand direkt hinter ihr, blickte auf den dichten schwarzen Haarschopf mit den einzelnen Silberfäden, der einige Zentimeter unterhalb seiner Nasenspitze endete. Ein schwacher Duft von Zitronenshampoo entströmte ihm und schlang sich rücksichtslos und schmerzend um eine Erinnerung.

Die Gegensprechanlage knirschte und knackte und hauchte schließlich ein dünnes „Ja?“ durch die metallenen Schlitze.

„Kriminalpolizei“, sagte Lili, „bitte öffnen Sie!“

Die Blechschlitze schwiegen, doch nach kurzer Zeit wurde der Türöffner betätigt.

„Das macht Eindruck“, frotzelte Horatio leise. Lili schob ihn mit einem giftigen Blick unsanft zur Seite und trat ein. Der Hausflur war düster und roch modrig. Lili drückte den altmodischen Schalterknopf für das Licht und ein unsichtbarer Zählerkasten begann laut zu surren. Drei ausgetretene Steinstufen führten hinauf zu einem langen, mit groben Steinplatten gefliesten Gang, an dessen Ende sich eine knarrende Holztreppe hinauf zu den zwei Stockwerken wand. Eng und steil bog sie sich um ein beängstigend wackeliges Holzgeländer und glich eher einer Hühnerleiter als einem Aufgang. Die schmalen staubigen Fenster, die fast blind in den Hinterhof blickten, spendeten nur spärlich Tageslicht und die schwachen Glühbirnen in ihren schmucklosen Fassungen, die auf jedem Stockwerk an der Decke baumelten, warfen einen gespenstisch-gelben Lichtkegel in die modrige Düsternis.

Auf der zweiten Etage stand eine der beiden Wohnungstüren einen Spalt offen, und als Lili anklopfte, kam ein Frauengesicht zum Vorschein, auf dem sich Angst mit Ausdruckslosigkeit paarte. Der Vorplatz war so eng, dass Horatio auf den letzten beiden Stufen hatte stehen bleiben müssen.

„Frau Kunze?", fragte Lili und zeigte ihren Dienstausweis vor. Der Frauenkopf nickte eingeschüchtert.

„Dürfen wir reinkommen? Wir hätten einige Fragen an Sie."

Noch während Lili sprach, beobachtete Horatio, wie sich die gegenüberliegende Wohnungstür lautlos einen Spalt öffnete. Und es überraschte ihn, dass Lili dies, obwohl sie mit dem Rücken zur Nachbarstür stand, wahrgenommen hatte, denn sie sagte laut und freundlich: „Die Nachbarschaft muss doch nicht alles wissen, habe ich recht?"

„Reine Routine", sagte sich Horatio und erstickte damit einen erneuten Anflug von Anerkennung.

„Kommen Sie herein!" Elisabeth Kunzes Ton war barsch und verächtlich sah sie zur gegenüberliegenden Tür, die sich nun ebenso leise wieder schloss.

Sie führte beide in ein großes Zimmer mit hohen Wänden, das wohl am ehesten als Wohnküche zu bezeichnen war. Ein alter Holzofen bullerte und strahlte eine knisternde Hitze aus, die Horatio fast erschlug, als er den Raum betrat. Das abgetretene Linoleum, mit dem er ausgelegt war, quietschte unter seinen Schuhsohlen, doch es roch sauber nach Putzmittel. „Ärmlich", kommentierte Horatio seinen ersten Eindruck gedanklich und sah sich unauffällig um. Über das große Sofa in der linken hinteren Ecke des Raumes spannte sich eine selbst gehäkelte Patchworkdecke als einziger farbenfroher Blickfang im ganzen Raum. Elisabeth Kunze bat Lili und Horatio, dort Platz zu nehmen. Die Sprungfedern der alten Couch knackten bedrohlich unter Horatios Gewicht und er erwiderte Lilis verständnislosen Blick, als er ihr beim Hinsetzen vorsichtshalber ein Kissen unterschob, mit einem unschuldigen Lächeln. Elisabeth Kunze setzte sich den beiden gegenüber an den schmucklosen Holztisch. Klein und unscheinbar wirkte sie hinter der großen, verkratzten Resopalplatte, auf der sich ihre unruhigen Finger jetzt ineinander verschränkten. Ihr schmales, fahles Gesicht war faltenlos, doch verhärmt, und ließ sie sicherlich älter erscheinen, als sie war. Anfang vierzig, schätzte Horatio, wenn überhaupt. Das aschblonde, dünne Haar hatte sie aus dem Gesicht gekämmt und zu einem kleinen Knoten im Nacken gebunden. Früher musste sie durchaus ansehnlich gewesen sein, überlegte er, wenn nicht sogar hübsch, doch nun wirkte sie alt und verbittert. Erwartungsvoll richtete sie ihre Augen auf die beiden Fremden.

„Frau Kunze", begann Lili, und ihr Ton war noch immer sehr freundlich. „Wir sind hier, um Ihnen einige Fragen über Ihre Verbindung zu Thomas Kottenburger zu stellen."

Die Augen der Frau weiteten sich ängstlich, dann fragte sie vorsichtig: „Herr Kottenburger? ... Was ist mit ihm?"

„Wie wir wissen, waren Sie vor Jahren in seinem Unternehmen als Sekretärin angestellt."

„Ja, das stimmt. Aber das ist schon sehr lange her." Ihr Blick wanderte unruhig zwischen Lili und Horatio hin und her. „Ich ... verstehe nicht ganz ..."

„Wir wissen auch, dass jahrelang regelmäßig Geld von Herrn Kottenburger an Sie überwiesen wurde. Wir haben die Bankbelege eingesehen", fuhr Lili fort. „Wofür war das Geld, Frau Kunze?"

Die Frau senkte den Kopf, dann, nach einer Weile, sah sie Lili an und lächelte. „Für Jan, unseren gemeinsamen

Sohn." Leise und zitternd kamen die Worte und ihr Blick glitt unmittelbar hinüber zu den drei Fotos, die eng beieinander in schlichten Holzrahmen auf dem Küchenbüfett standen. Lili stand auf, ging zum Schrank und nahm das Bild, das zuvorderst stand, in die Hand. Sie besah es sich kurz, doch um einiges länger weilten ihre Augen auf dem Foto, das sich dahinter befand und von dem in ihrer Hand leicht verdeckt worden war. Schweigend kam sie mit dem Bild in ihrer Hand zum Tisch zurück und setzte sich wieder.

„Ein hübscher Junge", sagte sie und lächelte Elisabeth Kunze an. Sie reichte das Foto an Horatio weiter, der es eingehend betrachtete und anschließend auf den Küchentisch stellte. Nun griff auch Jans Mutter danach. Sie nickte nur und fuhr mit dem wollenen Jackenärmel über die Glasfläche, unter der ihr das Gesicht ihres Sohnes entgegenstrahlte. Ihr Blick verriet unsägliche Traurigkeit und stummes Leid, doch schon bald schien sie sich darauf zu besinnen, dass sie nicht alleine war, und beherrschte ihre Gefühle.

„Fünfzehn?", fragte Lili.

„Achtzehn", gab Elisabeth Kunze zur Antwort. „Das Bild ist schon etwas älter."

„Vor drei Monaten hörten die Unterhaltszahlungen auf. Warum?"

„Jan ist volljährig geworden im Juli und deshalb hat Thomas die Zahlungen eingestellt … Obwohl er mir damals versprochen hat, immer für Jan zu sorgen; wenigstens finanziell." Um ihre Enttäuschung darüber zu verbergen, senkte sie den Kopf. Dabei rieb sie sich die nervösen Hände vor dem Bauch, als würde es sie frösteln.

„Haben Sie mit Herrn Kottenburger darüber gesprochen?"

„Nein. Ich nicht, aber ... Jan war bei ihm vor einigen Wochen." Ihre Stimme war leise geworden.

„Und?"

Sie atmete hörbar ein und aus. „Sie haben sich wohl gestritten. Wie immer, wenn sie sich mal sahen."

„Haben sie sich denn regelmäßig getroffen?"

„Gott, nein!", antwortete Elisabeth Kunze. „Sie haben sich so gut wie nie gesehen. Thomas ... Thomas wollte keinen Kontakt." Wieder wanderte ihr Blick zum Küchenbüfett. Diesmal auf das kleinere Bild, vor dem Jans Porträt gestanden hatte. Es zeigte ganz offenbar Thomas Kottenburger, wie er sich mit einem strahlenden Lachen gegen den Kotflügel eines 5er BMW lehnte.

„Jan hasst seinen Vater, nicht wahr?", sagte Lili und lenkte ihren Blick ebenfalls zu dem Foto auf dem Büfett.

„Sein Vater hat ihn im Stich gelassen. Was erwarten Sie?" Resigniert zuckte Elisabeth Kunze die Schultern und wandte sich wieder Lili zu.

„Wann war das Treffen zwischen Ihrem Sohn und seinem Vater?"

Lilis Stimme hatte ein wenig an Sachlichkeit zugenommen.

„Vor ungefähr zwei, drei Wochen. Genau weiß ich es nicht mehr. Warum fragen Sie?" Jans Mutter war nun augenscheinlich verunsichert.

„Und wo ist Ihr Sohn jetzt?"

„Das ... das weiß ich nicht", erwiderte sie schnell. „Warum wollen Sie das denn alles wissen?" Ihre Stimme zitterte ängstlich.

Lili antwortete nicht, doch Horatio sah, dass sie keinen Blick vom Gesicht ihres Gegenübers ließ.

„Jan ... Jan trifft sich viel mit Freunden. Er kommt nur noch unregelmäßig nach Hause", fuhr sie hilflos fort und versuchte, auf Verständnis hoffend, zu lächeln.

„Arbeitet er?“ Es war Horatio, der sich nun ins Gespräch einschaltete und ob dieser Eigenmächtigkeit rasch zu Lili sah. Doch sie schien nichts dagegen zu haben.

„Manchmal, glaube ich. Aushilfsarbeiten. Nichts Festes. Ich weiß es nicht.“ Resigniert hob Elisabeth Kunze die Hand und ließ sie kraftlos auf den Oberschenkel fallen. „Er dachte, Thomas könnte ihn bei sich im Betrieb unterbringen, doch das war wohl nicht möglich.“

„Und darüber war er noch mehr wütend?“

„Ja ..., schon, aber ... Bitte sagen Sie mir endlich, was los ist“, forderte sie eindringlich. Ihre Stimme hatte sich dabei weinerlich erhoben.

„Herr Kottenburger wurde vor zirka zwei Wochen getötet, Frau Kunze, und ich ermittle in dem Mordfall. Man fand seine Leiche vor drei Tagen im Birkensee“, sagte Lili.

Horatio sah, wie sich Lilis und Elisabeth Kunzes Blicke ineinander verkrallten.

„Thomas ..., tot ...? Ermordet?“, Kottenburgers ehemalige Geliebte kauerte sich auf ihrem Stuhl zusammen. Ihre Stimme war zu einem Flüstern geronnen. Mit leerem Blick stierte sie vor sich hin. „Wussten Sie nicht aus den regionalen Nachrichten, dass er vermisst und vor wenigen Tagen tot aufgefunden wurde?“

Rasch schüttelte sie den Kopf, vermied es jedoch noch immer, Lili anzusehen.

Lili blieb ungerührt. „Ich möchte Sie noch einmal eindringlich bitten, Frau Kunze, uns zu sagen, wo Ihr Sohn ist. Denn nur so können Sie helfen, ihn zu entlasten.“

„Ihn *entlasten?* Ist er denn verdächtig?“, presste sie mit erstickter Stimme hervor. Ein Zucken huschte um ihre Mundwinkel und es gelang ihr nicht, ihre Nervosität zu verbergen.

„Sie sagten, er hatte vor kurzem einen Streit um Geld und Job mit seinem Vater. Dem müssen wir nachgehen, das verstehen Sie sicher. Auf alle Fälle müssen wir mit Ihrem Sohn sprechen. Vielleicht kann er uns ja weiterhelfen bei unseren Ermittlungen."

Ruckartig setzte sich Elisabeth Kunze auf, als sei sie aus einem Albtraum hochgeschreckt. Dann funkelte sie Lili und Horatio giftig an und sagte: „Wenn Sie nichts gegen Jan in der Hand haben, dann gehen Sie jetzt besser. Ich weiß nicht, wo er ist. Es tut mir leid, Ihnen nicht helfen zu können." Ihre Stimme zitterte, doch sie war kalt und hart und ihre Worte abschließend.

Lili behielt sie noch immer im Blick. „Sie haben mir bereits geholfen, Frau Kunze. Es ist immer hilfreich, wenn ich erkenne, dass ich belogen werde", sagte sie ruhig. „Das Bild Ihres Sohnes werde ich vorerst behalten. Das verstehen Sie sicherlich. Sie bekommen es bald zurück. Ich verspreche es." Sie griff nach dem Foto, löste es geschickt aus dem Rahmen, stand auf und ging zur Türe. Dort blieb sie noch einmal stehen und drehte sich zu Jans Mutter um, die sitzen geblieben war und nun wieder schweigend vor sich hin starrte. „Hier ist meine Karte. Für den Fall, dass Sie mir doch noch etwas zu sagen haben." Sie legte ihre Visitenkarte auf den Rand des Gasherdes, der gleich neben der Türe stand. Horatio war ihr inzwischen gefolgt.

„Jan war in den beiden vergangenen Wochen jeden Abend zu Hause. Das Treffen mit seinem Vater liegt viel länger zurück. Das werde ich bezeugen", rief Elisabeth Kunze trotzig. „Und jetzt gehen Sie endlich und lassen mich in Ruhe!" Ihr Körper zitterte vor Anspannung.

Lili und Horatio sahen sich wortlos an und verließen die Wohnung. Als Horatio die Türe zuzog, hörte er, wie Elisabeth Kunze laut aufschluchzte.

13

Horatio saß lange Zeit schweigend neben Lili im Auto, während sie zurück ins Präsidium fuhren. Nachdenklich zog er die Stirn in Falten.

„War sie es?", wollte er schließlich wissen.

„Kaum. Aber sie hat gewusst, dass Kottenburger tot ist. Die vermeintliche Betroffenheit darüber, die sie gezeigt hat, war schlecht gespielt. Allerdings ist sie Rechtshänderin."

„Hm", brummte Horatio nur und zuckte die Achseln, was so viel bedeuten sollte wie: Hab ich nicht bemerkt. Dann sagte er: „Sie hat einen Stapel aktueller *Nürnberger Nachrichten* auf der Fensterbank liegen. Sie muss also über Kottenburgers Tod Bescheid gewusst haben. Außerdem stand da ein Fernseher und in den Abendnachrichten ist ausführlich über den Mord berichtet worden."

„Vielleicht sieht sie ja nicht fern und benutzt die Zeitung nur zum Anzünden ihres Kohlenofens. Aber sie hat trotzdem gelogen. Vor allem, was das Alibi für ihren Sohn und dessen Treffen mit seinem Vater anbelangt. Sie will ihn um jeden Preis schützen, und ich frage mich, welchen Grund es dafür gibt."

„Mutterliebe. Angst. Beschützerinstinkt."

„Eine alleinerziehende Mutter mit nur einem Kind neigt da sicher manchmal zur Übertriebenheit", meinte Lili.

„Nun, wir wollen nicht zu hart mit ihr sein. Schließlich geht es um Mord. Welche Mutter wäre da denn nicht aufgeschreckt?"

„Wenn Sie wüssten ...!"

„Wir müssen diesen Jan unbedingt finden", fuhr Horatio fort, während sein Blick durch das Seitenfenster des Autos dem Verlauf der Nürnberger Stadtmauer folgte.

„Allerdings. Und das ziemlich schnell."

Horatio grübelte eine Weile vor sich hin.

„Was beschäftigt Sie?", wollte Lili wissen, während sie den Blinker setzte und am Fürther Tor abbog.

„Ach, nichts im Grunde", sagte er und schwieg weiter.

„Aber ...?", insistierte sie.

„Irgendwie tut mir die Frau leid, das ist alles."

Lili nickte. „Natürlich kann sie einem leid tun. Schmählich sitzen gelassen von dem Mann, den sie übrigens noch immer liebt. Ein Sohn, den sie unter tausend Entbehrungen großgezogen hat und der ihr jetzt völlig entgleitet. Und da gibt es sicher noch ein Dutzend Umstände, die ihr Leben alles andere als leicht machen. Sie weiß, sie hat versagt und ihr Leben verpfuscht. Und sie weiß auch, dass sie zu keiner Zeit die Chance hatte, daran irgendetwas zu ändern. Was ist denn so Besonderes daran?"

Horatio sah sie an, ohne etwas zu erwidern. Die Gleichgültigkeit, mit der Lili gesprochen hatte, bestürzte ihn.

Sie warf einen schnellen Blick zur Seite und bemerkte die Betroffenheit, die er nicht aussprach, denn sie sagte: „Hören Sie, ich bedaure es sehr, wenn ich Ihrer Vorstellung von weiblicher Einfühlsamkeit nicht entspreche, aber ich habe für Sentimentalitäten im Augenblick weder Sinn noch Zeit. Ich habe einen Mordfall zu klären. Und wenn es Sie stört, wie ich das tue, dann sollten Sie vielleicht besser aussteigen." Ihre Stimme war verhalten, doch Horatio spürte, dass sie gereizt war.

„Ich sagte doch nur, dass die Frau mir leid tut, Herrgott noch mal. Ist das so schlimm? Was ist nur los mit Ihnen? Warum müssen Sie ständig Ihre Krallen ausfahren? Wenn Ihr Job Sie derart überfordert, dann sollten Sie sich schleunigst überlegen, den Beruf zu wechseln. Von uns Ärzten wird neben der Professionalität auch immer und ganz selbstverständlich Mitgefühl für die Patienten erwartet", blaffte er zurück.

„Und? Klappt's?", fragte sie spitz und konzentrierte sich auf den dichten Mittagsverkehr.

Horatio verzog verärgert den Mund und schüttelte verständnislos den Kopf über ihre zynische Bemerkung, ohne zu antworten. Er kochte innerlich.

„Ich habe es kommen sehen", triumphierte Lili mit einem ironischen Lächeln. „Irgendetwas werden Sie immer finden, womit Sie mir meinen Mangel an Weiblichkeit unter die Nase reiben können."

„Ich spreche im Augenblick nicht von Weiblichkeit, sondern von Menschlichkeit. Die zu verlieren, ist meines Erachtens sehr viel schlimmer", sagte er herablassend. „Außerdem rate ich Ihnen dringend, etwas gegen Ihre Komplexe zu unternehmen."

„Das reicht", zischte Lili, fuhr rechts ran, ohne den Blinker zu setzen, und hielt abrupt.

„Ich glaube, Sie fahren besser zurück nach Wintersruh, Horatio. Dort, in Ihrer ländlichen Idylle, finden Sie sicherlich günstigere Bedingungen für Ihre antiquierte Weltanschauung."

Für einen kurzen Moment prallten beider Blicke aufeinander wie Stichflammen. Dann öffnete Horatio die Autotüre und stieg aus, noch ehe er darüber nachdenken konnte. Er knallte die Wagentüre zu und Lili setzte den Blinker. Wenig später war sie außer Sichtweite. Er blickte ihr betroffen nach.

„Verdammt“, knurrte er, „dieses Weib bringt mich zur Weißglut“, und ging langsam in Richtung Adlerstraße, wo er seinen Passat geparkt hatte. Sein Magen knurrte, doch der Appetit war ihm vergangen. Missmutig vergrub er seine Hände in der Jackentasche und bog ab in Richtung Karolinenstraße. Er war zu betroffen, um jetzt nach Hause zu fahren. Ein Becher Kaffee und ein *Bratwurstweckla* vom Würstchenstand versprachen Trost. Vor den Schaufenstern und Auslagen der großen Buchhandlung blieb er stehen, las lustlos und gegen jede Gewohnheit den Klappentext zweier kürzlich erschienener Kriminalromane, befand dies jedoch als geradezu profan, verglichen mit der unmittelbaren Erfahrung eines realistischen Mordfalles, und kaufte sich schließlich ein politisches Wochenmagazin, das sich seiner objektiven und aktuellen Berichterstattungen rühmte. Während er desinteressiert die neue Wintermode in den Schaufenstern eines exklusiven Herrenausstatters mit einem Seitenblick streifte, knickte er das Magazin pietätlos zusammen, schob es in seine Jackentasche und bereute bereits, es gekauft zu haben. Er wusste, er würde es ebenso wenig lesen wie die zahlreichen medizinischen Fachzeitschriften, die seit Monaten eine Ecke seines Schreibtisches belagerten.

Mit dem Duft frisch gebackener Nürnberger Lebkuchen in der Nase, der schon jetzt, zu Herbstbeginn, den Verkaufsständen im Herzen der Stadt entströmte, reihte er sich in die Gruppe der hungrig Wartenden vor dem Würstchenstand nahe der Lorenzkirche ein.

„Drei Nürnberger mit Senf“, orderte er schließlich derart barsch, dass der Verkäufer erstaunt von seinem Rost aufblickte. Doch es war Horatio egal. Er hatte keine Lust, sich zu beherrschen, und jeder, der seinen Weg kreuzte, würde damit leben müssen.

Er kaufte sich einen *Caramel Macchiato,* der sich in Kombination mit der deftigen senfgekrönten Mahlzeit bald als Fehlinvestition erwies, setzte sich auf die Holzbank, die den Lindenbaum gleich neben dem Würstchenstand umrundete, und biss zornig in das Bratwurstbrötchen.

Was war nur aus ihm geworden? Unbeherrscht, allzu leicht reizbar, … *verletz*bar. Es schien ihm, als sei ihm nicht nur sein liebenswerter trockener Humor in den letzten elf Monaten abhanden gekommen, sondern als hätte sich eine hässliche Kruste aus schlechter Laune und Trübsinn über sein Leben gezogen. Viel schlimmer noch war, dass er gar nichts dagegen tun konnte.

Deprimiert ruhte sein Blick auf den grauen Steinquadern der Lorenzkirche. Sie erinnerten ihn an jenen, der auf seiner Seele lastete, ihm allzu oft die Luft zum Atmen nahm und die Sicht versperrte auf das Morgen. Im kühlen, stillen Innern der Kirche hatte er manchmal mit Maria gesessen, nachmittags, nach dem gemeinsamen Einkaufsbummel. Nun gab es nichts mehr, was ihn dorthin zog. Maria hatte ihn verlassen müssen und jedes Gefühl von Bedeutsamkeit, Ganzheit und Sicherheit mit sich genommen. Worte, an deren Gehalt er bisher keinen Gedanken verschwendet hatte. Er, der immer alles im Griff gehabt und niemals freiwillig über Veränderung nachgedacht hatte, fühlte sich jetzt einer Kraft ausgeliefert, die nicht nur stärker war als er, sondern unberechenbar, unkontrollierbar.

Ein ungutes Gefühl kroch ihm über den Rücken. Zum ersten Mal in seinem Leben gestand er sich ein, *Angst* zu haben. Angst, die keiner greifbaren, benennbaren Bedrohung entsprang, sondern eine diffuse, flüchtige und dennoch allgegenwärtige und alles durchdringende Substanz darstellte wie kalter, feuchter Herbstnebel.

Wut bemächtigte sich seiner, die sein Herz schneller schlagen ließ und Tränen in seine Augen trieb. Verstohlen wischte er sie mit dem Handrücken weg und kaute angestrengt auf seinem Brötchen herum. Er hasste es zutiefst, derartigen Empfindungen ausgeliefert zu sein.

„Es wird höchste Zeit, dass Sie aufhören, sich selbst im Weg zu stehen." Plötzlich fielen ihm Lilis Worte wieder ein.

Was genau hatte sie wohl damit sagen wollen? Wenn er das doch nur wüsste! Sein Leben stagnierte, dessen war er sich gewiss. Er hatte angehalten auf dem Weg, den er so lange mit Maria gegangen war und von dem er die Richtung und das Ziel genau vor Augen gehabt hatte. Doch nun …, was jetzt? Es fiel ihm schwer, sich zu bewegen, denn er wusste nicht, wohin er ausweichen konnte. Würde es genügen, einen, vielleicht auch mehrere Schritte beiseite zu treten, um eine klare Sicht der Dinge zuzulassen? Oder musste er einen völlig neuen Weg in seinem Leben einschlagen und ihn beherzt beschreiten?

„Zum Teufel mit all dem! Zum Teufel mit dem Mordfall! … Und zum Teufel mit sämtlichen Hauptkommissarinnen dieser Welt!", schimpfte er in sich hinein und ging eilig in Richtung Parkhaus.

14

Ach, Schatz, sei nicht so streng mit dir ... und mit ihr! Sie tut nur ihre Pflicht. Lili kann nicht jeden mit Samthandschuhen anfassen. Ihr Job ist hart, und sie hat es dir doch schon gesagt. Sie ist gezwungen zu verdrängen, was sie bewegen und damit ablenken könnte von dem, was für den Fall wichtig ist. Schließlich ist sie keine Seelsorgerin, sondern Hauptkommissarin. In dieser Männerdomäne muss sie sich durchsetzen, was bedeutet, dass sie per se immer einen Deut besser und vielleicht auch härter sein muss als ihre Kollegen, um bestehen zu können. Gefühlsduselei verschleiert nur unnötig den Blick ... Spürst du denn nicht, wie schwer es ihr manchmal fällt, das natürliche Pulsieren ihres Herzens durch die Stahltrossen zu zügeln, mit der sie sich schützt? ... Ach, zu dumm, der ganze Streit. Ihr habt beide sehr empfindlich reagiert, das ist dir hoffentlich klar. Am besten, du rufst sie an und entschuldigst dich ... Nein? Na, komm schon. Sie ist doch ein ganz netter Kerl. Und du beginnst gerade wieder, erste Lebenszeichen zu senden. Der Mordfall tut dir gut, so komisch das auch klingen mag.

Ist dir übrigens aufgefallen, dass sie dich bei eurem Streit zum ersten Mal beim Vornamen genannt hat? Ich wette, sie mag dich. Sie weiß es nur noch nicht ...

Und denke bitte heute *an die Rosen, mein Liebling. Du hast es mir versprochen. Sie müssen dringend ...*

Abrupt war Horatio in aller Frühe aus dem Schlaf hochgeschreckt und hatte Maria das Wort mitten im Satz abgeschnitten. Kein freundliches Ausklingen und Verschwinden ihrer Stimme, das ihn üblicherweise in den Tag begleitete, hatte es heute früh für ihn gegeben. Nur schlechte Träume in der Nacht und einen verschwitzten Schlafanzug, der ihn hatte frösteln lassen. Spät und gedankenschwer war er gestern zu Bett gegangen, nachdem er den ganzen Nachmittag über den Abrechnungen für die Krankenkasse gesessen und versucht hatte, sich damit abzulenken. Gelungen war es ihm nicht. Immer hatte er mit einem Ohr auf das Telefon gelauscht. Es hatte auch wiederholt geklingelt, doch es war nie Lili gewesen. „Verflixt. Wie sind wir da nur hineingeraten? Diese blöde Auseinandersetzung. In der Tat völlig überflüssig, Maria hat recht."

„Wie sehr ich sie noch immer vermisse", dachte er. „Wenn ich doch nur endlich aufhören könnte, jede Frau, der ich begegne, mit ihr zu vergleichen. Es ist nicht fair und obendrein macht es mich unglücklich. Lili ist nicht Maria, sondern eben Lili." Seufzend rieb er sich jetzt die schmerzenden Oberschenkel.

Auf einer alten Wolldecke kniend, hatte er vor einer halben Stunde begonnen, dürre Triebe einer „Golden Border" auszuschneiden, die einzelne, hohe Rosenstöcke zur Veranda hin begrenzten. Die schwefelgelben Blüten des Bodendeckers leuchteten in der frühen Sonne, doch Horatio fand keinen rechten Gefallen daran. Mürrisch zwickte er die verblühten Köpfe und Blätter ab und warf sie in den Weidenkorb, der neben ihm stand. Ihm taten Rücken und Beine weh vom Bücken und der kalte Tau ließ seine Finger trotz der Gartenhandschuhe, die er trug, klamm werden. „Ob es Sinn macht, Lili anzurufen?", überlegte er. Egal. Schaden konnte es jedenfalls nicht. Außerdem wollte er unbedingt den Mordfall weiter mitverfolgen. Vielleicht hatte er ja tatsächlich ein wenig emotional reagiert, räumte er ein, doch sie hatte auch gleich einen Gefühlsdusel aus ihm machen müssen. Überdies war ihr ganzes Verhalten mehr als zickig gewesen, wie man heutzutage sagte, das stand für ihn fest. Es wäre eindeutig an ihr, sich zu entschuldigen. „Warum nur", so fragte er sich weiter, „werde ich nicht schlau aus ihr? Sie besteht nur aus Widersprüchen." Doch schienen die sich nicht zu ergänzen, wie das seiner Meinung nach bei einer abgerundeten Persönlichkeit der Fall war, sondern standen sich misstrauisch, ja feindselig gegenüber, lagen ständig im Clinch miteinander, was sie zu einer unberechenbaren und äußerst komplizierten Person machte.

Horatio stand mühsam auf und rieb sich die Kniescheiben. Das Nachdenken über Lili deprimierte ihn und die Arbeit mit den Rosen trug auch nicht dazu bei, ihn davon abzulenken. Obendrein war die feuchte Kälte Gift für seine Knochen.

Er ging ins Haus und brühte sich eine starke Tasse Tee auf. Dann setzte er sich in den betagten Ohrensessel und blickte auf das Telefon. Noch zögerte er, doch dann ergriff er den Hörer und wählte Lilis Nummer, die vor ihm auf dem Notizzettel stand.

Das Rufzeichen ertönte und beinahe hätte er die Türglocke überhört, die synchron dazu läutete.

Horatio legte den Hörer auf und lauschte. Richtig, das war die Klingel. Wer konnte das sein? Ach, womöglich hatte Frau Haberkorn den Schlüssel vergessen. Horatio wunderte sich. Vielleicht doch wieder ein Patient, der stur seine offiziell verkündete „Urlaubswoche" ignorierte? „Manche sind einfach wie die Zecken", dachte er, erhob sich widerwillig und ging, um zu öffnen.

Vor ihm stand Lili.

„Kann ich reinkommen?", fragte sie und blickte ihm selbstbewusst ins Gesicht.

Sein „Bitte“ klang wie ein verhaltenes Räuspern und er ließ sie eintreten. Schweigend ging sie vor ihm her in die Wohnküche. Und auch ihm hatte es die Sprache verschlagen. Mit Lili hatte er zuallerletzt gerechnet. Offenbar war sie immer für eine Überraschung gut.

„Ich komme, um mich zu entschuldigen“, begann sie. „Es war nicht richtig von mir, Sie derart vor den Kopf zu stoßen.“ Sie stellte ihre Handtasche ab, zog einen Stuhl zu sich her, ohne sich jedoch zu setzen. „Wissen Sie, es ist nur einfach so, dass ich mir persönliche Gefühle nicht leisten kann bei meiner Arbeit. Ich dachte eigentlich, dass gerade Sie ...“

Horatio hob die Hand und bedeutete ihr, Platz zu nehmen. Dann lächelte er. „Ich hatte eben den Hörer in der Hand und wollte Sie anrufen. Es war auch meine Schuld. Ich hätte nicht so ...“

„Schon gut“, sagte sie rasch. „Vergessen wir das Ganze doch einfach und ... machen weiter?“

Horatio nickte. „Möchten Sie eine Tasse Tee, während Sie mich über den aktuellen Sachstand in unserem Fall informieren? So heißt das doch, oder?“ Seine gute Laune war zurückgekehrt. Immerhin hatte sie einen Anflug von Schuldbewusstsein gezeigt. Zufrieden grinste er in sich hinein.

„Richtig, so heißt das. Und den Tee bitte mit Milch und Zucker, Doktor.“

„Ich weiß. Und weiterhin *Horatio,* bitte.“ Er holte die Milchflasche aus dem Kühlschrank. „Sie können mich gerne auch dann so nennen, wenn Sie nicht gerade wütend auf mich sind.“

„Ich habe Sie nie ...“

„Haben Sie wohl!“, fiel er ihr eifrig ins Wort. „Gestern, im Auto, als Sie mir die Leviten gelesen haben.“

„Nicht schon wieder streiten“, befahl sie. „Also dann,

Horatio, ich habe viele Neuigkeiten zu berichten." Sie griff in ihre Aktentasche, zog einen Packen Unterlagen heraus und legte ihn vor sich auf den Tisch.

„Ich werde Sie übrigens Lili nennen", beschloss er ganz nebenbei, stellte ihr die Teetasse unter die Nase und setzte sich neben sie.

„Tun Sie, was Sie nicht lassen können", antwortete sie und konzentrierte sich ganz auf das Geschriebene vor sich.

„Erst zu Jan Kunze. Der Junge ist kein Unbekannter für uns. Er hat eine beträchtliche Akte für seine achtzehn Lenze. Diebstahl, Körperverletzung, Drogen. Ein halbes Jahr auf Bewährung. Alles kleinere Delikte, aber immerhin. Er hat keinen Schulabschluss, jobbt gelegentlich. Insofern hat seine Mutter die Wahrheit gesagt. Er drückt sich gerne im Devil's Eye herum."

„Das Devil's Eye? Ein recht übler Schuppen in Gostenhof, soweit ich weiß", antwortete Horatio.

„Die wohl kleinste, dafür aber übelste Disco von ganz Nürnberg", bestätigte Lili erstaunt. „Woher kennen denn Sie dieses Etablissement?" Neugierig ruhte ihr Blick auf seinem unschuldig grinsenden Gesicht. „Ach, egal. Jedenfalls ist es das reinste Eldorado für Nutten, Zuhälter, Kleinkriminelle, Dealer und Süchtige. Ich werde dort heute Abend nach Jan Ausschau halten."

„Allein?!", rief Horatio entsetzt.

„Nicht ganz. Und keine Sorge, man kennt mich dort bereits. Ein beängstigender Ruf eilt mir und meiner Freundin voraus."

„Das kommt gar nicht in Frage!", ereiferte sich Horatio, „Sie können dort doch nicht alleine ..." Erschrocken und empört starrte er Lili an, die sich sichtlich amüsierte. „Ihrer Freundin ...?" Horatio schob die Frage verdutzt nach.

Lili öffnete ihre Jacke und zeigte auf die Heckler & Koch, die sie darunter in einem Schulterhalfter trug.

Horatio starrte ungläubig auf die Pistole. „Wer sind Sie? James Bond? Sie machen sich wohl über mich lustig“, argwöhnte er und ließ sie nicht aus den Augen.

„Kommen Sie doch einfach mit und finden Sie's raus“, schlug sie vor.

„Das werde ich“, sagte er mit Nachdruck. „Und lustig kann ich das überhaupt nicht finden.“

Lili widmete sich wieder ihren Unterlagen. „Also weiter. Gestern Nachmittag war ich bei Gernot Bader, Kottenburgers ehemaligem Geschäftspartner. Ein vierzigjähriger Bauingenieur aus Fürth. Der hat ganz schön Dampf abgelassen, kann ich Ihnen sagen.“

„Ist er verdächtig?“, wollte Horatio wissen, und Lili dachte kurz nach.

„Nicht wirklich“, antwortete sie, „obwohl er vermutlich allen Grund gehabt hätte, Kottenburger eins überzubraten. Die beiden haben sich vor gut einem halben Jahr getrennt, besser gesagt hat ihn Kottenburger wegen angeblicher Unterschlagung rausgeschmissen. Geld sei von den Geschäftskonten verschwunden, sagte Bader, doch habe er nichts damit zu tun gehabt. Für ihn sei das Ganze nur ein billiger Vorwand gewesen, den Kottenburger inszeniert hatte, um ihn loszuwerden.“

„Warum wollte er das?“

„Bader habe sich angeblich nicht länger mit den zwielichtigen Geschäftspraktiken seines Partners abfinden wollen. Da war die Rede von illegaler Beschäftigung, Billigmaterialien aus dem Ausland und Schiebereien mit öffentlichen Bauträgern. Seine Vorwürfe reichten bis hin zu unzulässigen Kartellabsprachen. Als ich ihn nach Beweisen für seine Anschuldigungen fragte, lachte er nur zynisch. Dem skrupellosen, gerissenen Kerl, gemeint war Kottenburger, sei nicht beizukommen gewesen. Einfach auf die Straße gesetzt habe er ihn und obendrein in der Branche madig gemacht und überall seine Unfähigkeit rausposaunt. Seither kriege er nirgends mehr einen Fuß in die Tür. Und genau so sah Bader auch aus. Aber ..."

„Aber?", forschte Horatio gespannt weiter.

„Aber er hat ein Alibi. Wir haben das bereits geprüft. Er war drei Wochen bei seiner Schwester in Connecticut und kam erst vor vier Tagen aus den Staaten zurück. Außerdem ist er Rechtshänder."

„Schade", resümierte Horatio.

„Bader sieht das anders", meinte Lili nur und wies darauf hin, dass sich das Bild von Thomas Kottenburger deutlich runde. „Was wir inzwischen über ihn wissen, bestätigt meine erste Vermutung. Er war alles andere als ein Ausbund an Tugend und Redlichkeit."

Horatio nickte. „Weiß man denn inzwischen mehr von dem Abend, an dem er verschwand?", fragte er.

Lili nickte. „In seinem Terminplan stand ein Abendessen um neunzehn Uhr mit zwei Geschäftspartnern aus Berlin, doch die flogen bereits um einundzwanzig Uhr dreißig zurück. Jedenfalls haben sie am Nürnberger Flughafen eingecheckt, das haben wir geprüft. Und da war Kottenburger noch quicklebendig, denn er diktierte seiner Sekretärin das Ergebnis des Gesprächs mit den beiden Berlinern gegen zweiundzwanzig Uhr auf Band. Die Kassette mit Datum und Uhrzeit wurde als Beweismittel konfisziert."

„Um zweiundzwanzig Uhr hat er also noch gelebt", wiederholte Horatio. „Da saß er in seinem Büro und diktierte. Das erklärt auch, warum sein Mercedes auf dem Parkplatz der Firma stand."

„Die Schlussfolgerung liegt zwar nahe, aber sie bringt

uns dennoch nicht wirklich weiter", kommentierte Lili, ohne seinen Beitrag herabzusetzen. „Kann schon sein, dass er von dort verschleppt wurde", fuhr sie fort. „Spuren, die darauf hinweisen, gibt es jedoch nicht."

„Und was ist mit Telefonaten oder E-Mails? Irgendetwas muss doch da sein, was uns weiterbringt!" Horatio bemühte sich erfolglos, seine Verbissenheit zu zügeln, und Lili betrachtete ihn abermals verblüfft.

„Ich meine ja nur", setzte er hinterher, und Lili grinste.

„Sie hören sich bereits an wie mein Polizeirat."

Ein wenig betreten zog er die Stirn kraus und kratzte sich verlegen am Ohr.

„Die E-Mails haben nichts ergeben. Gar nichts. Und die Liste mit den Telefonaten steht leider noch aus. Der Provider hat Probleme mit seinem System. Jedenfalls müssen wir noch darauf warten."

„Ach so", meinte Horatio bescheiden. Sein dilettantischer Übereifer von gerade eben war ihm peinlich.

Lilis Handy klingelte schrill in das beiderseitige Grübeln hinein.

„Lili Karmann ... was gibt's, Wagner? ... Ja ... wann?... O.k. ... ist Held verständigt? ... Nichts verändern, ich bin in zirka dreißig Minuten da."

Lili klappte das Handy zu, sah Horatio an, stand auf und warf die Unterlagen in ihre Aktentasche.

„Was ist?", fragte er, während er sich ebenfalls erhob und hinter ihr zur Tür ging.

„Wir müssen los", antwortete sie kurz und griff im Vorbeilaufen nach ihrem Regenmantel.

Horatio schnappte sich seine Wildlederjacke. Während sie die Haustüre aufriss, sagte sie: „Elisabeth Kunze ist tot."

15

Er war froh, endlich die zwei Stockwerke des Hauses, in dem Elisabeth Kunze wohnte, erklommen zu haben. Oben angekommen, atmete Horatio erst einmal kräftig ein und aus. Er war dieses Tempo nicht gewöhnt und entschieden zu alt, befand er, für Sprints, wie Lili sie eben an den Tag gelegt hatte. Heilfroh, die Geisterfahrt mit Blaulicht und Sirene in Lilis Dienstwagen unbeschadet überstanden zu haben – abgesehen von ein paar blauen Flecken vielleicht, die der Türgriff bei einigen scharf angeschnittenen Kurven an seinem rechten Unterarm hinterlassen hatte –, lehnte er sich an das Treppengeländer und wartete, bis sein rasendes Herz sich beruhigte. Dann folgte er Lili in die Wohnung.

Er ging an dem uniformierten Polizisten vorbei, der an der Tür postiert war, und betrat die große Wohnküche. Sein erster Blick fiel auf Wagner, der mit dem Rücken zu ihm stand und sich mit einem weiteren uniformierten Polizisten unterhielt. Er versperrte ihm die Sicht auf das, was sich ihm kurz darauf nur allzu deutlich darbot: Elisabeth Kunzes lebloser Körper ruhte, bekleidet mit einem verwaschenen rauchblauen Frottee-Bademantel, auf der alten Couch, auf der Lili und er gestern noch gesessen hatten. Ihr Kopf war nach hinten in den Nacken gekippt und ihre Augen geschlossen. Aus dem halb offenen Mund hatte sich Erbrochenes über das Kinn, den Hals und den Kragen ihres Morgenrockes ergossen.

Urplötzlich wusste er, was sein eigenes Leben so sehr

von Lilis unterschied. Zwar hatte sein Alltag ebenso viel mit Schmerz, Leid und Tod zu tun, doch war der ihre geprägt von den wohl größten Fehlentwicklungen menschlicher Existenz: vorsätzliche Grausamkeit und Gewalt. Grausamkeit und Gewalt, die sich Menschen gegenseitig zufügten, oft in einem Ausmaß, das kaum vorstellbar und unbeschreiblich war. Und er begann, sie besser zu verstehen. Vor allem ihre Härte, oder hoffentlich nur das, was sich als Härte manifestierte.

„Wer hat sie gefunden?“, hörte er Lili fragen.

„Die Nachbarin hat uns alarmiert“, berichtete Wagner. „Sie bringt der Kunze jeden Morgen die Zeitung rüber … Verzeihung: *brachte.* Als Frau Kunze heute Morgen nicht öffnete, hat sie sich erinnert, dass sie gestern, spätabends, die Wohnungstüre hörte und jemanden im Finstern die Treppe hinunterhuschen sah. So ihre Worte. Gott segne ihre Aufmerksamkeit!“

„Im Finstern?“ Lili streifte Wagner mit einem skeptischen Blick.

„Die Straßenlaterne. Ihr Licht fällt ins Treppenhaus und ...“

„Schon gut. Weiter.“

„Erkannt hat sie allerdings niemanden. Nachdem aber Licht heute früh in der Wohnung brannte, hat sie sich Gedanken gemacht. Zu recht, wie man sieht.“

Wagner drehte sich wieder der Leiche zu und Lili nickte nachdenklich. Einer der Polizisten stand nun mit den beiden Kollegen der Spurensicherung zusammen und Horatio bemerkte, wie sie flüsterten und immer wieder zu ihm herübersahen. Wahrscheinlich wunderten sie sich über die Anwesenheit eines Fremden. Doch Horatio war es egal. Er dachte an den ersten Besuch bei Elisabeth Kunze und erinnerte sich an die neugierige Person hinter der gegenüberliegenden Wohnungstür.

„Guten Tag, Kollege“, ertönte die freundliche Stimme von Doktor Held, der sein Augenmerk von der Leiche abgewandt und Horatio erblickt hatte. „Noch immer konsiliarisch unterwegs?“, fragte er und lächelte ihn verschmitzt an. Der Mann war eine echte Frohnatur, stellte Horatio neidfrei fest und grüßte zurück. Dann ging er auf ihn zu und reichte ihm die Hand. Lili unterhielt sich inzwischen mit den Kollegen von der Spurensicherung.

„Vermutlich akute Asphyxie durch Aspiration von Erbrochenem“, sagte Held zu Horatio. „Hier, sehen Sie.“ Er zog das Augenlid der Toten hoch und zeigte ihm die Petechien, die punktförmigen Einblutungen in der Bindehaut.

Er nickte. „Suizid?“, fragte er dann und sah sich um, als suche er nach entsprechenden Hinweisen. Er deutete auf das leere Trinkglas und die daneben stehende, ebenfalls zu zwei Dritteln geleerte Flasche billigen Whiskys.

„Möglich“, lautete die Antwort des Gerichtsmediziners. „Alkohol und Barbiturate, wie ich hier erst mal unterstellen möchte, sind eine äußerst beliebte Selbstmordmethode bei Frauen, dazu eine unberechenbare und hochbrisante Mischung, wie wir ja beide wissen.“

„Selbsttötung ist nicht sehr wahrscheinlich“, sagte Lili und gesellte sich nun wieder zu den beiden Medizinern, während ein Kollege der Spurensicherung das benutzte Glas und die Whiskyflasche eintütete.

„Wie können Sie das jetzt schon sagen? Deutet denn etwas auf Fremdeinwirkung oder wie Sie das nennen, hin?“, wollte Horatio wissen, während Held in sich hineingrinsend seine Arzttasche packte. „Ich werde ja wohl im Augenblick nicht mehr gebraucht“, bemerkte er dann. „Wenn ich die Leiche obduziert habe und die Ergebnisse von meinen Labormäusen vorliegen, melde ich mich und erzähle euch mehr über die Todesursache. Bis dahin ...", er ergriff beschwingt seinen Koffer, seine roten Locken wippten munter, „viel Vergnügen, ihr beiden."

Gleich darauf machte er auf dem Absatz kehrt und war verschwunden.

„Die Frau hat sich nicht selbst umgebracht", behauptete Lili nun mit Überzeugung. Ihr Tonfall war wie immer ruhig und überlegt. „Zum einen hat sie ihren Sohn abgöttisch geliebt, zum anderen ..."

„Aber er hat ihr offenbar sehr viel Kummer bereitet", fiel ihr Horatio ins Wort. „Könnte es nicht sein, dass sie all der Sorgen und des Elends überdrüssig war, jetzt, da auch Thomas Kottenburger tot ist?", gab er zu bedenken.

Lili schüttelte den Kopf. „Nicht ihr Sohn war es, der ihr Kummer bereitet hat. Sie hat die Schuld beim Schicksal gesehen, das ihr und dem geliebten Kind so übel mitgespielt hat. Sie hätte ihn niemals freiwillig alleine gelassen, dazu waren ihre eigenen Schuldgefühle ihm gegenüber viel zu groß. Sie wollte ihn immer nur beschützen. Ihr Zorn und ihr Hass galten nicht dem missratenen Filius, sondern unbeeinflussbaren höheren Mächten und dem Mann, der sie damit alleine gelassen hatte."

„Aber sagten Sie nicht gestern, sie würde ihn noch immer lieben?"

„Ja. Aber Liebe ist erfahrungsgemäß der beste Nährboden für Hass. Wissen Sie das nicht? Vielleicht schon mal was von Hassliebe gehört?"

„Nein, denn die gibt es nicht", antwortete er aufrichtig und sah ihr dabei fest in die Augen.

„Doch, die gibt es. Liebe und Hass gehen gerne Hand in Hand, wenn die Erwartungen enttäuscht werden", beharrte sie und vergrub ihre Hände tief in ihren Jackentaschen. „Es gibt nichts, was selbstzerstörerischer sein könnte."

„Wieso?“ fragte Horatio, und vermutete, es klang naiv in Lilis Ohren.

„Na, überlegen Sie doch mal. Der Teil in Ihnen, der liebt, hat Schuldgefühle wegen jenem, der hasst, und jener Teil, der hasst, verachtet den, der liebt. So einen inneren Kampf durchlebt man nicht unbeschadet.“

„Also wenn Sie mich fragen, klingt das alles recht kompliziert, und obendrein ist das schlichtweg psychologischer Humbug, der nur einem weiblichen Hirn … ähm … Pardon.“ Horatio grinste gewinnend.

„Das nehme ich persönlich“, konterte Lili ohne Verärgerung in der Stimme, doch sie bedachte ihn mit Stirnrunzeln und einem langen Blick. „Viel wichtiger ist aber im Moment die schlichte Tatsache, dass die Kollegen der Spurensicherung trotz gründlicher Suche kein Medikamentenfläschchen, Tablettenröhrchen oder etwas Ähnliches finden konnten, das ein Barbiturat enthielt.“

16

Zurück im Präsidium am Jakobsplatz, saß Horatio auf einem der Stühle vor Lilis Schreibtisch und beobachtete sie dabei, wie sie abwechselnd in die Tastatur ihres Computers tippte und von ihrem dampfenden Kaffee trank. Mit einer kurzen Bitte um Verständnis hatte sie die Unterhaltung zwischen ihnen für eine Weile beendet und konzentrierte sich nun ganz aufs Schreiben.

Horatio hielt seinen Kaffeebecher in beiden Händen und ließ seinen Blick wandern. Es war das erste Mal, dass er ihr Büro sah, einen hellen, aber nüchternen Raum mit grauen Aktenschränken, einem grauen Schreibtisch und grauen, wenn auch *freundlich*-grauen Vorhängen. „Nichts deutet auf eine weibliche Hand hin, die hier das Zepter schwingt", dachte er bei sich. Nicht einmal die beiden Grünpflanzen auf dem Fensterbrett vermochten die puristische Sachlichkeit, die der Raum verströmte, zu stören. Einziger Hinweis auf einen weiblichen Nutzer war der dezente Duft von Lilis Parfüm, der in der Luft hing. Andererseits, was hatte er erwartet? Einen Mix aus lindgrün-rosarot-blassgelbem Vorzimmercharme, duftig-weiße Tüllgardinen und frische Schnittblumen neben dem Faxgerät? Bei dem Gedanken musste er über sich selbst schmunzeln. Das wäre vermutlich noch vor einer Woche seine Vorstellung von einem weiblich gestalteten Arbeitsplatz gewesen, selbst dem einer Polizistin. Mit Lili Karmann war sie jedoch nicht zu verbinden. Sein Blick glitt zu ihr zurück. Mit ihrer Waffe im Schulterhalfter und dem ernsten Blick entsprach sie ganz und gar nicht seinem Wunschbild von einer Frau. „Wenn sie dabei doch nur nicht so verdammt attraktiv wäre“, dachte er widerstrebend bei sich und achtete darauf, dass seine Erkenntnisse nicht über den sachlichen Rand hinaushüpften.

„Fertig fürs Erste“, sagte sie und speicherte das Geschriebene. „Ich frage mich“, überlegte sie laut, während sie sich in ihrem Stuhl zurücklehnte, „in welchem Zusammenhang die beiden Todesfälle stehen.“

„Sie gehen also auch bei Elisabeth Kunze von Mord aus?“, wollte Horatio wissen und stellte seinen leeren Kaffeebecher auf die Schreibtischplatte.

„Da bin ich mir ganz sicher. Doch wo ist die Verbindung?“ Wieder dachte sie nach. „Wir müssen den Jungen finden. Vielleicht bringt uns das weiter.“

„Jan. Verstehe. Könnte *er* der Mörder sein?“, fragte er zweifelnd. „Glauben Sie ernsthaft, dass er seine eigene Mutter umgebracht hat?“

„Er wäre nicht der erste Sohn, der seine Mutter tötete; ... und den Vater. Aber ich weiß mehr, wenn ich mit ihm gesprochen habe.“ Lili sah auf ihre Armbanduhr. „Viertel nach sechs“, murmelte sie, „zu früh für den Besuch in der Szene. Allerdings werden wir die Zeit nutzen und noch einmal mit Kottenburgers jüngerer Tochter sprechen. Sie wohnt mit ihrer Familie in Erlangen. Um diese Zeit ist vielleicht auch ihr Mann zu Hause.“

Lili stand auf und nahm ihre Jacke. Im Vorbeigehen griff sie nach dem Handy und dem Autoschlüssel, die auf dem Schreibtisch lagen. Dann warf sie einen kurzen Blick durch die offene Türe, die ins Nebenzimmer führte, und informierte Wagner, was sie vorhatte.

17

„Oh, Frau Karmann, richtig?“, rief Dorothea Schott erstaunt, aber freundlich, als sie die Türe ihres kleinen Reihenhauses in Alt-Erlangen öffnete und erst Lili, dann Horatio erblickte. Ihre laute, hohe Stimme war wie ein schrilles Krächzen, das selbst den Feierabendverkehr auf der Möhrendorfer Straße übertönte, und Horatio beherrschte sich, um nicht schmerzvoll das Gesicht zu verziehen.

„Guten Abend, Frau Schott. Ich hoffe, wir kommen nicht ungelegen, aber ich hätte noch einige Fragen an Sie im Zusammenhang mit dem Mord an Ihrem Vater.“ Ohne Umschweife kam Lili zum Thema.

„Ja ... ja, natürlich, ... aber gerne. Bitte kommen Sie herein.“ Hektisch rieb sich Dorothea Schott die Finger an der Küchenschürze ab, die, im Rücken ungebunden, um ihren Hals baumelte, trat einen Schritt zurück und gab den Weg frei.

Ihr holpriges Lachen klang unsicher. „Möchten Sie nicht Platz nehmen? Darf ich Ihnen einen Kaffee oder Tee anbieten? Oder etwas anderes?“ Unruhig sprang ihr Blick zwischen Lili und Horatio hin und her, während sie sich mit einer Hand das dauergewellte, frisch kastanienrot gefärbte Haar zurechtdrückte.

„Nein danke“, antwortete Lili kurz und brachte übergangslos das Gespräch auf Thomas Kottenburger, während sie und Horatio auf der rosenbemusterten, ausladenden Couch Platz nahmen. Sie lächelte verbindlich, als sie fragte: „Wie war Ihr Vater eigentlich, Frau Schott?

Ich meine, was war er für ein Mensch?" Sie zog ihr zigarettenschachtelgroßes Aufnahmegerät aus der Jackentasche, schaltete es ein und stellte es vor sich auf den Wohnzimmertisch. „Sie haben doch nichts dagegen?"

Kottenburgers jüngste Tochter schüttelte den Kopf und setzte sich den beiden gegenüber. Horatio beobachtete sie unablässig. Alles an ihr wirkte drall und gedrungen, gerade so, als wäre es eine Idee zu kurz geraten, Hals, Arme, Finger, Taille, Beine … und Verstand. Sie zog mit beiden Händen mehrmals die Schürze über ihren Oberschenkeln glatt und sah Lili ratlos an.

„Wie meinen Sie das?", fragte sie vorsichtig und wendete ihren Blick hilfesuchend über die Schulter zu dem Mann, der in Trainingshose und grauem Baumwollunterhemd im Türrahmen zum Nebenzimmer erschien. Hinter ihm tönte unsichtbar ein Fernseher; laute Motorengeräusche waren zu hören und die Stimme eines Reporters, der ein Autorennen kommentierte.

„Wos gibt's denn, Do? Wer is des?" Die tiefe, kraftvolle Stimme des Mannes klang grob und stand im Einklang mit seiner vierschrötigen Gestalt.

„Das sind die Beamten von der Kriminalpolizei, Schatz. Sie haben noch einige Fragen wegen Papa", antwortete Dorothea so kindlich-beflissen, dass es Horatio peinlich berührte. Seine „Berufung" zum Beamten nahm er hingegen ebenso gelassen zur Kenntnis wie Lili.

„Das ist mein Mann Bobby, ... Robert. Aber wir nennen ihn alle Bobby", sagte Dorothea und lächelte mit unverhohlenem Stolz. Horatio fragte sich, wieso.

„Sie würden gerne von uns wissen, wie Papa so war", fuhr sie fort, und Horatio vermied es, Lili anzusehen. „Würde Einfalt leuchten, könnten sich die Schotts vermutlich erhebliche Stromkosten sparen", dachte er und betrachtete Dorothea noch einmal eingehend.

„Wie der wor? Des konn ich Ihnen schon sogn", knurrte Bobby, trat einige Schritte näher und ließ sich schwer in den Sessel fallen, der der Tür zum Nebenzimmer am nächsten stand. Dann zog er geräuschvoll die Nase hoch und räusperte sich.

„A mieser klaner Emporkömmling wor der. A Angeber, wie's net höher gangen is. Hot immer gedacht, er is wos Bessers", schnaubte er los und lachte dann verächtlich. „Jetzt hot er kriecht, wos er verdient hot, wenn Sie mich frogn." Er warf einen Blick auf Dorothea, die linkisch und hölzern auf ihrem Polster herumrutschte und ein weinerliches „Aber Bobby!" von sich gab, das dieser nur mit einer wegwerfenden Handbewegung kommentierte.

„Mich konnt er nie leiden und hot a kann Hehl draus gemacht. Obä mit echta Männern hot der immer Probleme ghobt. Hot sich lieber on seina Weiber vergriffn und hot die grün und blau geprügelt, der Feichling." Verächtlich sah er wieder zu Dorothea hin. „Ich wor ihm net gut genuch für sei Töchterla", äffte er, während sein Blick auf seine Frau gerichtet blieb. Doch schien er sie nicht wirklich wahrzunehmen. „Ich bin a einfocher Bauarbeiter, müssen Sie wissn, obä mei Geld is ehrlich verdient, verdammt nuch amoll!", sagte er lauter und ärgerlich, aber mit Stolz, und ließ seine Armmuskeln spielen. „Net ergaunert, wie des vom saubern Herrn Papa." Er schwieg eine kleine Weile, um sich abzuregen, dann wiederholte er: *„Nett gut genuch!* Pah! Dass ich net lach." Kraftvoll ließ er seine Faust auf das Armpolster des Sessels niedersausen.

„Aber Bobby", piepste Dorothea noch einmal flehend ihrem Mann zu und nestelte mit den kurzen Fingern verlegen an ihrer Schürzentasche.

Robert Schotts nichtssagender Blick streifte wieder

seine Frau, und plötzlich lächelte er. „Sie kriecht noch immä Schweißperln auf der Stirn, wenn sie bloß des Audo aus der Garasch fohrn muss, stimmt's, Madla?", sagte er abfällig, stand auf und ging in Richtung Nebenzimmer. „Vielleicht hot sie ja a boor Qualitäten. Ich hob jedenfalls bis etz kaana entdeckt, auf die der Alt hätt stolz sei könna ... Och ja, und dass Sie's gleich wissen: *Ich* hob den Altn net umgebrocht. On so am mach ich mir die Finger net schmutzich." Mit diesen Worten verschwand er wieder im Nebenraum und knallte die Türe zu.

Dorothea Schott saß da und blickte verlegen drein. Zum ersten Mal spürte Horatio so etwas wie Mitleid mit ihr in sich aufsteigen. Dieser taktlose, grobschlächtige Kerl musste ihr das Leben zur Hölle machen, davon war er überzeugt. Dennoch sah er sie nun lächeln. „Entschuldigen Sie, aber er meint es nicht so", belog sie sich selbst. „Er ist eben nur ..." Sie suchte nach einem passenden Wort, fand keines und lächelte erneut.

„Papa war nicht *schlecht,* wissen Sie. Er war eben ..., ich weiß auch nicht. Er war ... schwierig, manchmal. Und auch laut und herrisch. Und oft auch schlecht gelaunt. Das hat er dann an jedem ausgelassen, der ihm im Weg stand. Bobby und er haben sich nur ein einziges Mal fürchterlich angeschrien und sind sich seitdem aus dem Weg gegangen. Mein Mann war eine Weile Vorarbeiter in Papas Firma, müssen Sie wissen, doch das ging nicht lange gut. Er lässt sich nichts gefallen, mein Bobby." Sie dachte nach, dann sagte sie: „Männer eben", und grinste. Sie sah dabei gezielt zu Horatio hinüber und vermittelte den Eindruck, als sei sie soeben einer genialen Erkenntnis auf die Schliche gekommen.

„Hat Sie Ihr Vater geschlagen?" Lili blieb hartnäckig, und Dorothea wand sich verlegen und senkte die Augenlider. Widerwillig gab sie leise zu: „Ja ..., schon, ... aber nur manchmal ... Doch das hat er nie wirklich böse gemeint", entschuldigte sie ihn umgehend.

Horatio fragte sich, wie viel Unvermögen nötig war, sich selbst so sehr zu belügen.

„Hat er auch Ihre Mutter geschlagen?"

„Ich weiß nicht. Sie hatte ja den Unfall. Danach jedenfalls nicht."

„Und vorher?"

„Da war ich ja noch zu klein, um das mitzubekommen. Deshalb weiß ich es nicht. Nur Großonkel Andreas hat früher, als er noch klar war im Kopf, manchmal so was angedeutet", antwortete Dorothea gereizt. Ganz offenbar hatte sie viele Erinnerungen an ihre Kindheit verdrängt und es war ihr unangenehm, sie nun anzusprechen.

Lili wechselte das Thema.

„Wo war Ihr Mann zur maßgeblichen Zeit, Frau Schott?"

„Welcher Tag war das genau?"

„Donnerstag, der 10. September. Am Folgetag hat ihre Mutter die Polizei verständigt und ihren Vater als vermisst gemeldet. Fest steht, dass er Donnerstagabend, zweiundzwanzig Uhr, noch gelebt hat."

„Donnerstag, der 10. September, nachts", wiederholte sie angestrengt nachdenkend. Dann stand sie auf und ging zum Sideboard, auf dem ein Terminkalender neben dem Telefon lag. Sie blätterte nervös. „Ah, da ist es, da ist es!", rief sie erleichtert. Wir waren an diesem Abend bei Peter und Sandra Lösel eingeladen. Sie feierte ihren fünfunddreißigsten Geburtstag. Es war eine lange Nacht. Die Männer tranken bis in die Morgenstunden." Sie stieß ihr schrilles Lachen aus und hielt den Terminkalender in die Höhe, als könne er ihre Aussage bezeugen.

„Ich wäre Ihnen dankbar, wenn ich Namen und Adresse der Lösels von Ihnen bekommen könnte", sagte Lili höflich, und Dorothea eilte zurück auf das Sofa, setzte sich, beugte sich vor, hielt das Gesicht dicht vor das Tonbandgerät und diktierte mit langsamen und gedehnten Worten die Adresse der Lösels. Dann hob sie den Kopf mit einem erwartungsvollen, fragenden Blick, der wissen wollte, ob sie ihre Sache richtig gemacht hatte.

„Prima. Vielen Dank, Frau Schott", sagte Lili, und Horatio biss sich auf die Unterlippe.

„Sie haben noch eine Schwester?", wollte Lili weiter wissen.

„Ja, ja, freilich", bestätigte sie eifrig. „Cornelia, die arme Maus. Ach Gott, es ist ein Jammer, ganz ehrlich."

„Können Sie mir ein wenig von ihr erzählen?"

„Ja, freilich. Aber sehr viel weiß ich auch nicht von ihr. Ich besuche sie manchmal im Christopherusheim."

„Ist das nicht in Neuendettelsau?"

Dorothea nickte. „Wie gesagt, ich besuche sie manchmal", fuhr sie fort. „Nicht sehr oft. Sie erkennt mich ja nicht, spricht nicht. Stiert meist nur vor sich hin wie eine Schlafwandlerin. Ich bringe ihr Sahnebonbons. Die isst sie sehr gerne. Und manchmal bringe ich ihr Bilder, die Vivian gemalt hat. Bilder mit Vögeln mag Cornelia am liebsten. Warum, weiß ich auch nicht, aber sie lächelt dann und fährt die Zeichnung mit den Fingerspitzen nach." Dorothea grübelte. „Manchmal sitzt sie nur am Fenster und starrt hinaus. Und dann lächelt sie wieder ein bisschen … Vielleicht, weil sie einen Vogel gesehen hat? … Aber das ist alles, mehr kann ich Ihnen auch nicht sagen." Sie zuckte hilflos mit den Achseln.

„Wer ist Vivian?", fragte Lili.

„Oh, das ist meine sechsjährige Tochter. Sie kommt nächstes Jahr in die Schule", antwortete Dorothea stolz.

„Ein schöner Name … Vivian“, warf Horatio freundlich ein und sah gleichzeitig zu Lili, als wolle er sich die Erlaubnis zum Reden einholen. Lili lächelte geduldig.

„Oh, ja, nicht? Hab ich aus *Pretty Woman*!“, erklärte sie, und als sie Horatios fragenden Blick bemerkte, „na, Sie wissen schon … im Fernsehen!“

„Oh?“, kommentierte Horatio nickend und zog sich aus dem Gespräch zurück.

Wie aufs Stichwort erschien ein blondlockiges Mädchen auf der Treppe zum Obergeschoss und spähte durch die gedrechselten Holzstäbe des Geländers. Neugierig drückte es das hübsche Gesichtchen dagegen und betrachtete schweigend die beiden Fremden, die auf der Wohnzimmercouch saßen.

„Sag *‚Guten Tag‘* zu den Herrschaften, Vivian-Herzchen“, forderte Dorothea das Kind auf, doch es machte auf dem Absatz kehrt und verschwand mit einem lauten Türknallen in ihrem Zimmer.

Ganz der Vater. Horatio konnte sich die Bemerkung gerade noch verkneifen.

„Was ist damals mit Cornelia passiert?“, wollte Lili wissen.

„Keine Ahnung. Ich weiß nur, dass ein schmutziger perverser Kerl sie in unserem Schuppen vergewaltigt hat. Damals war sie neun Jahre alt. Seitdem ist sie nicht mehr richtig im Kopf.“ Dorothea tippte sich mit dem Finger an die Stirn.

„Bei dir war dazu keine Vergewaltigung nötig“, dachte Horatio und schämte sich gleich darauf für seine Boshaftigkeit.

„Mutter hat Cornelia schreien hören, und als sie ihr zu Hilfe kommen wollte, hat der Kerl sie über das Holzgeländer im Schuppen gestoßen und liegen lassen. Sie fiel direkt auf den harten Boden der Einfahrt. Da ging es so eine schmale Stiege zum Heuboden hinauf, wissen Sie, und da oben hat er es getan."

Dorothea schauderte in der Erinnerung und rieb sich die Hände, als würde sie frieren. „Gott sei Dank kam Papa kurz darauf und hat die beiden gefunden, sonst wären sie wohl beide tot gewesen. Der Kerl war freilich über alle Berge. Man hat ihn nie geschnappt. Mama konnte sich nicht richtig an sein Gesicht erinnern. Alles ging so schnell damals, und außerdem war es düster im Schuppen." Wieder schwieg sie und auf ihrem Gesicht zeigte sich das Entsetzen, das die Vorstellung in ihr wachgerufen hatte. „Seitdem sitzt Mama im Rollstuhl. Ich war fünf damals. Kann mich nur an die vielen Leute erinnern und die Aufregung im ganzen Haus. Und an die Polizeiautos und Krankenwagen. Doch die Geschichte selbst kenne ich nur aus den wenigen Erzählungen von Großonkel Andreas. Mama und Papa haben nie mit mir darüber gesprochen."

„Danke, Frau Schott", sagte Lili, schaltete das Tonband ab und stand auf. Dorothea blieb sitzen. Verloren und traurig ruhten ihre Augen auf der Tischplatte vor ihr und sie nickte stumm.

Als sie sich schwerfällig erheben wollte, bedeutete ihr Lili mit einer Handbewegung, sitzen zu bleiben. „Wir finden alleine hinaus. Danke nochmals und schönen Abend."

Horatio warf einen letzten Blick auf die kleine, rundliche Frau, dann sagte er leise: „Wiedersehen", folgte Lili und schloss die Haustür hinter sich.

„Wie alt ist Dorothea Schott eigentlich?", fragte Horatio, als sie wieder im Auto saßen und Richtung A 73 fuhren. Inzwischen war es nach sieben und dunkel. Ein leiser Nieselregen fiel auf die Scheiben und das Licht der

Scheinwerfer spiegelte sich auf der nassen Möhrendorfer Straße.

„Knappe dreißig", antwortete Lili und betätigte den Hebel der Intervallschaltung für den Scheibenwischer.

„Unglaublich. Sie sieht aus wie fünfundvierzig." Horatio sah die kleine, dralle Frau mit dem biederen Schürzchen und dem dümmlichen Grinsen in der Erinnerung vor sich und schüttelte den Kopf. „Glauben Sie, der Ehemann hat etwas mit Kottenburgers Tod zu tun?"

Es fing heftiger zu regnen an.

„Nein. Ich denke, das Alibi ist echt, und er ist nicht der Typ, der einen Mann im Schlaf ersticht. Er hätte Kottenburger eher im Affekt mit seinen bloßen Fäusten totgeschlagen. Außerdem ist er Rechtshänder."

Richtig. Er musste Lili beipflichten. Robert Schott hätte zugeschlagen. Auch hatte er ganz vergessen, dass der Täter das Opfer aller Wahrscheinlichkeit nach im Liegen erdolcht hatte. Doch woher wollte sie wissen, dass Schott Rechtshänder war?

„Sein Muskelspiel ist eindeutig rechts gesteuert", ergänzte sie, als hätte sie seine Gedanken erahnt. „Aber nun wissen wir wenigstens, warum Großonkel Andreas den Frauenschläger Kottenburger einen Schwerverbrecher genannt hat."

„Darf ich Sie zum Essen einladen?", fragte Horatio. „Ich bin, ehrlich gesagt, ziemlich hungrig."

„Gute Idee, ich ebenfalls."

18

Sie hielten an einer Pizzeria, wenige Seitenstraßen entfernt vom Devil's Eye, und aßen zu Abend. Gegen neun sagte Lili, es sei Zeit aufzubrechen, um Jan Kunze zu suchen. Horatio wurde mulmig bei dem Gedanken, doch er behielt es für sich. Er zahlte, zog den Reißverschluss seiner Lederjacke hoch und folgt ihr schweigend auf die Straße.

Der Regen hatte inzwischen aufgehört, doch die Lichter der Stadt spiegelten sich noch auf dem nassen Asphalt und in den Pfützen an den Gehsteigrändern. Es war merklich kühler geworden.

„Gehen wir zu Fuß?", fragte er, aber Lili schüttelte den Kopf.

„Ich brauche den Wagen in der Nähe", erwiderte sie, und Horatio bemerkte, dass sie bereits wieder ganz in die Rolle der konzentrierten Polizistin geschlüpft war.

Das Devil's Eye lag in einer der dunklen Seitenstraßen Gostenhofs. Als Horatio mit Lili dort einbog, war es für ihn wie das Eintauchen in eine fremde Welt, geheimnisvoll, bedrückend und anekelnd. Laute Rap-Musik drang aus einer halb offenen Türe, der nicht anzusehen war, wohin sie führte. Ein Mädchen in viel zu kurzem Rock und dünnem T-Shirt stand vor dem mit Packpapier verklebten Schaufenster eines ehemaligen Sex-Shops. Ihr Grinsen war vor Kälte erstarrt, ebenso wie ihr spärlich bedeckter Körper, und zwischen ihren grell geschminkten Lippen zitterte eine Zigarettenkippe.

Zwei Männer kamen auf sie zu, sprachen sie an, lehnten sich dann lässig gegen die Hauswand, die Krägen ihrer Jacken hochgeschlagen. Horatio ging neben Lili her, wurde dabei von einem Jungen angerempelt, der ihn rasch überholte und in seiner viel zu weiten bunten Sweatjacke, die Kapuze tief in die Stirn gezogen, die Straße hinunterlief. *Hell is near* las Horatio auf der Rückseite der Jacke, und er war geneigt zu glauben, was er las. Gelangweilt sahen sie aus, die wenigen Menschen, die hier herumlungerten und ihm und Lili misstrauische Blicke zuwarfen. Es wurde kaum gesprochen in dieser Straße und um diese Zeit. Wenn doch, dann knapp, einsilbig. Vier junge Burschen, sechzehn, siebzehn, vielleicht auch jünger, hielten die Köpfe dicht aneinander, um nicht zu zeigen, welche Geschäfte sie tätigten im Innern des Quadrates, das sie bildeten. Durch ungeputzte Fensterscheiben drang schummriges Licht aus einer Kneipe, aus deren Tür ein älterer Mann torkelte, Unverständliches schimpfend, und gegen den Müllcontainer am Gehsteigrand stieß. Dort übergab er sich laut und schwungvoll in den Rinnstein. Lili blieb ungerührt. Sie kannte die Szene, während Horatio angewidert neben ihr herlief.

Dann standen sie vor dem Devil's Eye. Der drahtige Bursche mit der schwarzen Jacke und den kurzen, wasserstoffgebleichten Haaren, die gelverschmiert wie Igelstacheln nach allen Seiten abstanden, grinste breit, als er Lili erkannte. „Schau, schau, die schöne Hüterin der Nürnberger Ordnung", sagte er gedehnt, aber nicht unfreundlich und kniff die Augen zusammen, als wäre er kurzsichtig. „n' Abend, Frau Karmann. Was führt Sie denn heute zu uns?" Rasch ließ er den Gegenstand in der Jackentasche verschwinden, der am Ende einer Uhrenkette hing und vom Knopfloch seiner Jacke baumelte.

Lili lächelte zurück. „Abend, Blacky, und das Schnappmesser habe ich nicht gesehen."

„Blacky? Bei den Haaren?", entwischte es Horatio, und Lili warf ihm einen drohenden Blick zu.

„He, Alter, willst eine aufs Maul?", presste der Stachelige zwischen schmalen Lippen hervor, und Lili stellte sich zwischen ihn und Horatio, der nun dicht hinter ihr stand, sah, wie sie ein Foto aus ihrer Jackentasche zog und es Blacky unter die Nase hielt.

„Ruhig Blut, Blacky. Ist der heute hier?"

Blacky blinzelte kurz auf das Bild. „Kann schon sein", brummte er dann zwischen unbewegten Lippen hindurch, warf einen umfassenden Blick in die Runde, um sicherzugehen, dass keiner sah, wie kooperativ er sich zeigte, und deutete lässig mit dem Kinn in Richtung Treppe, die nach unten ins Dunkle führte.

„Immer der Musik nach."

„Danke", sagte Lili, steckte das Bild in die Tasche zurück und ging in Richtung Treppe.

Horatio folgte ihr. „Musik? Lächerlich", brummte er und verzog das Gesicht.

„Gehört der Lederjacken-Opa zu Ihnen?", rief Blacky verächtlich hinter ihr her und Lili drehte sich um. Sie sah Horatio an und verbiss sich ihr Grinsen. „Sozusagen", entgegnete sie und bedeutete Horatio, den Mund zu halten, als der, mehr überrumpelt als empört, gerade ansetzte, dem gelackten Kerl eine angemessene Antwort zu verpassen. „Opa", knurrte er verärgert, während er Lili folgte und die ausgetretene steinerne Treppe hinunterging. „Der soll nur aufpassen, dass ich ihm keine klebe."

Die steilen Stufen riefen ihm jedoch rasch ins Gedächtnis zurück, dass der Bursche mit seiner Einschätzung gar nicht so falsch lag. Die Musik wurde lauter, mischte sich mit den Stimmen und dem Lachen derer, die hier dicht gedrängt wie eine Herde Schafe nach dem Sinn des Lebens suchten. Alkoholdunst und Gott weiß was noch für Gerüche schlugen ihm entgegen und die Enge, die hier unten herrschte, war ihm unangenehm. Dröhnende Bässe wurden von den feucht-muffigen, dunklen Wänden zurückgeworfen, überschlugen sich im Gewirr der tausend anderen Geräusche, die den unübersichtlichen Raum füllten, und nahmen Horatio für einen Moment die Orientierung. Das Publikum bestand vorwiegend aus jungen Leuten. „Und solchen, die offenbar nicht in Würde alt werden können", dachte Horatio, als er um sich blickte. Er blieb neben Lili stehen, die langsam und konzentriert ihren Blick durch die Menge wandern ließ. „Welch berauschende Verzückung", sagte er spitz.

„Jedem das Seine", antwortete sie trocken und suchte sich weiter einen Weg durch die Menge. Eine Dunkelhaarige in einem trägerlosen, kurzen Top und roten Jeans, die mehr als nur den Bauchnabel freigaben, drängte sich gegen Horatio und musterte ihn aus animierenden, schwarz geränderten Augen. Die Mischung aus altem Schweiß und billigem Parfüm, die sie umflorte, ließ ihn hart schlucken. Er wandte sich ab und richtete seine Aufmerksamkeit wieder auf Lili. Sie stand plötzlich ganz still. Wie eine Katze, die die Maus im Visier hatte. Horatio folgte ihrem Blick, der ein Augenpaar im hinteren Teil des Raumes fixierte. In dem schmalen, blassen Gesicht des jungen Mannes, halb versteckt hinter der Kapuze seiner rauchblauen Sweatjacke, stand deutlich die Angst, die ihn nun aufspringen und in Richtung Ausgang drängen ließ. Lili machte auf dem Absatz kehrt und strebte ihrerseits der Treppe zu, ohne den fliehenden Jungen aus den Augen zu verlieren. Horatio versuchte ihr zu folgen, doch das Gedränge behinderte ihn und er blieb einige Meter hinter ihr zurück. Unsanft stieß er diejenigen, die ihm im Weg standen, beiseite, erntete neben missbilligenden Blicken ein paar ebenso grobe Knüffe in die Rippen und stolperte dem Ausgang entgegen. Er wollte Lili unbedingt einholen, denn die Situation begann seiner Meinung nach brenzlig zu werden. Sein Herz klopfte aufgeregt, als er endlich oben an der Treppe ankam. Doch weder Lili noch der Flüchtige noch dieser Blacky waren zu sehen.

„Verdammt", dachte er keuchend und stemmte die Hände in die Seiten. Mit zwei Schritten war er draußen auf dem Gehsteig und blickte suchend die dunkle Straße hinauf und hinunter. Gute fünfzig Meter weiter erkannte er endlich Lili, die noch immer hinter dem Jungen in Richtung Innenstadt herrannte, hörte, wie sie ihn anrief, stehen zu bleiben, und sich dann mit einem Satz auf ihn warf. Horatio, der im Schein der Straßenlaternen alles beobachten konnte, stockte der Atem. Für einen Augenblick war ihm, als sei er in einen Gangsterfilm geraten, doch dann rannte er los, so schnell er konnte. Im Näherkommen sah er, wie Lili neben Jan Kunze kniete, der bäuchlings auf dem nassen Asphalt lag. Ihr rechtes Schienbein hielt sie in seinen Rücken gestemmt, während sie ihre Dienstmarke in die Jackentasche zurücksteckte und seine beiden Handgelenke in Sekundenschnelle mit Handschellen versah. „Sie haben kein Recht, mich festzunehmen!", schrie er sie an.

„Wetten wir, mein Junge? Aber über meine und Ihre Rechte reden wir später ausführlich", entgegnete sie sachlich und kaum außer Puste. „Sie kommen jetzt mit aufs Revier. Und dort unterhalten wir uns dann auf alle Fälle über den Fußtritt, den Sie mir eben verpasst haben. Dabei erzähle ich Ihnen was über den Widerstand gegen eine Vollstreckungsbeamtin. Na los ..." Horatio hörte nur noch ihre Stimme, nicht mehr die Worte, die sie weiter an den Jungen richtete. Sein Herz raste zum Zerspringen und für ein, zwei Sekunden wurde ihm schwindlig. „Lili!", röchelte er und japste nach Luft. Vornüber gebeugt stemmte er seine beiden Hände gegen die Knie und sah verschwommen, wie Lili den Jungen auf die Füße zog, ihn gegen die Hauswand drehte und ihm Jacke und Hose abklopfte. „Sieh an, was haben wir denn da?", fragte sie und zog eine schwere goldene Armbanduhr aus Kunzes linker Hosentasche. Sie besah sich die Rolex genauer. „Th.K. … Interessante Initialen", sagte sie dann. „Ist es nicht ganz schön leichtsinnig, ein so teures Stück in der Hosentasche mit sich herumzutragen?" Lili steckte die Uhr ein. „Die ist fürs Erste konfisziert."

Als Horatio wieder in der Lage war, aufzublicken, stand Lili mit Jan Kunze vor ihm. Sie hielt ihn mit der einen Hand fest und schob sich mit der anderen eine Haarsträhne aus dem Gesicht. Ihre Wangen waren gerötet und ihre wachen Augen glänzten. „Geht es Ihnen gut?", fragte er besorgt und richtete sich langsam auf. Sie lächelte.

„Natürlich. Warum denn nicht?" Sie hörte sich an, als hätte es die Aufregung der letzten Minuten nicht gegeben. „Also dann", fuhr sie entschlossen fort, „ab ins Präsidium", und schob den unwilligen, schweigenden Jungen vor sich her zum Wagen.

Horatio stand noch eine kleine Weile schwer atmend da, dann schüttelte er den Kopf und ging ihr langsam hinterher.

19

... Du wunderst dich noch immer, mein Lieber, wie du in diese Situation geraten bist? Ganz einfach, weil du *es so wolltest. Und das freut mich am allermeisten. Vor einigen Tagen warst du noch völlig angefüllt mit der Trauer um mich und der Sorge um deine wenigen Patienten; und darüber hinaus war da gar nichts mehr. Keine Freude, keine innere Ruhe, kein Leben. Nein, nein, du musst dich nicht rechtfertigen! Seit einem Jahr beobachte ich dich, wie du stillstehst und langsam verschrumpelst wie eine vom Baum gefallene Pflaume. Ich möchte nicht mehr mit ansehen müssen, wie du dich über meinen Tod grämst. Deshalb bin ich mehr als froh – ja, ich weiß, ich wiederhole mich –, dass es jetzt etwas gibt, das ganz offensichtlich deine Lebensgeister mobilisiert. Insofern hat das Ableben dieses Kottenburger durchaus eine erfreuliche Seite, nicht? Ich bin ihm jedenfalls dankbar. Und nicht nur ihm! Du weißt, was ich meine ... Nein, sträube dich nicht schon wieder, mein Schatz. Dazu besteht überhaupt kein Grund. Glaub mir, diese Lili tut dir gut. Wenn du das nur akzeptieren könntest! Sie und ihr Fall lenken dich von deiner Trübsal ab, und das ist wunderbar ... Dass du darüber jedoch meine Vorgartenrosen vergisst, werde ich dir spätestens dann übel nehmen, wenn sie verlaust und mit wilden Trieben übersät sind. Also, enttäusche mich nicht. Versprochen? ... So, und jetzt raus aus den Federn. Um halb neun willst du bereits wieder in Nürnberg sein ... Bis dann, mein Liebling, und gibt auf dich Acht. Die Gangsterjagd ist nicht ungefährlich, wie du ja inzwischen weißt ...*

Horatio hatte wie ein Stein geschlafen. Gegen sechs

hatte ihn Marias Stimme wie immer in den Morgen begleitet. Gemächlich räkelte er sich und stand auf. Ein strahlender Tag begrüßte ihn, als er die Fensterläden zurückstieß und in die weiße Sonne blinzelte. Stahlblau und wolkenlos war der Himmel und es lag ein Licht über den Wiesen, den Feldern und dem Wald, das einem die Gedanken raubte. Verwundert über diesen morgendlichen Anflug von Poesie rieb er sich das stoppelige Kinn. „Doch warum nicht hin und wieder romantisch sein", ermunterte er sich. Wenigstens für ein paar kurze Momente, hier, in der stillen Abgeschiedenheit seines Schlafzimmers. Eine Stille, die sich immer dann in sein altes Herz krallte, wenn Marias Stimme verklungen war, und die ihn zwang, den Atem anzuhalten und zu lauschen.

Draußen, vor dem geschlossenen Fenster, verdrängte der mittelfränkische Herbst mit seinen warmen Farben den Bodennebel. Rostrot und maisgelb erglühten die Büsche, wenn sich die Sonnenstrahlen auf die taufeuchten Hagebutten und Blätter setzten, und begrenzten die Hügel und Felder, die sich moosgrün oder in hellem Braun zum Wald hin erstreckten. Kein Vogel war zu hören, nicht einmal Elmar krähte.

„Wie schön die Landschaft doch ist", dachte er wieder. In all den Jahren, die er hier lebte, war er oft hinterrücks von dieser Schönheit überfallen worden und ihm noch immer widerstandslos ausgeliefert, dem Zauber von Licht und Stille, dem er sich von Anfang an nicht hatte erwehren können. Früher, ganz zu Beginn seines Hierseins, dachte er oft an München, an Gerüche, an Farben, an den Klang heimischer Stimmen. Doch seit langem schon hatte dieses kleine Dorf in Mittelfranken sein Gefühl von Heimat für sich beansprucht. Ein Leben in der Großstadt? Ausgeschlossen! Er lächelte müde. Wenn doch nur ... *Doch alle Lust will Ewigkeit, will tiefe, tiefe Ewigkeit ...*, dachte er und gab Nietzsche recht.

Er fuhr sich mit dem Handrücken über die Augen, stieß die Fensterflügel auf und ließ die kalte, frische Luft ins Zimmer. „Sentimentaler Narr“, murmelte er schließlich und schüttelte lächelnd den Kopf über sich selbst. Dann holte er sich frische Wäsche aus dem Schrank und ging ins Bad. Um halb acht wollte er nach Nürnberg fahren, um pünktlich zu sein, wenn Lili zum zweiten Mal Jan Kunze verhörte. Gestern war nichts aus ihm herauszubringen gewesen. Er war viel zu betrunken, um erfassen zu können, worum es ging. Die einzige wache Reaktion, die er gezeigt hatte, war, als ihn Lili mit dem Tod seiner Mutter konfrontierte und ihn fragte, ob er eine Aussage dazu machen könne. Erschrocken hatte er aufgeblickt und ungläubig erst Lili, dann Horatio angesehen. Seine Lippen hatten zu beben begonnen, dann war er laut heulend zusammengebrochen. Lili hatte ihn in eine der Zellen bringen lassen, damit er seinen Rausch ausschlafen konnte. „Er wusste nicht, dass sie tot ist, bis ich es ihm sagte“, hatte sie behauptet und sich mit den Händen die schmutzigen Stellen an ihren Hosenbeinen sauber gerieben, die Spuren ihrer Verfolgungsjagd.

Irgendwie tat ihm der Junge leid. Er dachte an das schmale, weiße Gesicht mit den wässrigen, rot unterlaufenen Augen, in denen die hellgrüne Iris wie verloren umherzuckte. Ganze achtzehn Jahre war er jung, wenn Horatio sich recht entsann. Achtzehn, ohne Eltern, ohne Perspektiven, ohne Geld, ohne Hoffnung. Sein einziges Erbe war das Gefühl, wertlos zu sein.

20

„Diazepam? Das ist doch so eine Art Valium, oder? ... Gut, Doktor ... danke. Ich melde mich wieder bei Ihnen. Schönen Tag noch“, wünschte Lili und legte den Hörer auf. Horatio stand unter der Tür zu ihrem Büro und winkte kurz zur Begrüßung. „Guten Morgen, Horatio.“ Sie drehte sich ihm auf dem Schreibtischstuhl zu und hob ebenfalls kurz die Hand.

„Das war Doktor Held. Elisabeth Kunze ist erstickt. An ihrem eigenen Erbrochenen. Ihr wurde dieses Zeug … dieses Diazepam in Tropfenform verabreicht. Außerdem hatte sie einen Alkoholpegel von satten eins Komma neun Promille.“

Horatio pfiff durch die Zähne und ließ sich in einen der Besucherstühle fallen. „Diazepam und Alkohol liefern unter Umständen einen echten Grund für die Todesursache“, kommentierte er trocken. „War es denn nun Selbstmord?“, fragte er neugierig.

„Kaum. Irgendjemand hat es ihr in den Whisky geschüttet. Das steht für mich fest. Andernfalls hätten wir das Fläschchen finden müssen. Kein Selbstmörder macht sich die Mühe, seine Giftflaschen oder Tablettenschachteln feinsäuberlich und unauffindbar zu entsorgen. Möchte er seine Tat vertuschen, aus versicherungsrechtlichen Gründen zum Beispiel, oder um sie einem anderen in die Schuhe zu schieben, wählt er andere Methoden, sich ins Jenseits zu befördern. Andererseits ...“, sie zögerte ein wenig.

„Andererseits?“ Horatio hörte ihr aufmerksam zu.

„Andererseits hätte ein schlauer Mörder das Fläschchen Diazepam am Tatort zurückgelassen, es gründlich von eigenen Fingerabdrücken befreit und mit denen des Opfers versehen. Dieser Mord wäre sehr leicht als Selbstmord zu tarnen gewesen."

Lili dachte noch immer nach.

„Na ja", Horatio rieb sich das Kinn, „viele Apotheken schreiben auf derartige Arzneimittel den Namen des Patienten und die Dosierung. Der Täter hätte womöglich das Etikett entfernen müssen, um Rückschlüsse auf seine Person zu verhindern. Kein Selbstmörder tut so was. Das wäre doch genauso verdächtig gewesen, oder?"

Lili sah ihn überrascht an und nickte anerkennend. „Respekt, Doktor. Sie haben damit natürlich völlig recht. Danke für den Hinweis. Elisabeth Kunze wurde getötet, da bin ich mir ganz sicher ..."

„Allerdings …", Horatio überlegte weiter.

„Was?"

„Ich weiß nicht recht …, trotzdem bleibt Diazepam für mich alles in allem eine recht unsichere Methode, jemanden ins Jenseits zu befördern. Ich meine, darauf zu hoffen, dass die Frau sich übergibt und dran erstickt …?", er legte skeptisch seine Stirn in Falten. „Warum hat sie der Mörder nicht wenigstens erdrosselt oder … vielleicht erschlagen? Das wäre eine viel sicherere Methode gewesen."

Lili nickte nachdenklich. „Aber wahrscheinlich war der Mörder von seiner Methode überzeugt. Vermutlich dachte er, die verabreichte Menge würde ausreichen, sie auf alle Fälle zu töten, … und hatte Glück damit. Nicht jeder besitzt medizinische Fachkenntnisse, das müssen Sie bedenken."

Horatio musste ihr beipflichten.

„Aber jetzt wissen wir zumindest, dass *Sie* nicht der

Mörder von Elisabeth Kunze sind", sagte sie und grinste breit.

„Sehr witzig", frotzelte er zurück. „Erfreulich, dass Sie sich eine Spur Humor bewahrt haben."

Lili erhob sich, sah auf ihre Armbanduhr und nahm einen letzten Schluck aus ihrer Kaffeetasse. „Machen Sie es sich nicht zu bequem, Doc. Wir müssen gleich gehen."

Sie trug eine schwarze Cordhose und einen engen, tannengrünen Rollkragenpulli, der ihre zierliche Figur betonte und sie fast zerbrechlich wirken ließ. Blass sah sie heute Morgen aus und müde, bemerkte Horatio und bedachte sie mit einem nachdenklichen Blick. Er sprach sie nicht darauf an, da er fürchtete, sie könnte es womöglich wieder missverstehen und meinen, er würde darin einen Beweis für den Mangel an Belastbarkeit sehen. Doch dann sah er, dass sie humpelte, und fragte: „Was ist mit Ihrem Bein?"

„Nichts weiter. Ein kleiner Betriebsschaden. Hat mir der Junge gestern verpasst, als ich ihn stellte." Verschmitzt grinste sie ihn an.

„Herzeigen", befahl Horatio, erhob sich und hielt sie am Arm fest.

Lili rollte flehend die Augen zur Zimmerdecke, setzte sich jedoch noch einmal auf ihren Stuhl und schob gehorsam ihr Hosenbein hoch. Dabei entblößte sie einen handtellergroßen tiefblauen Fleck und hielt Horatios vorwurfsvollem Blick unschuldig lächelnd stand. Er kniete sich neben sie und tastete vorsichtig ihren Unterschenkel ab. Geschwollen war er und fühlte sich erwartungsgemäß heiß an. Horatio schüttelte resigniert den Kopf. „Sie sind ein unverbesserliches, leichtsinniges ...", begann er loszuschimpfen, doch Lili hielt ihm rasch die Hand vor den Mund. „Schlucken Sie's runter, sonst werde ich es gegen Sie verwenden", sagte sie und lachte.

„Das Bein wird nach dem Verhör hochgelegt und von mir behandelt, verstanden?“ Sein ernster und bestimmender Ton duldete keinen Widerspruch. Sie nickte und stand wieder auf.

„Woher kannte Sie Jan Kunze übrigens?“, fragte er, als Lili die Türe ihres Büros hinter ihnen abschloss.

„Oh, er kannte mich nicht, aber er hat mich *er*kannt. Ich bin mir sicher, seine Mutter hat ihm ausführlich von unserem Besuch erzählt und uns beschrieben. Keine große Sache. Er wusste jedenfalls genau, wer ich war. Zumindest beim zweiten Blick.“

Horatio nickte.

„Ich kann Sie nicht mit zu ihm hineinnehmen“, fuhr Lili fort, während sie den kurzen Weg zum Vernehmungsraum gingen, „aber Sie können das Gespräch nebenan über den Monitor verfolgen, wenn Sie wollen.“ Horatio wollte und gesellte sich zu Wagner, der bereits dort wartete und ihn freundlich begrüßte. Der Raum war dunkler als der eigentliche Vernehmungsraum, nur indirekt mit einer verblendeten Neonröhre beleuchtet, und es standen lediglich ein paar polsterlose Stühle und ein kleiner Tisch darin. Der Monitor an der rechten Wandseite gewährte großzügig Sicht auf das, was im Verhörraum passierte.

Während sich Horatio auf einen der unbequemen Stühle setzte, schaltete Wagner den Lautsprecher ein.

Als Lili den Verhörraum betrat, saß Jan Kunze bereits dort. Inzwischen nüchtern, aber augenfällig verkatert, drehte er einen Plastikbecher mit dampfendem Kaffee zwischen seinen unruhigen Händen und starrte vor sich auf die olivgrüne Tischplatte.

„Guten Morgen, Jan. Ich darf Sie doch so nennen?“

Der Junge antwortete nicht. Es schien, als hätte er Lilis Eintreten gar nicht bemerkt. Sie setzte sich ihm gegenüber, mit dem Rücken zur Kamera. Horatio konnte ihr Gesicht nicht mehr sehen, doch sie wirkte trotz ihrer kerzengeraden Haltung entspannt und ihre Stimme klang freundlich.

Eine ganze Weile verging, in der sich Lili und Jan schweigend und nahezu regungslos gegenübersaßen. Dann hob der Junge den Kopf und starrte Lili an. Seine Augen waren geschwollen, doch weniger vom Alkohol als vom Weinen, und seine halblangen Haare hingen ungekämmt und strähnig zu beiden Seiten seines schmalen Gesichts herunter. Horatio wusste, dass er mittelgroß von Statur war, zirka einsfünfundsiebzig, doch wirkte er schmalschultrig und eindeutig zu dünn in seinem überdimensionierten Kapuzenshirt.

„Wissen Sie, warum Sie hier sind, Jan?", begann Lili ruhig, fast sanft.

Jan schüttelte den Kopf, doch dann zuckte er die Schultern. „Wegen Mama?"

„Ja. Und wegen des Todes Ihres Vaters."

Jan starrte Lili herausfordernd an. „Mein Vater? Was hab ich denn mit dem zu tun, verdammt?"

Aus seinem blassen Gesicht war der letzte Rest Farbe gewichen. Er kniff die schmalen Lippen zusammen und drehte trotzig den Kopf zu dem kleinen vergitterten Fenster an der Schmalseite des Raumes.

Lili antwortete nicht gleich, schien vielmehr jede seiner Reaktionen genauestens zu beobachten. „Sagen Sie es mir", forderte sie ihn dann auf.

Horatio fragte sich, was in diesem Augenblick wohl in dem Jungen vorgehen mochte.

Wieder verging eine Weile in beiderseitigem Schweigen, ehe Lili fragte: „Wann haben Sie Ihre Mutter das letzte Mal gesehen, Jan?" Der Ton, den sie nun anschlug, war sachlicher, entschlossener.

„Vorgestern Nachmittag. Aber da hat sie noch gelebt, das schwöre ich", sagte er fast flehend. „Sie hat mir fünfzig Euro gegeben und gesagt, dass sie mit etwas Glück bald noch viel mehr Geld für mich hätte. Ihre Geduld mit dieser Sippschaft sei jetzt zu Ende, hat sie auch noch gesagt." Jan überlegte angestrengt. „Dann bin ich gegangen und hab mich mit der Sabsi getroffen. Bei ihr bin ich geblieben bis gestern Abend gegen sieben. Da ist sie zu ihrer Arbeit gefahren. Sie bedient im Big D unten am Hauptmarkt. Sie können sie ruhig danach fragen. Ich sag die Wahrheit, ehrlich", betonte er und rutschte unruhig auf seinem Stuhl hin und her.

„Wie hat Ihre Mutter das gemeint, als sie sagte, sie hätte vielleicht bald noch viel mehr Geld für Sie? Und wer ist die *Sippschaft?*", wollte Lili wissen.

„Keine Ahnung. Ehrlich." Jan zuckte wieder mit den Schultern. „Vielleicht dachte sie, der Alte hätte ihr was vererbt oder so."

„Mit dem *Alten* meinen Sie Ihren Vater?"

„*Vater?* Dass ich nicht lachen muss! Dieser elende Mistkerl hat sich doch nie was um uns geschert! Hat gelebt wie die Made im Speck und hat uns ein paar Brotkrumen hingeworfen, damit wir die Klappe halten. Bis vor drei Monaten. Da hat er uns auch noch die genommen." Jan presste die Lippen hasserfüllt aufeinander. „Ich hab doch gar nicht existiert für den." Er schwieg und dachte nach. „Er ist tot, oder? Das haben Sie doch gestern gesagt."

„Das wussten Sie doch bereits von Ihrer Mutter, hab ich recht?", forschte Lili, und Jan nickte nur kurz, beinahe unmerklich. Er schwieg wieder und Lili beobachtete ihn aufmerksam dabei.

„Dieser Scheißkerl hat es nicht verdient zu leben", sprach er unvermittelt seine Gedanken aus.

„Haben Sie ihn umgebracht?“, Lili Stimme war noch immer ruhig.

Jan erschrak. „Ich? Nein, ... natürlich nicht!“, rief er aufgebracht und schubste seinen Kaffeebecher von sich, dass er überschwappte.

„Wo waren Sie am Abend des 10. September?“

„Wieso? Was war das für ein Tag? Ich weiß nicht. Warum fragen Sie mich danach?“ Jan wurde sichtlich nervös, rutschte wieder auf seinem Stuhl herum und rieb die Fingerknöchel seiner beiden Fäuste gegeneinander.

Lili griff in ihre Hosentasche, zog eine goldene Herrenarmbanduhr, korrekt eingetütet für die Spurensicherung, hervor und legte sie vor dem Jungen auf den Tisch. „Dies, Jan, ist eine Fünftausend-Euro-Rolex. Sie gehörte, wie wir inzwischen in Erfahrung bringen konnten, Ihrem Vater. Sehen Sie die Initialen auf der Rückseite?“ Sie hielt sie ihm dicht vor die Augen. „Er trug sie noch an dem Abend, an dem er zum letzten Mal lebend gesehen wurde. Wir wissen das definitiv von seiner Ehefrau, Jan.“ Lili drehte die Uhr langsam zwischen ihren Fingern hin und her. „Und *Sie* wissen das auch, denn ich fand sie gestern in Ihrer Hosentasche.“

Horatio bedauerte, dass er Lilis Gesicht nicht sehen konnte. „Ist sie immer so ruhig und überlegt, wenn sie jemanden verhört?“, fragte er, ohne den Blick von Jans Gesicht zu wenden.

„Oh nein“, Wagner lächelte ein wenig verlegen, „aber sie hat ein unglaubliches Gespür für Menschen und atmosphärische Schwingungen und weiß genau, was sie tun muss. Ihr geht selten einer durchs Netz“, sagte er anerkennend und Horatio nickte: „Verstehe ... War er es? Hat er seinen Vater umgebracht?“

„Schwer zu sagen“, meinte Wagner, „aber wir werden

es bald wissen. Geben Sie ihr noch zehn Minuten." Seine Stimme klang ausgesprochen zuversichtlich. Dann warf er Horatio einen kurzen Seitenblick zu. „Wussten Sie eigentlich, dass sie Ihretwegen beim Polizeirat antanzen musste?", fragte er und lächelte mild.

Horatio zog verdutzt die Augenbrauen zusammen. „Wieso?"

„Diese Kottenburger hat wohl nach Ihrem Besuch mit einem Freund telefoniert, der wiederum sehr gut mit unserem Polizeirat befreundet ist. Na ja, Sie wissen ja selbst, wie so was läuft."

„Hat sich die Kottenburger beschwert?"

Wagner überlegte. „Nein, ... nein, nicht wirklich beschwert. Sie hat sich wohl eher gewundert, dass Sie die Chefin bei ihrem offiziellen Verhör begleitet haben. Jedenfalls hatte sie es in dem Telefonat mit ihrem Freund und der wiederum in seinem Telefonat mit dem Polizeirat erwähnt. Und wenn eine mit so viel Einfluss und Geld wie die hüstelt, dann wackelt gleich das ganze Gebälk."

„Gab's Ärger deswegen?"

„Ich weiß es nicht, hatte aber nicht den Eindruck. Frau Karmann hat ein hervorragendes Standing im Haus."

„Hervorragendes Standing", wiederholte Horatio halblaut und nur für sich selbst. Damit war wohl gemeint, dass Lili beliebt war und hohes fachliches Ansehen genoss. Plötzlich fühlte er sich alt neben dem jungen, rotwangigen Inspektor.

„Wieso hat die Kottenburger so viel Einfluss?"

„Na ja, immerhin stammt sie aus angesehener Familie. Alter fränkischer Geldadel. Ihr Vater war ein erfolgreicher Geschäftsmann, Textilbranche, soweit ich weiß, und er hatte zu seiner Zeit auch politisch einiges Gewicht. Hat sich um die Stadt wohl sehr verdient gemacht. So was vergisst man nicht."

„Verstehe", murmelte Horatio und beschloss, die Sache nicht weiter zu vertiefen. Erst recht nicht bei Lili. Doch es verwunderte und beschämte ihn beinahe, dass sie sich seinetwegen offensichtlich ziemlich weit aus dem Fenster lehnte.

Im Verhörraum war indessen wenig passiert.

Jan schwieg beharrlich weiter und Lili begann von neuem. Leise und eindringlich waren ihre Worte. „Jan, hören Sie mir zu, hören Sie mir *gut* zu. Sie haben zwei Möglichkeiten. Entweder Sie erzählen mir jetzt und hier, wie Sie an diese Uhr gekommen sind und was sich am späten Abend des 10. September zwischen Ihnen und Ihrem Vater zugetragen hat, oder ich nehme gleich diese Uhr und gehe. Dann werde ich Sie wegen dringenden Mordverdachts festnehmen und dem Haftrichter vorführen lassen. Waren Sie schon einmal im Gefängnis, Jan?"

Der Junge schüttelte den Kopf, schien aufmerksam zuzuhören. „Gut. Dann wird das eine ganz neue Erfahrung für Sie werden. Eine Erfahrung, die Sie Ihr Leben lang nicht vergessen werden. Unbedarfte Burschen wie Sie haben dort, zwischen skrupellosen Verbrechern und hartgesottenen Aufsehern, keinen, ... wie soll ich sagen? ..., *einfachen* Stand. Ich schwöre Ihnen, es wird nicht lange dauern und Sie werden reden. Warum also wollen Sie sich diesen leidvollen Weg nicht ersparen?"

„Jetzt trägt sie wieder mal ganz schön dick auf", schmunzelte Wagner.

Jan schwieg weiter, biss jedoch heftig auf seiner Unterlippe herum und schien abzuwägen. Dann lehnte er sich bockig in seinem Stuhl zurück, verschränkte die Arme vor der Brust und blickte Lili herausfordernd an.

„Nicht gut. Gar nicht gut", brummte Wagner und zog die Stirn in Falten. „Jetzt verlangt er sicher gleich nach einem Anwalt und damit ist das Verhör erst mal beendet. Das kostet uns unnötig Zeit. Verdammt."

Doch im selben Moment stand Lili auf, griff nach der Uhr, sagte: „Bedenkzeit abgelaufen", und ging zur Türe.

„Also gut!", rief ihr Jan hinterher und setzte sich wieder auf. „Ich werde es Ihnen erzählen."

Wagner warf Horatio einen triumphierenden Blick zu und nickte.

„Sie hat ihn", sagte er stolz und nickte noch einmal.

Lili blieb stehen, machte kehrt und setzte sich Jan erneut gegenüber.

„Na dann los! Und die ganze Wahrheit, verstanden?", forderte sie scharf und warf die Uhr vor dem Jungen auf den Tisch.

„Ja, es stimmt, verdammt. Vor ungefähr zwei Wochen hab ich den Alten besucht."

„Wann genau war das? Welcher Tag, welche Uhrzeit?", drängte Lili ungeduldig.

Jan überlegte. Am Donnerstag, glaube ich, ... ja, es war der Donnerstag. Der 10. September, weil ich danach noch bei Sabsi war und zu Hause auf sie wartete. Es war ihr erster Arbeitstag in der Kneipe, in der sie jetzt bedient, wissen Sie."

„Wann kam Sabsi zurück?"

„So gegen halb eins in der Nacht. Warum?"

Lili ging nicht weiter darauf ein.

„Gut, und dann?"

„Ich bin mit dem Fahrrad zu seiner Firma gefahren, das war gegen halb elf, weil ich gewusst hab, dass er oft spätabends noch dort ist und arbeitet ... oder wie man das nennen will." Er verzog verächtlich den Mund. „Aber Kohle macht er genug mit dem Job."

„Und was geschah weiter?"

„Ich hab sein protziges Auto auf dem Hof stehen sehen und es brannte auch Licht in seinem Büro. Also bin ich leise auf das Haus zugegangen und hab ihn durchs Fenster an seinem Schreibtisch sitzen sehen. Er hat irgendwas diktiert, glaub ich. Ich war stinksauer, weil Mutter mir kurz davor erzählt hat, dass er schon seit drei Monaten keinen Cent mehr gezahlt hat, ... das Schwein." Jans Gesichtszüge spannten sich an und er kniff Lippen und Augen zu Schlitzen zusammen.

„Was taten Sie dann?", drängte Lili weiter.

„Ich bin reingegangen, was sonst? Die Eingangstüre war nicht abgeschlossen. Ich hab die Tür zu seinem Büro aufgemacht, aber er hat telefoniert. Ich hab mich auf einen seiner Bonzensessel fallen lassen und gewartet."

„Wissen Sie, mit wem er telefoniert hat?"

„Woher soll ich das wissen? Kurz drauf hat er sowieso aufgelegt, und ich hab ihm gesagt, dass er ein Scheißkerl ist und dass ich Geld brauche oder wenigstens einen Job auf einer seiner tausend Baustellen. Hab dem Dreckschwein gesagt, dass er mir das schuldet."

„Und er?"

Jan lachte kurz auf. „Der? Der hat mich kaum angesehen, war wohl kein bisschen überrascht, dass ich da war. Hat gesagt, ich soll machen, dass ich rauskäme. Er hätt keine Zeit für so was wie mich. *So was wie mich,* hat der elende Scheißer gesagt! ... Da brüllte ich ihn an und hab einen Stoß Blätter von seinem ekelhaften Bonzentisch gefegt ... Er ist aufgestanden, hat sich vor mir aufgebaut und mich angeschaut mit seinen eiskalten Augen. Verschwinde, hat er geschrien, mach, dass du rauskommst und lass dich nie wieder hier sehen, du Bastard. Am liebsten hätte ich ihm eine in seine dämliche Fresse gehauen, diesem miesen Drecksack, das können Sie mir glauben."

Jan ballte die Faust. Er hatte sich in Rage geredet. Seine Augen waren auf Lili gerichtet und blitzten hasserfüllt.

„Weiter", forderte Lili ruhig.

„Dann?" Jan hob die Schultern und ließ sie wieder fallen. „Nichts weiter. Der Alte ist an mir vorbeigegangen und hat sich auf die Couch gelegt, die da in seinem Büro rumsteht. Dann hat er die Arme hinter dem Kopf verschränkt und die Augen zugemacht und so getan, als wollte er sich ausruhen, als wäre ich bereits gegangen. Ich hab gekocht, meine Fresse! Aber ich schwör, ich hab nichts weiter getan! ... Ich hab das goldene Ding auf seinem Schreibtisch liegen sehen und es eingesteckt. Dann bin ich weggegangen und hab die Tür zugeschmissen. Dachte mir, dass die Uhr vielleicht was wert sein könnte."

Jan schwieg, sah erwartungsvoll auf Lili.

„Und? War das alles?"

„Ja, verdammt! Was denn noch? Mehr weiß ich nicht. Er hat jedenfalls gelebt, als ich weggegangen bin, falls Sie das meinen." Jans Stimme wurde ärgerlich. „Hängen Sie mir vielleicht jetzt auch noch seinen Tod an?"

„O.k., lassen Sie uns zusammenfassen." Lili stand auf, ging langsam im Raum auf und ab, während sie sprach, und ließ Jan dabei nicht aus den Augen.

„Sie haben Ihren Vater am Abend seines Verschwindens aufgesucht, um Geld und einen Job von ihm zu fordern. Er verweigerte es Ihnen, behandelte Sie wie den letzten Dreck, ließ Sie einfach stehen, tat so, als seien Sie nicht existent, ein Niemand, ein Bastard." Lili war hinter Jan stehen geblieben, hatte sich zu ihm vorgebeugt und dicht an seinem Ohr zu ihm gesprochen. Die Provokation in ihrer Stimme ließ Jan erneut die Lippen fest zusammenpressen. „Sie waren außer sich vor Wut darüber und wollen mir erzählen, Sie seien einfach gegangen?

Abgesehen von der Uhr, die Sie von seinem Schreibtisch genommen haben, sei nichts weiter passiert?"

„Ja, verdammt!", schrie Jan, der sich in die Enge getrieben fühlte. Lili richtete sich wieder auf und ging um den Tisch herum.

„Dieses Telefonat, das er führte, als sie reinkamen, was wissen Sie noch davon?", forschte Lili noch einmal.

Jan überlegte kurz und sagte dann schulterzuckend: „Gar nichts."

„Denken Sie nach, verdammt noch mal! Sie wissen offenbar immer noch nicht, was für Sie auf dem Spiel steht!"

Jan überlegte weiter. „Er telefonierte mit einem Kerl. War ziemlich wütend. Hat gesagt, der andere werde ihm nicht wieder das Geschäft vermasseln und die Grundstückspreise nach oben treiben oder so."

„Ist ein Name gefallen?"

Wieder dachte Jan nach. „Bauer oder so, glaub ich … Nein! Der Alte hat ihn *Bader* genannt!"

„Was noch?"

„Nichts weiter, sie wollten sich am nächsten Tag treffen. Auf irgend 'ner Baustelle. Mehr weiß ich wirklich nicht. Ist mir auch scheißegal. Es war, wie ich gesagt hab. Kann ich jetzt endlich gehen?"

„Nein, Sie können nicht gehen", sagte sie, und ihre Stimme wurde immer eindringlicher, härter. „Und es war ganz und gar nicht so, wie Sie mich glauben machen wollen. Sie waren so voller Wut und Abscheu, dass Sie bereits mit dem festen Vorsatz, sich diesmal keinesfalls abweisen zu lassen, zu Kottenburger gingen. Und Sie hatten vor, es diesem Schwein ein für alle Mal zu zeigen, habe ich recht? Als er sich hingelegt und die Augen geschlossen hatte, holten Sie das Messer hervor, das Sie mitgebracht hatten, gingen zu ihm und rammten es ihm ins Herz. Sie rasten vor Zorn, zogen das Messer heraus und stachen es ihm in sein Geschlechtsteil, wieder und immer wieder. Zerstörten so das, was Sie gezeugt und zum Bastard gemacht hatte."

Lili schwieg abrupt und blickte Jan direkt in die Augen. Dann wandte sie sich ab und setzte sich dem Jungen wieder gegenüber. „Als Ihnen bewusst wurde, was Sie getan hatten, wurde Ihnen auch klar, dass Sie die Leiche verschwinden lassen mussten. Sie holten eine Plane vom Hof und wickelten den toten Körper hinein. Dann sammelten Sie die Blätter ein, die Sie vom Schreibtisch gefegt hatten, und legten sie an ihren Platz zurück. Sie nahmen die Autoschlüssel, schleppten Kottenburger in den Mercedes und fuhren ihn hinaus zum See, weil Sie hofften, keiner würde ihn dort finden, so weit draußen und einsam gelegen. Sie nahmen eines der kleinen Boote, ruderten mit der Leiche in die Mitte des Sees und warfen sie ins Wasser. Dann fuhren Sie den Mercedes zurück, parkten ihn an seinem ursprünglichen Platz und ließen die Autoschlüssel stecken. Danach gingen Sie weg und entsorgten die Plane."

Jan hatte Lilis Ausführungen mit offenem Mund gelauscht. Fassungslos starrte er sie an.

„Sie sind ja verrückt", schrie er plötzlich wie von Sinnen, „ganz und gar verrückt! Ich hab den Alten nicht getötet ... Vielleicht sagen Sie jetzt ja auch noch, ich hätte meine Mutter umgebracht, was?" Dann sprang er auf, warf den Stuhl, auf dem er gesessen hatte, um und wollte auf sie losgehen. Doch im selben Moment stürzte Wagner herein und bändigte mit geübten Handgriffen den aufgebrachten Jungen, der vor Zorn und Hilflosigkeit losheulte wie ein Kind.

„Sie sind Linkshänder, nicht wahr, Jan?" Lilis Stimme war noch immer gelassen.

„Ja“, schrie er sie erneut an, „na und? Deswegen bin ich noch lange kein Mörder, du blöde Kuh!“ Hasserfüllt sah er zu ihr hinüber und versuchte, sich von Wagner loszureißen, doch der hatte ihm bereits Handschellen angelegt und schob ihn aus dem Raum.

Da er die Tür zum Nebenraum offen gelassen hatte, als er hinausgeeilt war, um Lili zu helfen, hörte Horatio, wie Jan schrie: „Das wirst du mir büßen, du Flittchen“, und gleich darauf Wagner anherrschte, er solle ihm einen Anwalt besorgen.

Horatio hatte sich nicht von seinem Platz wegbewegt, doch war er aufgesprungen, als Jan auf Lili losgehen wollte. Jetzt stand er regungslos und beobachtete sie auf dem Monitor. Sie hatte das Gesicht zur Türe gedreht, durch die der Junge gerade abgeführt worden war, und starrte nachdenklich dem Geschehen hinterher. „Was mochte nur in ihr vorgehen?“, fragte er sich. Wie konnte sie dies alles aushalten? Konnte überhaupt irgendjemand so etwas immer wieder durchleben, es freiwillig zu seinem Alltag machen und dennoch Mensch bleiben? Es schien ihm vollkommen unmöglich. „Ich werde Lili nie verstehen“, dachte er deprimiert, gleichwohl wissend, dass er die Augen verschloss vor einer Realität, mit der er zwar nichts zu tun haben wollte, die aber dennoch existierte. Gleich nebenan, neben seiner nahezu heilen Welt. Unsicher, ob er Lili bedauern oder bewundern sollte, verließ er langsam den Raum.

Sie erwartete ihn auf dem Gang. Einem diffusen Impuls gehorchend, hätte er sie am liebsten in den Arm genommen und getröstet wie ein Kind, das eine Enttäuschung erlebt hat, doch er wusste, Lili war alles andere als das. Sie hatte keinen *Beschützer* nötig, schon gar nicht in Form eines alternden Landarztes. Schweigend gingen sie zurück in ihr Büro.

Sie legte ihr kleines Tonband auf den Schreibtisch, setzte sich und bedeutete Horatio, es ihr gleichzutun.

„Hat er ihn nun getötet oder nicht? Und die Mutter? Oder wenigstens einen von beiden?" Horatio bemühte sich um einen leichten Ton, um zu verbergen, wie niedergeschlagen er war.

Lili zuckte die Achseln. „Ich weiß es nicht. *Noch* nicht. Aber ich denke, nein."

„Warum nicht? Für mich hat er sich jedenfalls ganz nach Täter angehört. Zumindest ist er doch nicht weit weg davon, oder?"

Lili schüttelte den Kopf. „Der Junge hatte zwar ein Motiv, bedenkt man seinen Frust und die tiefe, lang gehegte Wut, die Verzweiflung, die er fühlte, aber ich glaube nicht, dass er Kottenburger töten wollte. Verprügeln vielleicht, ja, aber nicht *töten.* Er war gekommen, um ihn anzuschreien, ihn herauszufordern, Geld und Job von ihm einzufordern. Doch töten? Nein, ich denke nicht, dass das in seiner Absicht lag. Und ich glaube auch nicht, dass er seinen Vater im Affekt getötet hat. Außerdem, wie hätte er die Leiche raus zum See transportieren sollen? Mit seinem Fahrrad? Mit dem Taxi?"

„Na, mit Kottenburgers Mercedes natürlich, wie Sie selbst sagten", entgegnete Horatio, der sich noch nicht von Jans Unschuld überzeugen lassen wollte.

Lili verzog die Mundwinkel zu einem müden Grinsen. „Ich habe ihn lediglich provoziert in der Hoffnung, dass er mich auf die richtige Spur führt. Das war alles. Seine Fingerabdrücke waren nicht am Wagen. Und die wären mit Sicherheit gefunden worden, hätte er den Toten damit transportiert. Gewiss trug er keine Handschuhe bei sich. Ich bin mir ganz sicher, irgendeine Spur, die auf ihn als Täter hinweisen würde, wäre zu finden gewesen, wenn *er* ihn abgemurkst hätte. Im Büro, im Auto, auf dem Weg zwischen beidem. Blutspuren zum Beispiel. Ein solches Schlachtfest hinterlässt meines Erachtens deutliche Hinweise."

„Held sprach von einem kardiogenen Schock als Todesursache und von posthum zugefügten Unterbauchwunden. Da pulsiert kein Blut mehr. Der Blutverlust hielt sich somit in Grenzen", gab Horatio zu bedenken."

„Trotzdem. Jan fehlte ganz einfach der *Plan.* Ein derartiger Tathergang ist vorbereitet, nicht spontan. Nein, der Junge ist zu unbedarft, zu naiv für einen Mord dieser Art." Sie schwieg kurz, überlegte, dann fuhr sie fort. „Er hätte ihn fraglos erstechen können, als Kottenburger mit geschlossenen Augen vor ihm lag und er eine geeignete Waffe mitgebracht oder griffbereit vorgefunden hätte. Seine Wut war in diesem Augenblick sicher groß genug. Doch es wäre dennoch eine kopflose Tat gewesen. Er hätte ihn liegen lassen und wäre geflüchtet ... und wir hätten ihn nach zwei, drei Tagen geschnappt und überführt. Die Leiche zum See rauszufahren und jede Spur, die auf ihn hindeutet, zu beseitigen", sie schüttelte den Kopf, „nein, dazu hat er nicht das Zeug."

„Aber er ist Linkshänder. Vielleicht brachte er das Messer ja doch mit", räumte Horatio noch einmal ein. „Oder gab es einen Brieföffner in Kottenburgers Büro, der nun fehlt?" Horatio ließ nicht locker und Lili schien amüsiert über seine Beharrlichkeit.

„Ein Brieföffner war nicht die Mordwaffe, *Kollege.* Die Klinge, die ihn tötete, war breiter, länger und auch schärfer. Außerdem lag Kottenburgers Brieföffner ganz harmlos auf seinem Schreibtisch. Und wie schon gesagt: Jan Kunze wollte ihn nicht *töten,* sondern ..."

„... Geld und Job." Horatio gab auf. „Wer war es dann?", fragte er beinahe ungeduldig und kam sich reichlich dämlich dabei vor.

„Sie hören sich schon wieder an wie unser Polizeirat.“ Sie lächelte gequält. „Ich weiß es nicht. *Noch* nicht. Außerdem gibt es mehr Linkshänder, als man glaubt. Tatsache ist, dass wir im Augenblick nicht viel vorzuweisen haben.“

Lili stützte ihre Ellbogen auf die Schreibtischplatte und bedeckte für einen Moment ihr Gesicht mit beiden Handflächen. Dann seufzte sie und lehnte sich zurück. Sie wirkte erschöpft und sah fahl, ja beinahe grau aus.

„Ich werde mir den ehemaligen Partner, diesen Gernot Bader, noch mal vornehmen“, beschloss sie müde.

„Sie sollten rücksichtsvoller mit sich umgehen“, mahnte Horatio.

„Gut, Doktor“, antwortete sie und bemühte sich um einen lockeren Ton.

„Ich meine es ernst, Lili.“

„Ich weiß.“

21

„Na, Sie machen ja Sachen, Doktorchen!“, flötete Adelheid Brenner, die Frau des Apothekers, und stöckelte auf ihren Zehn-Zentimeter-Absätzen in Horatios Behandlungszimmer. Dort ließ sie sich so grazil, wie ihre achtzig Kilo es zuließen, auf dem Besucherstuhl nieder. Der viel zu kurze und eindeutig zu enge Rock, den sie trug, drohte jeden Moment aus seinen Nähten zu platzen, doch sie schlängelte sich geschickt in den Sitz, kam schließlich auf ihrer linken Hinterbacke zur Ruhe und schlug graziös ein Bein über das andere. Für sie unsichtbar blieb dabei jenes Stück Cellulite, das, durch das Hochrutschen des Rockes freigelegt, auch von der Seidenstrumpfhose nicht kaschiert werden konnte. Horatio wusste, ihre gut dreißig Pfund Übergewicht und ihr Alter – sie war inzwischen fünfundfünfzig – missachtete sie generell, indem sie mit Vorliebe kurze Röcke, hochhackige Pumps und Blusen sowie Pullover trug, die ihr keck nach oben geschnürter beträchtlicher Busen zu sprengen drohte.

„Mit dem platinblond gefärbten Haar und der grellen Schminke im Gesicht wirkt sie wie eine drittklassige, überalterte Kopie von Marilyn Monroe. Man könnte fast Mitleid mit ihr haben, wenn sie nicht so ein boshafter Besen wäre“, dachte er. Übel gelaunt nach einer unruhigen Nacht mit gerade einmal zwei, drei Stunden Schlaf wurde er heute regelrecht aggressiv bei ihrem Anblick. Doch während seine miese Verfassung mit einem ergiebigen Nachtschlaf auszugleichen war, würde sie den Rest ihres Lebens in peinlicher Einfalt und Geschmacklosigkeit fristen müssen, davon war er überzeugt, und das war ihm für den Moment ausreichende Genugtuung. Also beschloss er, sich auf seine Professionalität zu besinnen.

„Nun, Adelheid, was kann ich für Sie tun? Was fehlt Ihnen denn? Oder sollte ich lieber fragen, was es so Dringendes gibt, das nicht bis nach meinem allseits bekannten und zudem recht kurzen Urlaub warten kann?" Er hatte wieder hinter seinem Schreibtisch Platz genommen und sandte nun einen herausfordernden Blick in ihre graugrünen Augen. Seine Worte hatten nicht unfreundlich geklungen, doch ließen sie keinen Zweifel daran aufkommen, dass er das eigentliche Motiv ihres Hierseins genau durchschaute. Adelheid Brenner war mit Abstand die neugierigste und geschwätzigste Person im Ort und es gab nichts, was sich ihrer Einmischung und ihren boshaften Kommentaren zu entziehen vermochte. Abgesehen von Horatio, dem es bisher ausnahmslos gelungen war, sie in ihre Schranken zu verweisen, besonders, wenn sie versucht hatte, in seine privaten Sphären einzudringen. So wie jetzt. Deshalb hatte er auch ihre erste Bemerkung bewusst überhört.

„Ach, Doktorchen, seit einigen Tagen habe ich regelmäßig so einen komischen Druck hier vorne auf der Brust. Und Sie wissen ja, dass Sie der einzige Arzt sind, dem ich vertraue." Sie schmunzelte mit geziertem Augenaufschlag und hoffte, die Schmeichelei erfülle ihren Zweck. „Vielleicht können Sie mal da hinhorchen." Mit ihrer üppig beringten Hand klopfte sie sich sacht auf das Brustbein und reckte ihm ihren Busen entgegen. „Und immer wieder dieses Hüsteln! Es ist einfach furchtbar." Demonstrativ stieß sie einige krächzende Hustenlaute aus. Obwohl Horatio ihr Ablenkungsmanöver durchschaute, ging er pflichtbewusst auf die geschilderten Symptome ein.

„Knöpfen Sie bitte Ihre Bluse auf", bat er sachlich und griff nach seinem Stethoskop. Sie tat, wie ihr geheißen, und während er ihr Brust und Rücken abhörte, die Lymphdrüsen abtastete und in Nase und Ohren leuchtete, redete sie unablässig auf ihn ein. Er wusste, so schnell würde sie sich nicht geschlagen geben. Sie würde diesen Raum nicht verlassen, ohne ihre plumpe Klatschsucht genährt zu haben. Die interessanten Andeutungen und Bemerkungen, die ihr Mann über seinen, Horatios, Leichenfund, seine detektivischen Ambitionen und die kesse Polizistin gemacht haben musste, hatten ihr keine Ruhe gelassen. Sie wollte mehr in Erfahrung bringen, das lag auf der Hand. Taktlos und dumm, wie sie nun einmal war, ging sie wie immer den unverschämten Weg. Und der führte diesmal geradewegs in sein Sprechzimmer. Ihr tiefer Wunsch, schlau zu taktieren und dabei obendrein als Frau von Format zu erscheinen, zeigte sich vor allem in dem Bemühen, sich gewählt auszudrücken. Sich einen intellektuellen Anstrich zu geben, war für sie ebenso wichtig wie aussichtslos. Ganz besonders dieses krampfhafte Suchen nach gescheit klingenden Worten entartete jedes Mal zu einem Chaos aus unfreiwillig komischen Wortschöpfungen. Bei ihr wurde zum Beispiel aus dem kulinarischen Ereignis die „kulinäre Genüsslichkeit" und aus der illusteren Gesellschaft die „illustrierte Gemeinde". Die platte Gedankenlosigkeit tat ein Übriges und ging Horatio jedes Mal gehörig auf die Nerven. So auch heute. Es war ihm unbegreiflich, wie Daniel Brenner es mit dieser Frau aushielt. Umso mehr Verständnis hatte er für dessen nahezu allabendliche Flucht ins Blaue Krüglein, wo er sich mit Bier und Obstler tröstete.

„Du trinkst eindeutig zu viel, mein Freund. Denk an deine Leber", hatte er den Apotheker schon vor Jahren ermahnt, als der regelmäßig zu später Stunde und mit glasigem Blick auf seinem Barhocker hing. Doch er hatte nur müde abgewinkt und zurückgenuschelt: „Lass mich. Das verstehst du nicht. Ich muss sie mir zurechtsaufen, sonst halt ich sie nicht aus."

Horatio hatte verstanden und bedauerte seitdem den Freund aufrichtig.

„Nun erzählen Sie schon von Ihrem Abenteuer, Doktor. Ich bin ganz gespannt. Das muss ja alles furchtbar aufregend für Sie sein, stimmt's?", drängte sie Horatio verschwörerisch. Doch bei ihm biss sie auch diesmal auf Granit.

„Was meinen Sie?", fragte er harmlos zurück und klopfte ihr mit dem Hämmerchen aufs Knie. *„Sachte"*, ermahnte er sich selbst, denn er verspürte deutlich die Versuchung, kräftiger zuzuschlagen. „Altes Waschweib", dachte er und schenkte ihr ein steriles Lächeln.

„Aber Doktorchen! Tun Sie nicht so unschuldig! Jeder im Dorf weiß doch inzwischen, dass Sie sich auf Gangsterjagd begeben haben." Kichernd und glucksend fletschte sie ihre Porzellankronen. „Und das auf Ihre alten Tage! Ich muss schon sagen!"

Das mit der Gangsterjagd waren seine Worte gewesen. Er überlegte. Richtig! Der Zettel, den er Frau Haberkorn geschrieben hatte an dem Tag, an dem Lili ihn erstmals mit nach Nürnberg genommen hatte! Er würde ein ernstes Wort mit Frau Haberkorn reden müssen.

„Aber Adelheid, so sehr viel älter als Sie bin ich nun auch wieder nicht", bemerkte er beiläufig, „doch ich denke, ich kann Sie beruhigen. Ich wurde nur sporadisch zur konsiliarischen Unterstützung hinzugezogen." Dann drehte er sich um, ging zu seinem Schreibtisch, setzte sich und begann, in die Karteikarte zu schreiben, die Adelheids Namen trug. Dabei überdachte er die Frage der Ethik von Genmanipulation an menschlichen Gehirnen.

Adelheid Brenner schwieg für kurze Zeit und versuchte, sich darüber klar zu werden, was der Doktor eben gesagt hatte, denn verstanden hatte sie ihn nicht. „Ach so", sagte sie schließlich hilflos, verfiel jedoch gleich darauf wieder in ihr einfältiges, hinterlistiges Grinsen. „Die Leute zerreißen sich natürlich die Mäuler, wie Sie sich denken können. Sie sagen, Sie hätten sich da in diese Polizistin hineingesteigert. Ist das nicht eine Irrodie?", fuhr sie fort und wartete gespannt auf Horatios Reaktion.

„Ach ja? Man kann sich in Abstraktes hineinsteigern, Adelheid, aber nicht in eine Person", belehrte er beiläufig, schien dabei gänzlich geistesabwesend und schrieb ungestört weiter. Doch er hatte jedes Wort registriert. Mit „Irrodie" war wohl Idiotie gemeint, vermutete er, ein Zustand, der für sie seiner Meinung nach in greifbarer Nähe lag. „In diese Polizistin hineingesteigert! Sie weiß nicht, wie peinlich sie ist", sagte er gedanklich zu sich selbst. Doch am meisten stieß ihn ihr maliziöses Wesen ab. Hier ging es nicht um den Mordfall. Der war ganz nebensächlich. Hier ging es um die sensationelle Möglichkeit einer heimlichen Liebschaft, so absurd und völlig unbegründet dies auch ... na, jedenfalls war das absoluter, haarsträubender Quatsch! Horatio räusperte sich.

Ungeduldig rutschte Adelheid indessen auf ihrem Stuhl herum. „*Ich* sehe das ja ganz anders", fuhr sie fort, als hätte sie seine Gedanken gelesen. „Ein Mann braucht Abwechslung, sage ich. So ist das nun einmal. Allerdings ...", gab sie dann doch zu bedenken, „Maria ist ja noch nicht mal ein Jahr tot und ..."

Dies war sein Stichwort!

„Sie sollten sich nicht meinen Kopf zerbrechen, Adelheid“, fiel Horatio ihr nun ins Wort. Sein Ton hatte an Schärfe gewonnen und seine Augen blitzten ihr über die Lesebrille hinweg entgegen. Niemand hatte das Recht, so über ihn und Maria zu sprechen. Schon gar nicht diese giftige, gehässige, geschwätzige alte Spinne, deren Lasterhaftigkeit inzwischen massiv an seinem Gleichmut zerrte. „Es gibt eben Leute, die immer schlecht über andere reden müssen, das dürften Sie doch am besten wissen, Adelheid. Der Wahrheitsgehalt dessen, was sie verbreiten, ist meist sehr gering und sagt wenig über die Tatsachen aus. Eine ganze Menge hingegen über den Charakter und das Niveau dieser Schandmäuler“, konterte er. „Doch Sie sind sicherlich nicht hier, um sich mit mir über den Dorftratsch auszutauschen, oder?“

„Natürlich nicht“, entgegnete Adelheid mit gespielter Entrüstung. „Ich wollte ja nur helfen, weil ich dachte, Sie sollten wissen, was die Leute so reden. Aber gut.“ Beleidigt spitzte sie die Lippen. „Also, was fehlt mir?“

„Man nennt es Lingua acerba“, sagte Horatio, ohne seinen Sarkasmus zu unterdrücken, und ließ die Worte genüsslich auf der Zunge zergehen, was ihnen eine gewisse, durchaus beabsichtigte Dramatik verlieh.

„Lingus ... wie? Mein Gott, ist das was Schlimmes?! Ein Virus vielleicht? Oder eine Inspektion?“

„Es heißt In-*fek*-tion. Und nein, das ist es nicht, da kann ich Sie beruhigen. Eher schon ein genetischer Defekt, der sich mit zunehmendem Alter erfahrungsgemäß verstärkt.“ Horatio beobachtete sie über die Brillengläser hinweg.

„Ge-ne-tisch? Du liebe Güte!“ Adelheids Stimme ähnelte dem verängstigten Kreischen eines Pavians, und Horatio nickte stumm und schürzte bedenklich die Lippen.

„Anlagebedingt“, antwortete er zum besseren Verständnis der Betroffenen. „In Ihrem Falle wohl eher mütterlicherseits.“ Seine Belehrung klang höchst wissenschaftlich.

„Mütterlicherseits? Aber meine Mutter hatte gar keine *Anlagen!*“, versicherte Adelheid, und Horatio verzog keine Miene, während er sich auf die Zunge biss. Adelheid war nun sichtlich beunruhigt. Wunderbar!

„Ist das gefährlich?“, wollte sie kleinlaut wissen.

Horatio wiegte den Kopf hin und her, dann sagte er: „Nein, nicht wirklich, nur ziemlich lästig. Weniger für Sie selbst als für Ihre Umwelt.“

„Ach, herrje! Können Sie das denn behandeln, Doktor?“

„Ich fürchte, nein“, entgegnete er mit noch immer ernstem Gesicht, und frohlockte innerlich über den Genuss, den ihm seine kleine „Entgleisung“ bescherte. Ihr den Bären mit der „spitzen Zunge“ aufzubinden, hatte schon was und außerdem war es seiner Meinung nach wohlverdient. „Aber keine Sorge, Adelheid. Sie leben gut damit und können leicht hundert Jahre alt werden.“

Und auch er machte sich keine Sorgen darüber, dass das Ganze ein Nachspiel für ihn haben könnte, denn sie war nicht in der Lage, sich den Begriff zu merken, um nachzulesen oder zu erfragen, was er bedeutete, das wusste er.

„Außerdem haben Sie sich, so weit ich das sehe, eine leichte Erkältung zugezogen. Kein Wunder, wenn Sie mich fragen.“

„Wieso?“

„Es ist Herbst, Adelheid. Da zieht man sich was Ordentliches an“, fuhr er fort und lenkte sein Augenmerk demonstrativ auf ihren kurzen Rock. „Ich werde Ihnen ein Rezept mitgeben. Daniel soll Ihnen die Arznei aus der Apotheke mitbringen.“ Er ging zurück hinter den

Schreibtisch und nahm einen Rezeptvordruck zur Hand. „Was das Hüsteln betrifft, so wären warme Umschläge und vor allem *Schweigen* probate Mittel dagegen."

„Ist das schon alles?", fragte Adelheid und blickte den Doktor enttäuscht an.

„Das ist alles", sagte er freundlich-frostig, ging zu ihr, nahm ihre Hand und zog sie aus dem Besucherstuhl. Dann drückte er ihr das Rezept in dieselbe und geleitete sie zur Türe. Irgendwie schien es ihr die Sprache verschlagen zu haben, denn sie ließ es kommentarlos mit sich geschehen.

„Ja, aber ... wie heißt diese genverzerrte Anomelie noch mal?", fragte sie an der Haustüre und drehte sich, sichtlich verstört, noch einmal zu Horatio um.

Er kniff die Lippen zusammen, um nicht laut loszulachen, räusperte sich und wiederholte seine Diagnose. „Und denken Sie daran, was ich über das Schweigen sagte. Auf Wiedersehen, Adelheid. Grüßen Sie Daniel von mir."

Mit diesen Worten schloss er die Tür, rieb sich zufrieden die Hände und ging zurück in sein Sprechzimmer. Vom Fenster aus beobachtete er, wie Adelheid Brenner in ihren Stöckelschuhen eilig den Kiesweg entlang balancierte. „Spinatwachtel", murmelte er und bereute kein bisschen, ihr diesen kleinen Schock versetzt zu haben, auch wenn er es mit seinem Berufsethos im Grunde nicht vereinbaren konnte. Doch für alles gab es eine Ausnahme.

Vom Fenster aus blickte er hinüber zu den Feldern und dem angrenzenden Wald. Dunkel und ruhig lagen sie unter einem messingfarbenen Himmel und ein Regenbogen spannte sich kaum sichtbar darüber. Allerdings hatte er heute wenig Sinn für derartig Schönes.

„Sie zerreißen sich also bereits die Mäuler“, dachte er stattdessen und ärgerte sich gleichzeitig, wie wütend ihn das machte. Er drehte sich um, entzog sich der stimmungsvollen Natur und setzte sich an seinen Schreibtisch. „Was regst du dich auf, alter Narr!“, schalt er sich selbst. „Sollen sie doch reden, was sie müssen. Verhindern lässt es sich sowieso nicht.“ Missmutig drehte er Adelheid Brenners Karteikarte zwischen den Fingern und schleuderte sie anschließend auf den gegenüber stehenden Besucherstuhl.

Eine unübliche aggressive Grundstimmung hatte sich in ihm breit gemacht, denn die Vermutung beschlich ihn, dass die anderen vielleicht sogar recht haben könnten mit dem, worüber sie lästerten. Vielleicht machte er sich tatsächlich zum Narren mit seinen „kriminalistischen Ambitionen“, diesem fragwürdigen Experiment, der Trostlosigkeit seines Alltags zu entfliehen, indem er sich kopfüber in einen perfiden Mordfall stürzte. Vielleicht wollte er tatsächlich nur etwas Abwechslung in sein einsames Leben bringen, wenn er sich mit Dingen befasste, die ihn nicht nur nichts angingen, sondern die man obendrein und womöglich sogar berechtigt als reichlich unpassend empfinden konnte.

Wahrscheinlich gehörte es sich in der Tat nicht für einen alten Landarzt, der vor wenigen Monaten zum Witwer degradiert wurde, mit einer attraktiven Polizistin, die er bei genauer Überlegung vermutlich nicht einmal besonders leiden mochte, nach einem Verbrecher zu fahnden ... *Lili* und *er!* Was für eine impertinente, geradezu niederträchtige und völlig absurde Unterstellung! Schließlich war sie ganz und gar nicht die Frau, die er ..., mal ganz abgesehen von der Generationenbremse! Sie war viel zu jung für ...

Mit einer fahrigen Handbewegung, die den unbedarften Betrachter glauben ließ, er verscheuche eine lästige Fliege, wischte er diesen Aspekt seines Selbstgespräches beiseite. Wahrscheinlich sollte er sich lieber endlich um Marias Rosen kümmern, hin und wieder zum Angeln – nein, nur das nicht! – oder wenigstens zum Golfen gehen und sich regelmäßig am Wochenende das geistlose Geschwätz im Blauen Krüglein anhören. Vielleicht könnte er ja auch einmal wieder ein Buch lesen. Wobei ihm dies als das Deprimierendste von allem erschien. Auf den Seiten von Büchern fand man nur das Leben anderer. Fremde Gedanken, fremde Gefühle. Spätestens wenn man es wieder schloss und zur Seite legte, holte einen die Einsamkeit erneut ein und alles war sogar noch schlimmer als zuvor. Außerdem lag da doch seit vielen Wochen der Stapel mit medizinischen Fachzeitschriften auf seinem Schreibtisch und wartete in vorwurfsvoller Geduld auf seine Zuwendung. Ach ja ...

Er überlegte weiter.

Sollte er sich ein, zwei Mal im Jahr ein Theaterstück in Nürnberg gönnen? Oder die Oper besuchen, die Maria so geliebt hatte, und sich im Übrigen benehmen, wie es sich für einen verwitweten Rentner ziemte? … *Vielleicht, vermutlich, wahrscheinlich, womöglich…!* Bestand sein ganzes Leben nur noch aus vagen Optionen?! Verdammt …

Bedauerlich war dabei nur, dass er sich seit vier Tagen so gut fühlte wie seit Monaten nicht mehr … Verdammt.

„Manchmal ist das Leben wie Unkraut“, dachte er, „wild wuchernd, disziplinlos, hartnäckig und zudem absolut verwirrend … Verdammt, verdammt.“

Ach, zum Teufel damit! Und zur Hölle mit Adelheid Brenner und all den anderen!

Er schob seine Gedanken endgültig weg, zog seinen weißen Kittel aus, warf ihn über die Stuhllehne und holte sich den Korb mit den Gartenutensilien, um sich um

Marias Rosen zu kümmern. Dabei wünschte er sich, der Wildwuchs in seinem Gehirn ließe sich ebenfalls mit der kleinen Spitzhacke ausmerzen.

Am späten Nachmittag klingelte das Telefon.

Es war Lili, die von ihrem erneuten Gespräch mit Gernot Bader berichtete. Kottenburger hatte tatsächlich am Abend seines Verschwindens gegen dreiundzwanzig Uhr mit Bader telefoniert und ihm gedroht. Doch führte er dazu kein Überseegespräch mit Connecticut. Die Unterlagen des Providers waren endlich eingetroffen. Bader befand sich, wie sich herausstellte, am 10. September nicht in den USA, sondern zu Hause, in Fürth. Er hatte zugegeben, den mehrwöchigen Aufenthalt in den USA kurzfristig unterbrochen zu haben, um hier seinen, wie Lili sagte, fragwürdigen, aber durchaus lukrativen Aktivitäten nachzugehen. Aktivitäten, die Kottenburger geschäftlich ruinieren sollten. Auf Grund der noch immer „guten Verbindungen" zu Kottenburgers Sekretärin sei er stets umfassend und vor allem rechtzeitig über dessen geschäftliche Pläne informiert gewesen. So hätten sich über Monate hinweg Grundstückspreise in die Höhe treiben und wichtige Projekte vereiteln lassen, die allesamt von ihm manipuliert worden waren. Sein persönlicher Rachefeldzug gegen Kottenburger habe dann jedoch ein jähes Ende gefunden, da der ihm auf die Schliche gekommen sei und versprochen habe, ihm „das Handwerk zu legen", was bedeutete, dass der um sein Leben habe fürchten müssen. Angst habe ihn veranlasst, umgehend in die USA zurückzufliegen. Schließlich kannte er Kottenburger gut und wusste, wozu er fähig war. Er habe abwarten wollen, bis sich dessen Wut etwas gelegt hatte. Er schwöre jedoch bei allen Heiligen, Kottenburger nicht getötet zu haben.

„Haben Sie ihn festgenommen?", wollte Horatio wissen.

„Nein, dafür reichen das Telefonat und der eilige Rückflug in die USA nicht aus. Aber er muss sich zur Verfügung halten und darf das Land nicht verlassen."

„Und glauben Sie ihm?"

Lili schwieg eine Zeit lang. „Schwer zu sagen. Wagner ist gerade dabei, seinen Aussagen nachzugehen und ihm auf den Zahn zu fühlen. Suspekt ist der Kerl aber allemal. Vor allem ist sein Alibi für die Nacht des 10. September fragwürdig. Angeblich hatte er sich nach dem Telefonat mit Kottenburger mit Uschi Roth getroffen. Sie erinnern sich? Das ist die gepiercte Sekretärin und seine wollüstige Informantin. Er gab an, die Nacht mit ihr verbracht zu haben."

„Könnte es nicht sein, dass sie gemeinsam ..."

„Natürlich", bestätigte Lili rasch, „aber das müssen wir beweisen."

Wieder schwiegen beide eine Weile.

Schließlich sagte Lili: „Ich werde jetzt meinen Papierkram erledigen und dann nach Hause gehen. Ich muss mich ausschlafen."

„Eine vernünftige Entscheidung", entgegnete Horatio, „wir sehen uns sicher morgen." Es klang wie eine leise Beschwörung.

„Sicher", antwortete Lili. „Haben Sie einen schönen Abend."

„Danke. Sie auch."

„Also dann ..."

„Lili, ich ...", wollte er gerade noch einmal beginnen, doch sie hatte bereits aufgelegt. Auch er legte den Hörer auf die Gabel zurück und war beinahe erleichtert, den begonnenen Satz nicht beenden zu müssen. Einerseits.

22

Guten Morgen, mein Schatz, es ist Zeit ... höchste Zeit! Nein, ich meine heute damit nicht, dass du aufstehen sollst. Vielmehr denke ich, ist es an der Zeit, etwas mit dir zu besprechen ... Was ich dir sagen will? ... Nun ja, es wird dir nicht gefallen, aber es ist wichtig. Sehr *wichtig! ... Horatio, du musst* loslassen! Mich *loslassen. Aufhören, so viel an mich zu denken, mich so sehr zu vermissen ... Nein, nein, nein, protestiere jetzt nicht. Hör mich an. Bitte. Seit Monaten führst du ein Leben, das keines mehr ist. Ich habe dir das schon so oft gesagt. Du drehst dich ständig nach mir um und blickst zu mir zurück. Aber glaube mir, in der Vergangenheit zu leben, macht schrecklich einsam und beraubt dich jeder Chance auf ein wenig Glück, das womöglich schon heute oder morgen um irgendeine Ecke biegt und deinen Weg kreuzt ... Es ist zu komisch, nicht? Die meisten Menschen sagen, man sollte nicht zu nachlässig mit der Vergangenheit und den Erinnerungen umgehen, doch genau das Gegenteil ist der Fall. Man sollte* sehr viel *nachlässiger damit verfahren, sich frei machen für Neues. Es ist nicht nötig, Vergangenes zu kultivieren, denn es hat uns doch sowieso geprägt. Keiner kann es uns jemals wegnehmen. Nicht einmal wir selbst. Weder das Gute noch das Schlechte, das wir erlebten. Was wir zwei hatten, mein Schatz, war ein reicher Segen. Du wirst es immer in deinem Herzen tragen, auch dann, wenn du nicht ständig an mich denkst und dich mit Erinnerungen quälst. Unser Leben ist ein Teil deines Wesens geworden.* Ich *bin ein Teil deines Wesens geworden, so, wie du ein Teil von mir warst, bist und immer sein wirst. Doch nun ist es wichtig, dass du Platz machst in deiner Seele für Neues! Lass es zu! Stell es auf die Basis, die wir beide geschaffen haben, dann wird alles gut, du wirst sehen. Vertraue mir. Und rede dich nicht damit heraus, dass du das, was wir hatten, dadurch verraten würdest! Hörst du? – Als ob das je möglich wäre!*

Jetzt bist du alleine. Und alleine *ist ein scheußliches Wort. Es fühlt sich an wie ein viel zu enger, verfilzter Wollpullover, der auf der Haut scheuert. Das will ich nicht für dich. Alles hat seine Zeit, wie du weißt. Wir hatten gemeinsam ein gerütteltes Maß davon. Und sie war wunderbar. Meine war nun mal um, aber es lohnt nicht, sich deshalb zu grämen oder über das Warum nachzudenken. Wenn* deine *Zeit abgelaufen ist, werde ich wieder hier sein, das verspreche ich. Aber noch hast du ein Stück eigenen Weges vor dir. Verschenke es nicht. Es wäre zu schade ... Und nicht nur für dich. Es gibt Menschen, die dich brauchen ... Ach, und noch was: Du bist nicht* alt! *Jedenfalls nicht so alt, dass dieses Wort zur Bedrohung wird. Oder gar zur Ausrede ... Also dann, mein Schatz, lass mich los und leb wohl!*

Meine Liebe ist bei dir, bis wir uns wieder sehen ...

Horatio schreckte hoch, rief Marias Namen und starrte mit aufgerissenen Augen in die schweigsame Dunkelheit. Sein Herz pochte hart. Tränen liefen ihm über die Wangen und tropften auf seinen Schlafanzug. Die Leuchtzeiger der Uhr zeigten halb fünf.

Er wischte sich mit dem Ärmel seiner Schlafanzugjacke über die Augen und ließ sich wieder zurück in das schweißnasse Kissen fallen. Was für ein Albtraum! Seine Seele schmerzte, als sei sie wund. Warum hatte Maria so zu ihm gesprochen? Hatte er sie verloren? War sie jetzt für immer gegangen? Wie konnte das sein? Er brauchte sie doch so sehr, diese zeitlosen Momente vor dem Erwachen! Ihre Stimme zu hören, gab ihm Kraft für den

Tag. War ihm nun auch noch dieses stille Niemandsland genommen, in dem er sich der Illusion hingeben konnte, sie sei noch bei ihm? Sie konnte ihn doch nun nicht gänzlich alleingelassen haben? Das würde sie nicht tun. Nein, niemals. Nicht seine Maria! ...

Oder vielleicht doch? Vielleicht ... vielleicht war sie ihm auch dieses Mal einen Schritt voraus ... ein allerletztes Mal. Was hatte sie gesagt? Er müsse sich nicht um die Vergangenheit bemühen und mit Trauer im Herzen darum ringen, ihr Andenken zu bewahren. Sie sei dennoch bei ihm. *In* ihm. Immer. Und sie wollte, dass er losließ. Das klang traurig ..., doch auch irgendwie vernünftig. Aber wie? Wie sollte er das bewerkstelligen? ... Loslassen konnte man doch nicht erzwingen, ebenso wenig wie lieben, hassen, bereuen oder vergeben ... Horatio war deprimiert. Nein, das konnte man nicht, aber, sagte etwas in ihm, man konnte es vielleicht *überlisten!* Überlisten, indem man sich öffnete für Neues. Maria hatte es gesagt. Und sie hatte womöglich – wie meistens – recht. Durch Neues übte man keinen Verrat am Alten. Neues bedeutete *Bereicherung* oder wenigstens Erweiterung, was ja auch nicht zu verachten war. Zumindest dann nicht, wenn die einzigen Alternativen Stagnation und Leere darstellten. Wie schön wäre es, wieder mit Vergnügen wahrzunehmen, dass man atmete, dachte und sich gut fühlte, überlegte er. Noch zweifelte er daran. Doch er sollte es vielleicht versuchen. Vielleicht … Die letzten drei, vier Tage waren zumindest ein Indiz dafür, dass es klappen konnte. Und Maria hatte nicht nur nichts dagegen, sie *wollte* es so. Er war ihr nicht seine Trauer schuldig, sondern seine Lebensfreude. Er musste sie endlich … *sterben* lassen. Es war höchste Zeit.

Ein warmes Glühen kroch von seiner Magengegend hinauf in seine Kehle. Sein Mund war trocken und er schluckte hart. Noch einmal schloss er die Augen und spürte Maria ganz nah bei sich.

23

Es war zum Haare-Ausraufen.

Im Grunde hatte sie bisher keinen einzigen brauchbaren Hinweis. Weder im Fall Kottenburger noch im Fall Kunze. Und schon gar nichts, was ihre Überzeugung stützte, beide Fälle stünden miteinander in Verbindung, so naheliegend das für sie auch war. Es fehlten die *Beweise*. Lili saß an ihrem Schreibtisch, blätterte in den Berichten und Gutachten und las zum x-ten Mal ihre Computerprotokolle. Der Junge war nicht der Mörder seines Vaters, da war sie sich noch immer ganz sicher, auch wenn vieles dafür sprach. Er hatte ihn spätabends in seinem Büro aufgesucht, richtig. Er hatte Streit mit ihm gehabt, auch richtig. Und er hatte ein ausreichendes Motiv und kein Alibi. Außerdem war er Linkshänder und obendrein im Besitz von Kottenburgers Armbanduhr. Alles richtig. Und dennoch.

Dennoch war er *nicht* der Mörder. Lili wusste, dem Staatsanwalt würden diese Indizien genügen, um Anklage zu erheben. Ihr blieb also nur wenig Zeit.

Was Elisabeth Kunze betraf, so hatten die Recherchen ihrer Kollegen bislang ebenfalls nichts Greifbares ergeben. Weder die neugierige Nachbarschaft noch sonst jemand konnte einen brauchbaren Hinweis liefern, der Licht in das Dunkel um ihren Tod brachte. Fest stand für Lili nur, dass es sich nicht um Selbstmord gehandelt haben konnte, denn das leere Fläschchen mit Diazepam war, obwohl die Spurensicherung jedes Staubkorn umgedreht hatte, nirgends aufzufinden gewesen. Irgendjemand hatte es also entfernt. Überdies war sie noch immer der Meinung, dass – egal, wie schlecht sich Elisabeth Kunze auch gefühlt haben mochte – sie ihren Sohn nie im Stich gelassen hätte.

Und Bader samt dieser Uschi Roth? Freilich hätten sie Kottenburger noch in der Nacht zum 11. September verschleppen und töten können, doch nicht auf *diese* Weise. Und welchen Grund hätten sie gehabt, die Kunze zu töten? Das passte alles nicht zusammen.

Lili seufzte. Vor ihr lag die Altakte *Cornelia Kottenburger,* der älteren Tochter des Ermordeten. Wagner hatte sie auf ihren Wunsch hin aus dem Archiv kommen lassen. Sie schlug sie auf, las und fasste zusammen:

Am 8. Juli 1984 waren die Polizeibeamten Meisner und Dotterweich gegen neunzehn Uhr zum Anwesen der Kottenburger gerufen worden. Was sie dort vorgefunden hatten, wäre selbst für sehr abgebrühte Gemüter schockierend gewesen: eine blutverschmierte, nicht ansprechbare Neunjährige, Cornelia Kottenburger, brutal geschlagen und vergewaltigt. Eine Frau ohne Bewusstsein, Felizitas Kottenburger, die Mutter der verletzten Kleinen. Sie hatte sich allem Anschein nach durch einen Sturz die Wirbelsäule verletzt. Zudem ein völlig verstörter Mann, Thomas Kottenburger, Ehemann der verletzten Frau und Vater des vergewaltigten Kindes. Er hatte am ganzen Körper gezittert, als er seine Aussage zu Protokoll gab. Da er jedoch bereits ein Beruhigungsmittel von einem der beiden Notärzte erhalten hatte, die die Opfer versorgten, war er zumindest bedingt vernehmungsfähig gewesen und noch am Tatort von den beiden Beamten befragt worden. Er hatte zu Protokoll gegeben, gegen achtzehn Uhr dreißig in seinem Arbeitszimmer an seinem Schreibtisch gesessen und gearbeitet zu haben, als er durch das geöffnete Fenster einen durchdringenden Schrei gehört habe, der aus Richtung des alten Geräteschuppens gekommen sei, zirka hundert Meter vom Haupthaus entfernt, im hinteren Teil des Grundstücks liegend. Er habe seine Frau und die ältere der beiden Töchter noch immer im Garten vermutet und sei sofort aufgesprungen und hinausgerannt. Sowohl die Köchin als auch das Kindermädchen waren bereits nach Hause gegangen und das Dienstmädchen hatte seinen freien Tag. So sei keiner außer ihm, seiner Frau und den beiden Kindern zu Hause gewesen. Er sei sofort nach unten gerannt, habe nach seiner Frau gerufen, jedoch keine Antwort erhalten. Dann sei er über die hintere Terrasse hinüber zum Schuppen gelaufen. Als er die Türe aufgerissen habe, habe sich ihm ein Bild des Grauens geboten. Seine Frau habe stöhnend auf dem Bretterboden des Schuppens gelegen und als er sich über sie beugte, um ihr zu helfen, habe sie mit letzter Kraft nach oben gezeigt, dann sei sie ohnmächtig geworden. Das Holzgeländer der Treppe, die hinauf zum Zwischenboden führte, war gesplittert und teilweise heruntergebrochen gewesen. Er sei nach oben geeilt und habe seine Tochter liegen sehen, entblößt, geschändet und regungslos.

Danach habe er umgehend den Rettungsdienst und die Polizei alarmiert.

Lili las weiter und erfuhr, dass diese Aussage später von Felizitas Kottenburger bestätigt worden war mit dem Hinweis, dass sie den Täter zwar bei der Vergewaltigung überrascht habe, doch sein Gesicht nicht habe erkennen können wegen der schlechten Lichtverhältnisse im Schuppen. Als sie ihrer Tochter zu Hilfe kommen wollte, habe er sie über das Geländer hinuntergestoßen und sei durch die hintere Türe davongerannt. Felizitas Kottenburger hatte nur eine sehr vage Beschreibung des Täters abzugeben vermocht: groß, zirka einsfünfundachtzig, lockige blonde Haare, kräftig, jung.

Cornelia Kottenburger litt seither an einer irreversiblen posttraumatischen Störung. Sie sprach nicht, reagierte kaum, hatte sich in eine eigene Welt zurückgezogen. Dringend tatverdächtig war ein dreißigjähriger Obdachloser namens Konrad B. gewesen, der wiederholt der Pädophilie verdächtigt worden war. Sein einschlägig auffälliges Verhalten war bereits Monate vorher aktenkundig geworden, doch hatte man ihm nie etwas Konkretes nachzuweisen vermocht. Auch nicht das Verbrechen an Cornelia und Felizitas Kottenburger. Obwohl Felizitas Kottenburger den Mann bei der Gegenüberstellung für den Täter gehalten hatte, fanden sich zwei Zeugen, die ihm ein unwiderlegbares Alibi für die Tatzeit bestätigten. Also war er auf freiem Fuß geblieben und alsbald von der Bildfläche verschwunden. Über lange Zeit hinweg hatte Thomas Kottenburger – wie hier weiter stand – nichts unversucht gelassen, die Ermittlungen voranzutreiben, und alle ihm erreichbaren rechtlichen und politischen Hebel in Bewegung gesetzt. Sogar eine beträchtliche Prämie hatte er für die Ergreifung des Täters zur Verfügung gestellt. Doch der Fall Kottenburger war ungelöst geblieben und die Akte nach über einem Jahr der Ermittlungen geschlossen worden.

Lili schloss sie nun, fünfundzwanzig Jahre später, erneut und schwor sich, die jüngste Familientragödie im Hause Kottenburger nicht ungesühnt zu lassen. Das war sie Felizitas und auch Thomas Kottenburger schuldig. Zum ersten Mal empfand sie so etwas wie Verständnis für diesen Mann, der ihren Recherchen nach alles andere als ein sympathischer Zeitgenosse war. Doch womöglich hatte ihn dieses furchtbare Ereignis vor fünfundzwanzig Jahren erst zu dem gemacht, was er später war, überlegte sie. Ohnmächtig akzeptieren zu müssen, dass das Leben des Kindes und das des Ehepartners für immer zerstört worden waren, musste furchtbar sein. Zu wissen, dass es da eine brutale Bestie gab, die es verschuldet hatte, die aber nie gefasst werden konnte, so etwas würde wohl jeden prägen und hart und rücksichtslos werden lassen.

Und sie konnte inzwischen auch verstehen, warum Felizitas Kottenburger so war, wie sie war: maskenhaft, unnahbar, eingezwängt in ein Korsett aus Selbstdisziplin und Klischees. Schließlich musste sie all das Leid, das sie erfahren hatte, tragen können. „Im Grunde war es bewundernswert, wie sie die Form wahrte", dachte Lili.

Es war schon richtig: Keiner durchschritt die Glut ohne Wandlung.

Lili seufzte. Wo sollte sie nochmals ansetzen?

Sie sah auf ihre Armbanduhr. Neunzehn Uhr fünfundvierzig, und es regnete in Strömen. Dennoch, es half nichts. Sie wollte selbst noch einmal dorthin, wo man Thomas Kottenburger zuletzt lebend gesehen hatte. Zu seiner Baufirma. Morgen würde sie zudem die letzten Bauprojekte noch einmal genauer unter die Lupe nehmen. Vielleicht fand sich ja dort ein Anhaltspunkt für den Mord. Sein ehemaliger Partner hatte von unerlaubten Absprachen, Bestechung, illegaler Beschäftigung gesprochen. Womöglich steckte ja doch mehr dahinter? Wagner meinte zwar, dem sei nicht so. Er hatte das bereits eingehend geprüft und Lili wusste, sie konnte sich auf ihn verlassen. Aber dennoch. Es würde nicht schaden, wenn sie selbst einen Blick auf die Geschäfte des Opfers warf. Morgen.

Sie zog ihren Trenchcoat an, stülpte sich den Regenhut über und ignorierte konsequent den Regenschirm, der seit Jahr und Tag sein trostloses Dasein im Schirmständer fristete. Dann löschte sie das Licht und verließ ihr Büro. Als sie abschloss, fiel ihr ein, dass sie Horatio nicht angerufen hatte. Egal. Sie konnte das von unterwegs tun. Doch dann wurde ihr bewusst, dass sie ihr Handy nicht aufgeladen hatte. Eine Nachlässigkeit, über die sie hin und wieder stolperte. Sie steckte den Schlüssel noch einmal zurück ins Schloss, hielt plötzlich inne, lächelte und schüttelte den Kopf. War dieser Landarzt inzwischen zur festen Institution in ihrem Berufsleben oder vielleicht sogar in ihrem Leben geworden? Sie zog den Schlüssel ab, drehte sich um und ging davon, vertieft in ein Selbstgespräch, dessen Sätze abwechselnd mit Frage- und Ausrufezeichen endeten.

Das Grundstück der Baufirma lag weit hinten in einer Seitenstraße der Vogelsweiherstraße, zwischen Steinbühl und Gibitzenhof, fernab somit vom Drängeln und Hupen der Autos, von blinkenden Ampeln, hetzenden Männern in Anzügen und mit Aktentaschen, von Einkaufstüten schleppenden Hausfrauen und lärmenden Teenagern. Eine mehr als mannshohe Mauer grenzte das Betriebsgelände zur Straße hin ab. Der Eingang war mit einem großen Tor verschlossen, einem Eisengitter, das sich in der Mitte teilen und in einer metallenen Schiene nach links und rechts bewegen ließ. Lili rüttelte kurz daran, doch es war fest verschlossen. Sie klingelte, aber die Gegensprechanlage blieb still. Was hatte sie um diese Zeit erwartet? Es war weit nach zwanzig Uhr. Auch der vorübergehend mit der Geschäftsführung betraute erste Bauleiter war bereits nach Hause gegangen. Zu dumm. Sie überlegte, ging dann ein Stück die Straße hinauf und fand eine hölzerne Bank, deren Rückenlehne beinahe das zirka zwei Meter hohe Mauerwerk berührte. Alles war still. Kein Auto fuhr, keine Passanten gingen den Gehsteig entlang, der sich schmal an die Gebäudemauern schmiegte. Lediglich aus einem Fenster im ersten Stock eines kleinen Gebäudes auf der anderen Straßenseite drang Licht und brachte ein wenig Lebendigkeit in die Straße.

„Was soll's?", bekräftigte sie ihren Entschluss und stieg mit einem raschen Blick nach links und rechts auf die Bank. Sie zog sich an der Mauer hoch und sprang von dort auf das Firmengelände. Der Regen hatte inzwischen nachgelassen, doch es war dunkel geworden und kalt. Ihr Atem tanzte in kleinen hastigen Wolken um ihr Gesicht, während sie angespannt um sich blickte. Sie wischte sich die Hände an ihrem Regenmantel ab und orientierte sich hin zum finsteren Hauptgebäude mit den Büroräumen, schemenhaft beleuchtet von nur einer Hoflaterne, deren Licht vor allem auf den nun leeren, tagsüber von Angestellten und Kunden genutzten Parkplatz fiel und die sich dahinter befindende Reihe von Nutzfahrzeugen gespenstisch umschattete.

Lili ging langsam über den regenfeuchten Asphalt auf das Haupthaus zu. Sie war sich noch immer unschlüssig darüber, was sie hier eigentlich suchte. Bisher gab es keinen echten Anhaltspunkt dafür, dass es sich um den Tatort handelte, mal abgesehen von dem Verdacht gegen Jan Kunze, der sich hier mit Kottenburger in den Haaren gelegen hatte. Alle notwendigen Untersuchungen und Ermittlungen diesen Ort betreffend waren längst erledigt. Doch sie hoffte auf das, was sie ihre innere Nasenspitze nannte, ein Sensor, dem sie längst zu vertrauen gelernt hatte. Auch wenn sie wusste, dass Hoffnung eng an Illusion geknüpft war, so wollte sie doch dem Impuls folgen, der sie hierher geführt hatte.

Als sie sich dem gläsernen Haupteingang des Gebäudes näherte, sah sie links davon, dicht an der Hausmauer und völlig im Dunkeln stehend, ein schwarzes Auto. Sie zog ihre Stablampe aus ihrer Umhängetasche, knipste sie an und erkannte Kottenburgers Mercedes. „Sonderbar, dass er noch immer hier steht", dachte sie. „Doch andererseits", überlegte sie weiter, „ist es auch wieder *nicht* verwunderlich. Wer hätte ihn fahren sollen in den vergangenen Tagen?" Die Spurensicherung hatte ihn sich gleich nach Kottenburgers Verschwinden vorgenommen und dann noch einmal, als der Doktor vor vier Tagen die Leiche gefunden hatte. Beide Male ohne ein brauchbares Ergebnis. Der Wagen war polizeilich freigegeben. Seitdem stand er offenbar hier auf dem Hof, herrenlos und wartend. Autos gab es in der Familie Kottenburger schließlich mehr als genug. Und die gelähmte, aber wohlhabende Felizitas besaß ihr eigenes Fahrzeug samt Chauffeur.

Lili ging zu dem Auto und leuchtete mit ihrer Lampe in sein leeres Inneres. Dann griff sie wieder in ihre Umhängetasche, zog ein unscheinbares Etwas heraus, das auf den ersten Blick wie ein Schlüsselbund anmutete, machte sich kurz am Türschloss des Wagens zu schaffen und bemerkte, dass er nicht verschlossen war. „Was tust du denn da wieder?", mahnte sie sich halblaut, doch erfolglos. In dem Wissen, inzwischen gegen eine Reihe von Gesetzen und Bestimmungen verstoßen zu haben, warf sie ihre Umhängetasche auf den Beifahrersitz und stieg ein. Schnell schaltete sie die Innenbeleuchtung aus und beschränkte sich auf das Licht ihrer kleinen Stablampe, denn sie wollte auf keinen Fall gesehen werden. Man konnte ja nie wissen ... Da es wieder zu nieseln angefangen hatte, schloss sie die Tür. Der Wagen war so gut wie neu. Zumindest roch er so; nach feinem Leder und zitronigem Cockpitspray. Manche Menschen wussten nicht, wie privilegiert sie waren, kam es ihr neidlos in den Sinn, als ihre Hand über das polierte Lenkrad glitt. Nicht, weil sie Materielles als Grundvoraussetzung für ein gelungenes Leben ansah. Aber sie war überzeugt, Geld stellte ein brauchbares Sprungbrett dafür dar. Geld war immer tröstlich, und wenn es auch bekanntlich nicht glücklich machte, so zweifelte sie nicht daran, dass sich das Unglück *mit* Geld weit angenehmer ertragen ließ. Jeder, der das Gegenteil behauptete, war in ihren Augen ein Heuchler. Aber es gab eben auch diejenigen, die es mit einem Hechtsprung ins Verderben führte ... und in den Tod.

Der Regen prasselte nun auf die Windschutzscheibe und die Fenster begannen zu beschlagen. Lili ließ den Lichtstrahl ihrer Lampe über das Handschuhfach wandern und öffnete es ohne die Erwartung, irgendetwas darin zu finden, das den Kollegen der Spurensicherung entgangen sein könnte. Es war leer. Natürlich.

Ihr Blick glitt weiter über das Armaturenbrett. Sie sah, dass der Zündschlüssel steckte. Jemand hatte vergessen, ihn abzuziehen. Sie drehte daran und aktivierte das Gebläse gegen die beschlagenen Fensterscheiben und die nasskalten Füße. Die Instrumentenbeleuchtung und das Radio waren ebenfalls angesprungen und eine Männerstimme gab Auskunft über die aktuelle und die zu erwartende Wetterlage. Unwillkürlich sah Lili auf die Uhr. Es war bereits kurz nach neun, und sie beschloss, möglichst bald den Schauplatz der unerlaubten Handlungen zu verlassen. Ins Haus konnte sie heute sowieso nicht mehr, aber sie nahm sich vor, gleich morgen früh nochmals herzukommen, selbst noch einmal mit den Leuten zu sprechen und Kottenburgers Büro in Augenschein zu nehmen.

Enttäuscht von der inneren Nasenspitze ließ sie den Blick wahllos durch das Innere des Autos wandern, ohne jede Hoffnung, doch noch irgendetwas Brauchbares zu entdecken. Aber gerade als sie den Zündschlüssel zurückdrehen wollte, streifte der Lichtkegel der Taschenlampe einen hellen Fleck auf dem Boden unter dem Fahrersitz. Im diffusen Licht der Armaturenbeleuchtung hatte sie das Stück weißes Papier bisher nicht wahrgenommen, das sich jetzt, da sie danach griff, es aufhob und mithilfe der Lampe genauer betrachtete, als Kassenbon zu erkennen gab. Sie fragte sich, ob sie ihn womöglich selbst mit ihren nassen Schuhen unbemerkt hereingetragen hatte, aber ihre Lederschuhe besaßen glatte Sohlen. Dies hier war der Abdruck einer grob profilierten Gummisohle, außerdem ... sie stutzte ... war der Beleg trocken und ausgestellt am 10. September, exakt um zweiundzwanzig Uhr dreiundfünfzig, dem Tag, an dem Kottenburger zuletzt lebend gesehen worden war, dem Tag, an dem er höchstwahrscheinlich getötet worden war. Vom Regenwasser und dem Schuhsohlenabdruck reichlich ramponiert, ließen sich dennoch Betrag und Uhrzeit klar erkennen. Er stammte von einer Tankstelle an der Staatsstraße gleich hinter Schwaig, und, was noch viel wichtiger war, unweit des Birkensees. Sie erinnerte sich daran, dass Kottenburger am frühen Abend des 10. September in einem Lokal in der Innenstadt mit Geschäftsfreunden aus Berlin gegessen hatte und gegen zehn bereits wieder in seinem Büro war. Doch wie kam ein Kassenbeleg, der eine Stunde *nach zehn* in der Nähe von Schwaig ausgestellt worden war, unter den Sitz dieses Wagens? Hatte Jan sich getäuscht? War es vielleicht doch schon weit nach elf gewesen, als er seinen Vater aufsuchte?

Lili pfiff kurz durch die Zähne und fragte sich, warum

die Spurensicherung den Beleg nicht gefunden hatte. Doch die Erklärung lag für sie rasch auf der Hand. Derjenige, der den Mercedes an diesem Tag fuhr, tankte und warf anschließend den Beleg weg. Allerdings trat er versehentlich darauf. Und da es auch in jener Nacht regnete, klebte der Beleg an seinen robusten Sohlen fest. So trug er ihn mit ins Auto. Die Lüftung blies ihn schließlich unter den Sitz und er verfing sich in den Metallverstrebungen oder den Gummibändern des Sitzschoners. Nass wie er war, blieb er dort hängen. Niemand hatte ihn bemerkt. Doch als sie eben das Gebläse anstellte, hob der Luftzug den inzwischen trockenen Bon leicht aus seinem Versteck.

Ja, das war plausibel. So konnte es gewesen sein. Sie schickte ein Danke an ihre innere Nasenspitze und eines an den Zufall, demütig genug, um zu wissen, dass sie bei ihrer Arbeit auf ihn angewiesen war, und schob den Kassenbeleg vorsichtig zwischen die Blätter ihres Notizbuches. Sie wollte so schnell wie möglich zurück ins Präsidium und sich die Sache näher betrachten. Vielleicht hatte sie hier eine Spur, die zu verfolgen sich lohnte.

Sie überlegte nochmals und steckte dann den Tankbeleg an seinen Fundort zurück. Morgen früh würde sie die Spurensicherung erneut hierher beordern. Denn nur so konnte der Beleg offiziell gefunden und als Beweismaterial vor Gericht anerkannt werden. Ein taktischer Zug, nichts weiter. Und vielleicht des Rätsels Lösung …? Lili wagte kaum zu hoffen, doch die Erfahrung hatte sie gelehrt, dass es oft die Nebensächlichkeiten waren, die die größte Wirkung erzielten.

Mit dem Zurückdrehen des Zündschlüssels herrschten augenblicklich wieder Stille und Dunkelheit um sie herum, bis auf das Geräusch, das der inzwischen wieder intensiver fallende Regen auf den Scheiben und dem Autodach verursachte. Sie griff nach ihrer Handtasche und hielt plötzlich inne. Da war etwas hinter ihr, draußen in der Dunkelheit. Angespannt sah sie in den Rückspiegel, konnte jedoch nichts erkennen. Nur die Regentropfen, die in ungleichmäßigen Rinnsalen die Scheibe entlang liefen. Dahinter blieb alles unbewegt und schwarz. Doch irgendjemand machte sich am Kofferraum des Wagens zu schaffen. Leise Geräusche, eine leichte, aber deutlich spürbare Bewegung, ein Federn, so, als lehnte sich jemand vorsichtig gegen den Kofferraumdeckel, übertrugen sich ins Innere des Wagens. Lili rührte sich nicht. Sie spürte, wie ihr Puls sich beschleunigte. Langsam griff sie nach der Heckler & Koch unter ihrem Trenchcoat, zog sie heraus und entsicherte sie. Ein Schauer lief von ihrem Bauch bis hinauf zu ihren Haarwurzeln und sie fühlte sich beengt in ihrem Regenmantel. Unwillkürlich hielt sie die Luft an, denn sie wusste, sie saß in der Falle. Regungslos spähte sie mit unruhig wandernden Augen in die vom Regen verwaschene Dunkelheit, konnte aber noch immer nichts erkennen. Und doch war sie sicher, dass da draußen jemand war, der sie beobachtete. Plötzlich fiel der Lichtkegel einer Taschenlampe seitlich durch die Scheibe der Fahrertüre direkt auf ihr Gesicht. Sie zuckte zusammen und hob schützend den Arm, als die Wagentüre aufgerissen wurde.

„Wer sinn Sie, und wos suchn Sie do drinn?", rief eine Männerstimme. Sie klang forsch, doch schwamm eine Spur Angst darin. Blitzschnell drehte sich Lili der Stimme zu und zielte mit ihrer Pistole auf das Licht. Mit einem „He, was soll'n des? Net schießn!" wich die Stimme, die nun nur noch ängstlich klang, seitlich zurück. Lili konnte den Mann noch immer nicht erkennen, doch sie wusste sich außer Gefahr.

„Hauptkommissarin Lili Karmann, Kriminalpolizei

Nürnberg", sagte sie schnell und laut, stieg aus dem Wagen aus und hielt dem Mann hinter der Taschenlampe ihren Dienstausweis entgegen.

„Nehmen Sie das Licht aus meinen Augen", befahl sie ihm blinzelnd und der Mann gehorchte. Langsam trat er näher. Für einige Sekunden standen sie sich stumm gegenüber und starrten sich abschätzend an, dann lächelte Lili befreit, sicherte ihre Pistole und steckte sie ins Halfter zurück.

Der Mann trat neben sie und lehnte sich gegen den Kotflügel. Hörbar erleichtert atmete er aus.

„Wissen'S, wie Sie mich erschreckt hom?" Er warf Lili einen vorwurfsvollen Blick zu und fuhr sich mit einem riesigen zerknautschten Taschentuch über die Stirn.

Sie nickte. „Du mich auch", dachte sie.

„Es tut mir leid, aber ich konnte ja nicht wissen, dass Sie hier des Nachts herumschleichen", sagte sie freundlich.

„I *schleich* ned, i guck bloß, ob alles basst. Des is schließlich mei Job", knurrte der Mann in breitem Fränkisch. Er hob seine Uniformmütze und wischte sich noch einmal über die bereits trockene Stirn. Seine Hand zitterte. „Manchmol denk i, i bin deraweil zu old für solcha Scherzla."

Lili betrachtete ihn. Hager war er und kahlköpfig und womöglich bereits an die siebzig.

„Sicherheitsdienst" stand auf der Klappe seiner Brusttasche und darunter baumelte ein Plastikausweis mit seinem Lichtbild am Knopfloch.

„Allmächd, wos machen'S ieberhabst do, Frau ... äh, Hauptkommissar?", fragte er nochmals und musterte sie nun ungeniert von oben bis unten.

„Ich ermittle im Mordfall Kottenburger."

„Um die Zeit?"

„Zu *jeder* Zeit. So ist nun mal *mein* Job."

Sie schenkten sich beide ein versöhnliches Lächeln. Lili schloss die Wagentüre und lehnte sich dagegen. Im schwachen Schein der beiden Lampen fragte sie: „Drehen Sie hier jeden Abend um diese Zeit Ihre Runden?"

„No klor. Um neuna, um elfa und um aans früh. Donn is Feieromd. Obä i soll doch erscht morgn früh mit am Herrn Wagner vo der Bolizei drüber reden, oder vielleicht net?" Er beäugte Lili argwöhnisch. „Hot *der* Sie gschickt?"

Ihr „Nein" stand in krassem Widerspruch zu ihrem Nicken.

Jetzt fiel es ihr wieder ein: Der Wachmann, der an jenem Abend, an dem Kottenburger verschwand, Dienst hatte und anschließend mit unbekanntem Ziel verreist war, hatte morgen früh einen Termin im Präsidium. Blöde Situation.

Sie räusperte sich.

„Is a dumma Sach, mitm Herrn Kottenburger. Wergli draurich. Afoch so obgschtochn zu wern, is net schö." Er verzog die Mundwinkel nach unten. „Naa, ka schöna Dod", bekräftigte er noch einmal, als wisse er es ganz genau.

„Nein, wirklich kein schöner Tod", bestätigte Lili und zog ihr Notizbuch aus der Tasche.

„Wie heißen Sie eigentlich?", fragte sie nun und versuchte, in dem schwachen Licht den Namen auf den Plastikausweis zu entziffern.

„Hans Schneider, Frau ... Immä zu Dienstn. Seit fümfädreißich Johr scho." Stolz schwang in seiner Stimme.

„Erinnern Sie sich zufällig an den Abend, an dem Herr Kottenburger zuletzt lebend gesehen worden ist, Herr Schneider? Es war der 10. September gegen dreiundzwanzig Uhr."

„Do muss ich mol nochdenkn ... Der zehnte ... Wos worn des für a Wochendoch?“

„Ein Donnerstag.“

Hans Schneider überlegte angestrengt. „Ja, freilich! Ich glab, etz waaß ichs wiedä. Do wor i vorher beim Geburtsdoch vo meim Enkerla, do erinner i mich genau. Richdich!“ Er überlegte weiter. „Umä elfa, als ich mei Rundn gemacht hob, wor wiedä Licht do unten im Büro beim Kottenburger.“ Er deutete auf die drei Fenster, gleich rechts neben der Eingangstür zum Hauptgebäude.

„Um neuna net, des waaß ich a genau. Do wor alläs finstä. Obä um elfa hod des Licht brennt. Net, das des wos Bsonders gwesen wär. Der Herr Kottenburger wor oft spät nuch amol im Büro. Hob immä sei Audo steh gseng und des Licht brenna. Und on dem Oomd wor er net allaa do um elfa. Do wor nuch a Moo do. So a jungä Kerl mit a blonda longa Bäschdn. Hob die zwaa blos kurz bemerkt, wie i vorbeigloffn bin. Geht mich ja a nix o. Obä gseng hob i's.“

Erwartungsvoll sah er auf Lili, die sich einige Notizen machte.

„Und um eins, bei Ihrer letzten Runde, stand da der Mercedes noch immer da?“, wollte sie wissen.

„Naa, do wor der wiedä wech, und alläs wor dungl. *Soo* long is der Herr Kottenburger a widder net bliem.“

„Danke, Herr Schneider. Sie haben mir sehr geholfen.“

„Ehrlich?“, fragte der Mann überrascht und freute sich offensichtlich über das Lob.

„Wirklich. Und nochmals Entschuldigung für den Überfall.“ Sie wandte sich zum Gehen.

„Scho guud. Is ja nix bassiert. I begleid Sie zum Door und loss Sie naus. Wie sinn Sie eichendlich rei kumma?“

„Danke. Freundlich von Ihnen“, erwiderte Lili und beschloss, die Frage nicht zu beantworten.

„Och, und nuch wos, … muss ich denn ezertla morgn nuch amol zu dem andern Bolizisdn aufs Rewier? … Ich maan ja blos, weil Sie doch ezertla scho alles wissen.“

„Schon, aber es wäre trotzdem sehr nett von Ihnen.“ Lili bedachte ihn mit einem überaus freundlichen und versöhnlichen Lächeln. „Dann können wir alles ins Protokoll aufnehmen und Sie unterschreiben lassen … Sie wissen schon, … der Ordnung halber.“

„Freilich, alles gloor.“ Schneider genoss seine Bedeutsamkeit und war zufrieden.

Auf dem Weg zum Tor fragte er plötzlich: „Hom Sie denn eigentlich ka Angst, nochts underwegs, als Fraa, und so allaa?“

Lili überlegte kurz. „Ich glaub, auch nicht mehr als Sie. Aber darüber denk ich nicht nach, offen gestanden. Schließlich ist es doch unser Job. Hab ich recht?“

24

Ein Stück Butterbrot in der einen Hand, einen Becher Tee in der anderen, lief Horatio unruhig in seiner Küche auf und ab und fragte sich besorgt, warum Lili noch nicht angerufen hatte. Es war beinahe zweiundzwanzig Uhr. Dabei hatte sie gestern fest versprochen, sich zu melden. Immerhin war es ja inzwischen auch irgendwie sein Fall und er musste doch auf dem Laufenden bleiben. Ob ihr irgendetwas dazwischengekommen war? Oder hatte sie vielleicht doch ihre Meinung geändert und ihn einfach *gestrichen,* wie es heutzutage so schön hieß und üblich war? Hoffentlich war ihr nichts zugestoßen! In ihrem Job musste man letztlich mit allem rechnen.

Ein Gedanke jagte den anderen. Horatio trank hastig aus seinem Becher und verzog dabei das Gesicht. Der Tee war kalt und schmeckte bitter, passte aber zu seiner Stimmung.

Freilich hätte er längst selbst zum Hörer greifen und sie anrufen können, überlegte er weiter, doch das wollte er auch jetzt noch nicht. Warum, wusste er nicht, und er hatte auch nicht vor, darüber nachzudenken. Die Ausrede, nicht aufdringlich erscheinen zu wollen, war ihm Argument genug. „Und ein bisschen Stolz kann zudem nie verkehrt sein", sagte er sich.

Hoffnungsvoll beobachtete er indes die Zeiger der Küchenuhr, die gemächlicher als sonst ihre Runden zu drehen schienen, aber dennoch unaufhaltsam voranschritten.

Fünf Minuten später klingelte endlich das Telefon.

„Ich bin's", hörte er Lili sagen, und ein Stein fiel ihm vom Herzen. Seine Unruhe legte sich prompt.

„Großartig!", sagte er begeistert und auch erleichtert. „Ich hatte schon befürchtet, dass ..."

„Ich weiß", fiel sie ihm müde ins Wort, „und es tut mir auch leid, dass ich erst jetzt anrufe, aber es war so viel zu erledigen heute, dass ich nicht mal richtig Zeit zum Essen fand."

„Das sollten Sie aber, und Sie wissen es. Ansonsten ist das kein Problem. Auch ich hatte bis gerade eben zu tun", schwindelte er und hoffte, es klang glaubwürdig. „Was gibt es Neues in unserem Fall?"

„Einiges. Aber davon morgen mehr, wenn wir uns sehen. Haben Sie Zeit?"

„Oh ja, natürlich ... ich meine, ... ich denke schon. Lassen Sie mich kurz meinen Terminplan für morgen durchsehen."

„Aber gerne", sagte Lili, und er legte den Hörer zur Seite.

Dann rieb er sich freudig grinsend die Hände, raschelte in der Nähe der Sprechmuschel mit der Fernsehzeitung, lehnte sich in seinem alten Ohrensessel zurück und wartete. Wenig später griff er wieder zum Hörer.

„Ja, das geht", sagte er betont sachlich, „ich habe morgen nichts eingetragen, das sich nicht verschieben ließe."

„Schön. Dann hole ich Sie ab."

„Treffen wir uns nicht in Nürnberg?", fragte er überrascht.

„Nein, wir besuchen eine Tankstelle in der Nähe des Birkensees."

„Oh!"

„Also dann ..., bis morgen, Horatio."

„Bis morgen, Lili, ... und danke."

„... Wofür?"

„... Ich weiß nicht, ... ich meine ... einfach danke, eben."

„... Schlafen Sie gut."

Horatio hörte das Klicken. Lili hatte aufgelegt.

25

Die Tankstelle befand sich kurz hinter Schwaig an der Staatsstraße Richtung Diepersdorf. Auf der Fahrt dorthin erzählte Lili Horatio von ihrem Erlebnis auf dem Grundstück von Kottenburgers Baufirma und von ihrem Fund im Mercedes, den am Morgen die Kollegen vom Spurendienst offiziell sicherstellten.

„Wird uns der Zettel weiterbringen?", fragte er und freute sich, wie leicht ihm das *uns* über die Lippen kam.

„Das hoffe ich, denn das ist im Augenblick so ziemlich alles, was wir haben", gab sie zur Antwort und wunderte sich ebenfalls, wie leicht ihr das *wir* über die Lippen kam.

Der Vormittag war kühl, aber strahlend. Der Himmel zeigte ein paar weiße Schäfchenwolken, die sich munter vom Wind treiben ließen, und eine Sonne, die es sich auf den Hecken und Wiesen links und rechts der Landstraße gemütlich machte und sie mit warmem, tiefem Braun und Grün überzog.

„Ein wunderschöner Herbsttag, nicht?", stellte Horatio fest und drückte sich zufrieden in seinen Autositz.

„Wie? ... Ja ... natürlich", gab Lili zurück, ohne darüber nachzudenken. Sie war zu sehr mit ihrem Fall beschäftigt. „Wenn wir viel Glück haben, können sich die Leute von der Tankstelle an den Mercedes und seinen Fahrer erinnern", überlegte sie laut. „Das wäre ein Schritt vorwärts. Denn wenn Kottenburger den Wagen selbst gefahren hat, dann hätten sich sowohl Schneider vom Sicherheitsdienst als auch der Junge in der Zeit geirrt. Und auch Bader hätte nicht um diese Zeit mit ihm telefonieren können. Ich halte das für sehr unwahrscheinlich. Schließlich hat der Sicherheitsmann Schneider den Jungen um elf nachts bei Kottenburger im Büro gesehen."

„Und damit Jans Aussage bestätigt", ergänzte Horatio.

„Ja. Aber nur so weit es die Zeit betrifft. Der Mercedes stand um elf Uhr nachts auf dem Betriebsgelände. Das hat Schneider jedenfalls gesagt. Wie also sollte er kurz vor elf in der Nähe des Birkensees betankt worden sein?

„Vielleicht war es ja auch später in der Nacht?", gab Horatio zu bedenken.

„Wie kommen Sie darauf?" Lili warf ihm einen raschen, neugierigen Seitenblick zu.

„Na ja, der Tankzettel muss ja nicht unbedingt für den Fahrer des Mercedes ausgestellt worden sein. Es könnte sich doch auch um einen Bon handeln, der kurz vor elf für einen anderen Kunden ausgestellt und weggeworfen worden ist. Der Fahrer unseres Mercedes ist dann wesentlich später mit regennassen ..."

„... Schuhen drauf getreten und hat ihn so in den Mercedes getragen. Richtig. Das würde auch erklären, warum der Wagen nicht mehr auf dem Firmengelände stand, als Schneider seine Ein-Uhr-Runde drehte."

Lili blickte Horatio an. „Ich muss schon sagen, mein Herr, für einen Landarzt ist das gar nicht mal schlecht." Sie grinste, und Horatio hob huldvoll die Hand, um ihr für das Lob zu danken.

„Damit habe ich meinen Beitrag zur Lösung des Falles für heute geleistet." Er lehnte sich wieder in seinen Sitz zurück.

„Das nenne ich eine echt männliche Grundhaltung", meinte Lili daraufhin, „ein Mann muss wissen, wann er

Großes geleistet hat." Sie ließ ihrem Lachen freien Lauf. „Und deshalb schlage ich vor, Sie genießen Ihren Erfolg und überlassen den kümmerlichen Rest der heutigen Dienstpflichten mir."

„Spotten Sie ruhig", konterte Horatio. „Für die nächste halbe Stunde wird es Ihnen nicht mehr gelingen, meine männliche Überlegenheit zu untergraben, ... hoffe ich."

An der Tankstelle herrschte um diese Zeit kaum Betrieb. Lediglich ein Motorrad stand an einer der Zapfsäulen. Der Mann im Lederanzug und mit Sturzhelm, der es betankte, blickte neugierig auf, als Lilis Toyota auf das Gelände einbog, widmete sich jedoch gleich darauf wieder der Tankuhr.

Der moderne Verkaufsraum, den Lili und Horatio nun betraten, verfügte über die Größe und Ausstattung eines mittleren Supermarktes. Von Aspirin über Dauerwurst bis Toilettenpapier bot er alles, was mehrwöchiges Überleben sicherte. Freundlich und verbraucherwirksam war auch der junge Mann in seiner blauen Latzhose, der hinter der Kasse stand, beide mit einem aufgeweckten „Hallo, kann ich Ihnen helfen?" begrüßte und den Eindruck vermittelte, dass er tatsächlich meinte, was er sagte.

Lili zeigte ihm ihren Dienstausweis und der junge Mann sah ihn sich erstaunt, aber kein bisschen verunsichert an. „Was ist passiert?", fragte er vielmehr und hörte interessiert zu, als Lili ihm von dem Toten im Birkensee berichtete.

„Oh, ja, ich habe davon in den *Nürnberger Nachrichten* gelesen. Furchtbare Sache, das Ganze. Aber was kann *ich* dabei tun? Übrigens, möchten Sie einen Cappuccino? Ganz neu, die Maschine. Er schmeckt herrlich."

Lili wollte gerade antworten, doch Horatio kam ihr diesmal zuvor.

„Gerne, danke. Sehr nett“, sagte er rasch über ihre Schulter hinweg. Sie drehte sich zu ihm um und bedachte ihn mit einem langen Blick, den er seinerseits mit einem unschuldigen Schulterzucken erwiderte.

„Nein, danke, für mich nicht“, lehnte Lili ab und zog die Fotos von Thomas Kottenburger, Jan Kunze, Gernot Bader und Uschi Roth aus ihrer Handtasche, während sich der Junge am neu erworbenen Kaffeeautomaten zu schaffen machte und Horatio kurz darauf einen in der Tat verführerisch duftenden Cappuccino reichte.

Lili kam auf die Nacht des 10. September zu sprechen und der Junge besann sich, den Nachtschalter bis früh um sechs bedient zu haben. Doch an den Mercedes konnte er sich nicht erinnern.

Aufmerksam besah er sich anschließend die Aufnahmen. Dann schüttelte er den Kopf.

„Nein, bedaure. Die kenne ich nicht. Ist *das* der Tote? Und der? Ist *der* der Mörder?“ Abwechselnd deutete er mit dem Kinn erst auf Kottenburgers, dann auf Baders Bild. Das Mädchen und der Junge schienen ihm offenbar zu jung, um einen Mord zu begehen.

„Ja, das ist der Tote. Doch was den Mörder betrifft, so bedarf das noch einiger Nachforschungen.“

Lili sah sich genauer um. Sie haben hier Video-Überwachung, wie ich sehe.“ Sie deutete auf zwei gegenüberliegende Kameras, die, kaum sichtbar, an der Decke befestigt waren.

„Richtig. Das gehört heute einfach dazu“, belehrte der Junge. „Wissen Sie, hier draußen ist es nachts recht einsam. Da fühlt man sich 'nen Tick sicherer, wenn man weiß, dass die Dinger mit aufpassen. Wir haben noch eine draußen, die die Säulen und den Schalter erfasst.“

„Ich wage nicht zu hoffen, dass Sie die Bänder länger als einige Tage aufbewahren“, sagte sie, denn sie wusste, dass es sich hierbei meist um Endlosschleifen handelte, die in aller Regel maximal achtundvierzig Stunden speicherten.

„Doch“, kam die rasche Antwort. „Ich hebe die Bänder vier Wochen auf. Ich denke, das schadet nicht. Man weiß ja nie. Soll ich das vom 10. September für Sie holen?“

„Das wäre sehr nett, danke.“

Lili blickte Horatio an und ein triumphierendes Funkeln lag in ihren Schwarzkirschenaugen. Aufgeregt packte sie ihn beim Arm und die Tasse wackelte gefährlich. Noch nie hatte er sie so euphorisch erlebt.

„Das ist wie ein Lotteriegewinn für uns! Unfassbar, grandios, einfach fantastisch!“, flüsterte sie, doch Horatio spürte nur den Druck ihrer Hand. Es war eines der wenigen Male, die sie ihn, vom Händeschütteln abgesehen, berührt hatte. Ein gutes Gefühl.

Er wusste, sie hatte ihm den Cappuccino verziehen, und schlürfte genüsslich die Tasse leer.

„Wenn wir sehr viel Glück haben ...“ Sie vollendete den Satz nicht. Ihre Worte gingen jetzt nahtlos über ins Nachdenken.

„Hier bitte, das ist sie.“ Der Junge kam mit raschen Schritten zurück und drückte Lili die ordentlich mit Datum versehene Kassette in die Hand.

Sie lächelte ihn verbindlich an. „Sie haben uns sehr geholfen. Vielen Dank.“

Damit steckte sie Videokassette und Bilder in ihre Handtasche. „Ich werde veranlassen, dass Sie Ersatz bekommen, denn die hier werden wir vermutlich länger brauchen.“

„Kein Problem, schon o.k.“, winkte der Junge ab und

widmete sich dem Motorradfahrer, der gerade eintrat und die Geldbörse aus der Tasche zog.

Horatio stellte seine Tasse ab, lobte aufrichtig deren eben genossenen Inhalt und bedankte sich nochmals. Dann folgte er Lili, die mit einem freundlichen „Wiedersehen“ zu ihrem Wagen eilte.

Kurz vor ein Uhr hörte Horatio, wie der Schlüssel in der Haustüre sperrte und gleich darauf Frau Haberkorns Stimme ertönte.

„Sind Sie da, Doktor? Ich bringe Essen!“, rief sie ungezielt durchs Haus. Da sie einen großen Topf fest in ihren beiden Händen hielt, schloss sie die Tür mit einem kräftigen Tritt und marschierte laut schnaufend in die Küche.

„Was gibt's heute?“, fragte Horatio hinter der angelehnten Tür zu seinem Sprechzimmer.

„Na was schon? Eintopf, natürlich. Heute ist schließlich Donnerstag“, ertönte ihre Stimme, begleitet vom Klappern des Geschirrs. „Und donnerstags gibt's immer Eintopf. Langsam sollten Sie das wissen.“

„Sind wir heute etwas übellaunig?“ Horatio erschien in der Küchentür und grinste herausfordernd.

„Ach“, brummte sie nur und ließ ihre schlechte Stimmung am Eintopf aus, in dem sie kräftig herumrührte.

„Wenn Sie so weitermachen, haben wir null Komma nichts Püree“, sagte er belustigt und wusch sich die Hände an der Spüle.

„Sie sollen sich nicht immer die Finger in der Küche waschen, Doktor! Das ist unhygienisch! Dafür gibt es ein Badezimmer!“, schimpfte sie, und Horatio hob beschwichtigend die nassen Hände. Mit finsterer Miene warf sie ihm ein Küchenhandtuch zu.

„Was ist denn heute los mit Ihnen? Sie sind ja kratzig

wie ein Dreitagebart", wollte er wissen und bemerkte, dass zwei Teller auf dem Tisch standen. „Leisten Sie mir heute Gesellschaft beim Essen?", fragte er erstaunt.

„Nein. Aber ich dachte, diese Dame aus Nürnberg könnte hier sein und ebenfalls Hunger haben. Auch solche Frauen müssen schließlich essen, oder?" Das Wort *solche* hatte dabei einen zutiefst anrüchigen Klang.

„Holla", dachte Horatio, „hier kocht nicht nur der Eintopf."

Er setzte sich. Frau Haberkorn nahm indessen den Topf vom Herd und knallte ihn mitten auf den Holztisch.

Horatio verschlug es die Sprache. So kannte er die zwar resolute, aber immer gutmütige Frau Haberkorn nicht. Irgendetwas musste sie fürchterlich aufgebracht haben.

„Hier, bedienen Sie sich", sagte sie knapp, drehte ihm wieder den Rücken zu und begann, in der Spüle zu hantieren.

„Frau Haberkorn …"

„Was ist?"

„Frau Haberkorn, ich möchte, dass Sie sich hierher setzen und mir sagen, was geschehen ist. *Jetzt gleich.* Und legen Sie vorsichtshalber das Messer in die Spüle zurück, bitte."

Sie warf Horatio einen weiteren mürrischen Blick zu, ließ das Brotmesser in die Spüle fallen, trocknete sich die Hände an der Küchenschürze und setzte sich halb widerstrebend an den Tisch.

„Also?"

Nach anfänglichem Winden begann sie zu erzählen, und die Worte sprudelten bald nur so aus ihr heraus. „Doktor Grünfeld, seit fast einem Jahr bin ich nun schon hier bei Ihnen und gebe mir, weiß Gott, reichlich Mühe, Sie und Ihr Haus über Wasser zu halten", aufgeregt wischte sie unablässig mit ihren Händen über die Kittelschürze, „und bisher haben Sie sich nie über irgendetwas beschwert und es gab ja auch keinen Grund dafür, und außerdem tue ich es gern, denn wir alle haben Maria sehr gern gehabt und auch Sie mögen wir sehr gern, wie Sie wissen, und weil es zudem meine Christenpflicht ist ..."

„Frau Haberkorn ...", fiel ihr Horatio ins Wort, „was ist los?"

„Adelheid Brenner hat ..."

„Ach herrje, hab ich's mir ja fast gedacht", unterbrach er sie noch einmal und seufzte.

„Ja, genau!", bestätigte Frau Haberkorn. „Sie hat gesagt, Sie würden uns bald alle nicht mehr brauchen. Sie hätten jetzt was Besseres gefunden. Ne feine Dame aus der Stadt, jemanden von der Kriminalpolizei. Dagegen seien wir alle nur einfältige Dörfler. Und es würde nicht lang dauern, bis Sie Wintersruh für immer den Rücken kehren und in die Stadt ziehn zu dieser Dame. Adelheid hat auch gesagt, Sie würden schon jetzt so reden wie die. Mit hochnäsigen Worten, die keiner von uns mehr verstehn könnt. Akademisch eben, hat sie gesagt."

Frau Haberkorn schwieg erschöpft und fuhr sich mit der Schürze über die Augen. Sie war eine einfache Frau, das wusste sie, aber ausgesprochen patent und von einer praktischen Lebensklugheit und Herzenswärme, die jedem Achtung abforderte. Auch das wusste sie. Horatio schluckte betroffen, als er spürte, wie sehr Adelheid Brenners Worte sie verletzt haben mussten. „Jedenfalls seien Sie bald keiner mehr von uns. Nach beinahe dreißig Jahren! Und ich wär grad mal gut genug, um für Sie zu kochen und den Dreck wegzuputzen. Aber das sind Sie doch! Ich meine, Sie sind doch einer von *uns*, oder?"

Horatio schwieg. Dann schüttelte er fassungslos den Kopf.

Frau Haberkorn saß neben ihm mit gesenkten Augenlidern und schwieg, aber er sah, dass ihre Mundwinkel leise zuckten. Trotz ihrer inneren Aufgewühltheit lag eine ruhige, bescheidene Würde über ihrer Traurigkeit und es fiel ihm schwer, sie nicht augenblicklich in den Arm zu nehmen. Es rührte ihn zutiefst, festzustellen, wie bedeutsam er für Frau Haberkorn, nein, für die meisten hier im Dorf, mit den Jahren geworden war. Er war einer von ihnen. Kein Fremder, sondern einer, der bis zum Schluss dazugehören würde. Würde er noch heute sterben, so wäre das in Ordnung. Der Tod war für diese Menschen alltäglich, selbstverständlich, etwas, das ebenfalls dazugehörte wie der Regen, die Sonne, der Wind. Doch würde er diesen Ort nun verlassen, überlegte er weiter – was er keineswegs in Erwägung zog –, weil sich ihm aus Sicht der Dorfgemeinschaft etwas Besseres bot, käme es einem Verrat gleich. Und ihm wurde klar, es ging ihnen dabei nicht um verletzten Stolz, es ging um das *Uns* und das *Wir.*

„Frau Haberkorn", begann er bedächtig, „ich habe nicht vor zu gehen. Was immer Ihnen Adelheid, dieses ... dieses aufgetakelte Waschweib, auch erzählt haben mag. Sie dürfen mich übrigens gerne wörtlich zitieren." Behutsam griff er über den Tisch nach ihrer Hand, drückte sie kurz und ließ sie wieder los. „Es stimmt, ich verbringe im Augenblick ziemlich viel Zeit mit dem Mordfall. Aber doch nur, weil es ...", er bemühte sich um äußerste Aufrichtigkeit, „weil es mir einfach Spaß macht und mich ablenkt von meiner Traurigkeit. Verstehen Sie das?"

Frau Haberkorn sah ihn lange an, dann nickte sie. „Und weil Frau Karmann, das ist die verantwortliche

Kriminalbeamtin, es mir erlaubt hat. Frau Karmann ist im Übrigen keine feine Dame, sondern eine recht nette Frau. Zugegeben, sie hat einen ziemlich ungewöhnlichen Beruf und manchmal bringt sie mich ganz gehörig … ach, egal, … aber sie ist dennoch *nett,* ... wenn man sie erst ein wenig näher kennt", sagte er, dem Himmel dankbar, das Lili nicht zuhören konnte. „Sie schätzt übrigens Ihren kalten Braten ebenso sehr wie ich."

Frau Haberkorn lugte noch immer skeptisch über ihren Brillenrand, schenkte ihm jedoch ein versöhnliches Lächeln.

„Und weil wir gerade dabei sind: Sie, Frau Haberkorn, sind mit Abstand das Beste, was mir seit Marias Tod passiert ist. Ich wüsste nicht, was ich ohne Sie in den letzten Monaten gemacht hätte – und weiterhin tun würde. Mit oder ohne Frau Karmann. Wintersruh ist und bleibt mein Zuhause. Alles klar?"

Frau Haberkorn nickte. „Das will ich meinen!", bekräftigte sie seine Worte und stand auf. „Dann werd ich jetzt mal abwaschen, und Sie, Doktor, essen Ihren Eintopf, bevor er kalt ist."

Damit war das leidige Thema vom Tisch. Horatio löffelte sein Lammfleisch mit Gemüse, während Frau Haberkorn zufrieden vor sich hin summte.

26

Es war kurz nach sieben, als Horatio die Haustüre aufschloss. Den Nachmittag hatte er mit Besorgungen im Ort verbracht. In der Apotheke hatte er Daniel Brenner die Liste mit den Medikamenten, die er in seiner Praxis benötigte, in die Hand gedrückt und dabei die Gelegenheit genutzt, Adelheid, die tief dekolletiert an der Kasse stand, einige unfreundliche, aber treffende Worte an den auftoupierten Kopf zu werfen, die sie in empört-verblüfftes Schweigen und Daniel Brenner in wonnevoll-hämisches Grinsen versetzt hatten. Anschließend hatte er eine Tasse Kaffee im Blauen Krüglein getrunken und, eingedenk der vorgerückten Stunde, dort zu Abend gegessen.

Ob Lili inzwischen angerufen hatte? Sie wollte sich heute Nachmittag die Videokassette ansehen und Bescheid geben, ob sich Brauchbares darauf fand. Jedenfalls hatte sie versprochen, sich umgehend zu melden. Er bedauerte noch immer, dass er sie heute nicht ins Präsidium hatte begleiten können. Zu gerne hätte er mit ihr zusammen das Video angesehen. Doch Wagner hatte sie angerufen, als sie eben die Tankstelle verlassen hatten. Der Staatsanwalt wollte sie dringend sprechen. Und diese Gespräche dauerten erfahrungsgemäß lange, wie er inzwischen wusste.

Also hatte sie ihn in Wintersruh abgesetzt.

Seither wartete er auf eine Nachricht von ihr, doch das Handy war still geblieben.

Eilig lief er in die Küche, aber auch der Anrufbeantworter zeigte keine eingegangenen Anrufe.

Na ja, bei Lili konnte man nie wissen, wann sie anrief. Das war ihm inzwischen bekannt.

Und trotzdem wurde er immer unruhiger, je weiter der Zeiger auf dem Zifferblatt der Uhr voranschritt. Ein ungewohntes Gefühl, das ihm regelrecht auf die Nerven ging.

Jetzt war es bereits Viertel vor acht und er beschloss, genug Geduld bewiesen zu haben. Energisch griff er zum Hörer und wählte ihre Nummer. Nach mehrmaligem Klingeln hörte er ein Klicken. Die Verbindung war auf einen anderen Apparat umgesprungen. Gleich darauf meldete sich Wagner.

„Guten Abend, Inspektor Wagner, hier ist Horatio Grünfeld. Könnte ich bitte Frau Karmann sprechen.

„Guten Abend, Herr Doktor. Frau Karmann ist leider nicht hier. Sie hat mir auch keine Nachricht hinterlassen. Doch der Computer ist noch an und ihr Handy liegt auch auf ihrem Schreibtisch. Ich denke, sie wird bald zurück sein." Wagners Tonfall war gelassen. Es schien nicht ungewöhnlich für ihn zu sein, nicht zu wissen, wo sich seine Chefin gerade aufhielt.

„Ist sie irgendwo im Haus unterwegs?" Horatio wollte sich noch nicht zufriedengeben.

„Nein, ihre Tasche und ihre Jacke sind weg. Moment bitte ... Ihr Toyota steht auch nicht unten auf dem Parkplatz. Ich gehe davon aus, dass sie nur kurz unterwegs ist. Soll ich ihr etwas ausrichten, wenn sie zurückkommt?"

„Nein danke, Herr Wagner. Auf Wiedersehen und schönen Abend."

Horatio legte auf und brummte in sich hinein. Dieses Nichtwissen und das Warten machten ihn schier verrückt. „Sollte das jetzt jeden Abend so gehen, bis der Fall gelöst war? Und vielleicht noch *länger?"*, fragte er sich, überrumpelt von dieser verwegenen Spekulation. Unruhig lief er in der Küche auf und ab und behielt das Telefon im Augenwinkel.

Dann ging er kurzentschlossen und ohne weiter darüber nachzudenken hinaus in den Flur, griff nach Lederjacke und Schlüsselbund und verließ das Haus. Er wollte nicht immer nur passiv herumsitzen und abwarten, wie's weiterging, sich nicht nur nach *ihren* Spielregeln richten. Mochte sein, dass er kein Recht hatte, irgendetwas von ihr zu fordern. Aber dieses Warten auf den nächsten Knochen, den sie ihm zuwarf, musste ein Ende haben. Diese Form der Unterordnung lag weder in seiner Natur noch in seiner Absicht. Und das musste Lili einsehen und akzeptieren, oder aber ... Kraftvoll zog er die Autotüre zu und fuhr nach Nürnberg.

Eine gute halbe Stunde später betrat er das Polizeipräsidium am Jakobsplatz, dessen Anmeldungsbereich zwar hell erleuchtet, aber unbesetzt war. Er sah sich um, doch niemand war zu sehen. Der Ordnung halber ging er dennoch hinüber zum Empfang, trommelte mit ungeduldigen Fingern auf die Ablage vor der Glasscheibe, ließ erneut seinen Blick schweifen und gab ein kurzes, empörtes Räuspern von sich, das in etwa bedeuten sollte: Was für eine Nachlässigkeit! Die Anmeldung eines Polizeipräsidiums hat rund um die Uhr besetzt zu sein! Ausnahmslos!

Gleich darauf entschied er, dass es sowohl den Pflichten bürgerlicher Ordnung als auch seiner moralischen Verantwortung entsprach, unbemerkt sein Ziel weiterzuverfolgen, suchte und fand die Räume des K11 auf der Übersichtstafel und lief eilig die breite Treppe hinauf.

Gleich darauf betrat er nach kurzem Anklopfen Lilis Büro. Es war nicht abgeschlossen, doch sie war noch immer nicht da. Die Lampe neben dem Computer war angeschaltet, das Handy lag unberührt auf ihrem Schreibtisch und der Bildschirmschoner schwamm über den Computermonitor. Horatio sah sich nach Wagner um, doch im Nebenzimmer war das Licht bereits gelöscht.

Er ließ sich in Lilis Bürostuhl fallen und dachte nach. Irgendwie eigenartig, das Ganze. Was war so dringend gewesen, dass sie ganz offensichtlich überstürzt das Präsidium verlassen hatte? Wagner schien dies nicht sonderlich beunruhigt zu haben. Ihn hingegen schon.

Während er überlegte, was er weiter tun sollte, bemerkte er den Notizblock vor sich, auf dem „02:03" in großen Ziffern geschrieben stand. Erst jetzt bemerkte er, dass der Videorekorder und der dazugehörige Bildschirm, die beide auf dem Sideboard standen, eingeschaltet waren und leise vor sich hin summten. Er langte nach der Fernbedienung und startete das eingelegte Band. Schnell erkannte er, dass es sich um die Videokassette der Tankstelle handelte. Da war der Nachtschalter zu sehen mit dem erleuchteten Verkaufsraum im Hintergrund. Hinter der Panzerglasscheibe, in der sich der nasse Asphalt und die Zapfsäulen spiegelten, stand der junge Mann, mit dem sie am Morgen gesprochen hatten. Er war trotz der Spiegelungen deutlich zu erkennen. Vor dem Schalter sah er ebenfalls einen Mann stehen. Er trug einen dunklen Trenchcoat und sein Kopf war mit einem breitkrempigen Regenhut bedeckt, den er weit in sein Gesicht gezogen hatte. Die Kamera hatte es deshalb nur schattenhaft erfassen können. Eben schob er seinen Geldbeutel in die Innentasche des Mantels, zog seinen Kragen hoch, wandte sich vom Schalter ab und war auch schon aus dem Einzugsbereich der Kamera verschwunden. Links oben, im Eck des Bildes, verriet die Digitalanzeige Datum und Uhrzeit: 11.9.2009 – 02:04 Uhr –.

Lili hatte also die *Uhrzeit* auf dem Notizzettel vermerkt!

Horatio stoppte das Band und spulte es langsam zurück. Er wollte vor allem die Stelle sehen, an der Lili es angehalten hatte. Wenige Minuten sollten ausreichen: 02:03, 02:02, 02:01. Halt. Play. Hier war der leere Schalter. Die Sekundenanzeige lief. Dann, um 02:02, erschien zum ersten Mal der Mann mit dem Regenmantel und dem Hut im Bild. Wieder sah Horatio nur Mantel und Hut, denn die Kamera fing auch jetzt nur einen Teil seines Rückens und seiner linken Körperseite ein. Sein Gesicht war nicht zu erkennen. Doch was hatte Lili gesehen, als sie das Band gerade hier stoppte? Irgendetwas *musste* sie hier zweifellos bemerkt haben, denn sie hatte die Uhrzeit, 02:03, auf ihren Notizblock geschrieben und dick unterstrichen. Konzentriert und nervös zugleich verfolgte er weiter die Aufzeichnung. Der Mann zog seinen linken Handschuh aus, griff in die Manteltasche und holte eine Geldbörse heraus. Er zahlte mit einem Fünfzig-Euro-Schein, den er durch den Schlitz der Panzerglasscheibe schob. Dann nahm er das Wechselgeld entgegen, drehte sich weg und war auch schon wieder aus dem Bild verschwunden. Horatio stoppte das Band. Kaum zwei Minuten waren vergangen und nichts Ungewöhnliches oder Beachtenswertes war passiert. Zumindest war ihm nichts aufgefallen. „Was nur hat Lili hier gesehen, das ich ganz offenbar übersehe?“, fragte er sich wieder und spulte abermals zurück.

Noch einmal startete er das Band, doch diesmal mit verminderter Geschwindigkeit. Da war wieder der Mann mit Hut und Mantel, der seinen Handschuh auszog, seine Brieftasche herausnahm und dem Jungen das Geld reichte ... halt ... was war das? ... Horatio stoppte das Band und starrte angestrengt auf das Standbild.

Dann suchte er hektisch auf der Fernbedienung nach der Taste für die Bildvergrößerung. Endlich fand er sie und zoomte die Person mit dem Mantel so nah es ging heran. Wieder starrte er ungläubig auf den Bildschirm, kniff konzentriert die Augen zusammen, um die Details besser erkennen zu können. Plötzlich sah er deutlich, was auch Lili bemerkt hatte.

„Oh mein Gott. Lili!“, rief er laut. Dann rannte er aus dem Raum.

27

Als Lili ihren Toyota vor Thomas Kottenburgers Anwesen parkte, lagen Haus, Auffahrt und Grünanlagen in völliger Dunkelheit. Nur die Straßenlaterne warf einen schmalen, hellen Streifen durch die Gitterstäbe des schmiedeeisernen Tores ins Innere des Geländes. Kein Licht brannte hinter den vielen Fenstern der Villa und die mondlose Nacht hatte den Glanz der hellen Sandsteinfassade verschlungen. Lili stand vor dem großen Tor und drückte den Klingelknopf. Endlich, nach längerem Warten, ging eine Lampe über dem zirka fünfzig Meter entfernten Eingangsportal an und die blasierte Frauenstimme, die Lili noch von ihrem ersten Besuch bei Felizitas Kottenburger in Erinnerung hatte, fragte durch die Sprechanlage, wer da sei. Lili nannte ihren Namen und bat höflich um Einlass.

„Bedauere, aber die gnädige Frau schläft bereits", antwortete die Stimme. Diesmal deutlich entrüstet und beinahe verächtlich wegen der späten Störung.

„Dann werden Sie die Güte besitzen, sie zu wecken. Es ist dringend. Es sei denn, Sie möchten, dass ich meine Kollegen mit ihren Dienstautos herbeordere. Doch davon, das versichere ich Ihnen, wird nicht nur Frau Kottenburger wach, sondern die gesamte Straße." Lili wurde ungeduldig.

Die Gegensprechanlage blieb stumm, aber bald darauf öffnete sich leise surrend das breite Tor und Lili betrat den langen Kiesweg hinauf zum Haus. Wie von Geisterhand wurde die indirekte Beleuchtung, die zu beiden Seiten die Auffahrt säumte, aktiviert und wies ihr den Weg zum Haus. Als sie dort ankam, stand die schwere braune Holztüre mit den üppigen Ornamenten bereits offen und Lili trat ein. Die Eingangshalle war nur spärlich beleuchtet durch einen einzigen Kandelaber, der nahe der breiten, geschwungenen Marmortreppe hing und eher einem Totenlicht als einer Hallenbeleuchtung glich. Lili blickte an den glänzenden Marmorstufen empor, die sich in breitem Schwung im Dunkel des oberen Geschosses verloren, als sie hinter sich die Stimme des Dienstmädchens vernahm. „Die gnädige Frau lässt bitten", schnarrte es hochnäsig, ohne Lili eines Blickes zu würdigen. „Die Treppe hinauf, das zweite Zimmer im linken Flügel. Bitte klopfen Sie." Mit diesen Worten verschwand es hinter einer der vielen Türen.

„Danke vielmals", raunte ihm Lili hinterher und fand ihre Überzeugung aufs Neue bestätigt, dass Ignoranz und Dünkel enge Verbündete waren. Dann wandte sie sich der Treppe zu.

Langsam stieg sie die breiten Stufen hinauf und lenkte ihre Schritte auf der breiten Galerie nach links. Mit einem kurzen Seitenblick nahm sie wahr, dass der rechte Seitenflügel in völliger Dunkelheit lag. Dann richtete sie ihre Augen auf die beiden flackernden Kerzen an der hohen, bilderlosen Wand im hinteren Teil des linken Flures, deren Licht nur sehr schwach bis zu ihr vordrang. Eine Gardine bauschte sich sanft vor dem halb geöffneten Fenster ganz am Ende des Flurs und inszenierte zusammen mit dem Kerzenschein ein Schattenspiel an der Wand. Der nachtkühle Windhauch drang bis zu ihr vor und ließ sie frösteln. Dann lächelte sie. Hitchcock hätte das nicht besser inszenieren können. Trotzdem warf sie noch einen kurzen Blick über die Schulter in die schwarze Stille des gegenüberliegenden Gebäudeflügels und blieb dann vor der zweiten Tür stehen. Gespannt lauschte sie eine Weile, doch kein Laut war zu vernehmen. Dann klopfte sie.

„Ja, bitte“, erklang gleich darauf Felizitas Kottenburgers Stimme. Lili drückte den Griff, öffnete die Türe, trat ein und grüßte. Ein unaufdringlicher, sehr angenehmer Parfümgeruch wehte ihr entgegen, getragen vom kalten Luftzug, der durch den Spalt eines Fensters ins Zimmer wehte. Lili schloss die Türe hinter sich und stand in einem Raum mit hellen Wänden und duftigen Vorhängen, der sie, obwohl sorgfältig und geschmackvoll möbliert, ein wenig zu viktorianisch-verspielt anmutete. Dennoch verströmte er eine gleichsam anheimelnde und elegante Atmosphäre.

„Guten Abend, Frau Karmann“, grüßte Felizitas Kottenburger höflich, doch kühl zurück. Sie saß in ihrem Rollstuhl vor dem Frisiertisch, den Rücken Lili zugewandt, und bürstete sich mit langsamen Strichen das Haar. Sie trug einen cremefarbenen bodenlangen Morgenrock und wirkte sehr jung im Licht der Jugendstillampe, die neben dem dreigeteilten Spiegel stand. In ihm trafen sich die Blicke der beiden Frauen und taxierten sich sekundenlang.

„Ihr überraschender Besuch zu so ungewöhnlicher Stunde macht mich neugierig“, sagte Felizitas Kottenburger und legte die Bürste auf die Glasplatte des Frisiertisches.

„Ich nehme an, es gibt Neuigkeiten zum Tod meines Mannes.“ Sie drehte den Rollstuhl in Lilis Richtung und sah sie nun direkt und erwartungsvoll an. „Aber bitte, nehmen Sie doch Platz.“

Lili dankte und setzte sich auf einen der Sessel mit den rosengemusterten Chintzbezügen. „In der Tat. Es gibt Neuigkeiten, Frau Kottenburger. Und ich wollte, dass Sie die Erste sind, die sie erfährt", antwortete sie, ohne dabei Kottenburgers Witwe aus den Augen zu lassen.

„Wie aufmerksam von Ihnen. Sie verzeihen übrigens, wenn ich Ihnen nichts anbiete, aber angesichts der fortgeschrittenen Stunde ...", ihre Gesichtszüge blieben unbewegt, während sie sprach, und ihr Blick verweilte auf Lili.

„Danke, das hatte ich auch nicht erwartet", entgegnete Lili höflich. Dann schwieg sie erst einmal, um ihren folgenden Worten die gebührende Dramatik zu verleihen.

„Ich kenne den Mörder Ihres Mannes."

Felizitas Kottenburger hob die Augenbrauen.

„Oh! ... Das ist erfreulich. Eine wirklich gute Nachricht." Sie betätigte den silberfarbenen Hebel ihres Elektrorollstuhls, schwenkte zur Seite und zog ein Kosmetiktuch aus der Porzellanbox, die in Reichweite stand. Vorsichtig betupfte sie sich damit die Mundwinkel. „Nun, das ging ja erstaunlich schnell. Ich hätte nicht gedacht, dass Sie den Mörder meines Mannes so rasch zur Strecke bringen", bemerkte sie ohne Anerkennung in der Stimme, knüllte das Tuch zusammen und warf es in den Papierkorb unter dem Spiegeltisch.

„Der Zufall kam mir zu Hilfe."

„Ach?"

„Ja. In Form eines Tankbelegs."

„So? Und wer hat nun meinen Mann umgebracht?" Felizitas Kottenburgers Stimme hatte einen fast beiläufigen Klang. „Doch nicht sein vermeintlicher Sohn? Wie heißt er noch gleich? Jan Sowieso?"

„Sie kennen Jan Kunze? Wissen von ihm?"

Felizitas Kottenburger zuckte gleichgültig die Schultern. „Selbst in diesem Rollstuhl bleibt einem nicht alles verborgen, was draußen im wirklichen Leben geschieht."

Lili antwortete nicht.

„War *er* es?", forschte sie noch einmal.

„Nein, er war es nicht."

„Wer dann?" Lauernd, vorsichtig, gespannt tasteten sich Felizitas Kottenburgers Worte weiter. Sie ließ Lili dabei nicht aus den Augen.

„*Sie* waren es. *Sie* haben Ihren Gatten ermordet, Frau Kottenburger." Lili sprach mit ruhiger Stimme und erwartete mit hellwachem Blick die Reaktion der Frau, die ihr gegenübersaß. Eine ebenbürtige, starke Gegnerin in diesem makabren Spiel um Liebe, Hass und Tod.

Felizitas Kottenburger verzog keine Miene, doch dann lachte sie kurz und verächtlich auf. „Soll das ein Witz sein?", rief sie empört. „Sie wissen hoffentlich, dass Sie sich lächerlich machen, Frau Karmann. Es scheint mir, als habe ich Sie doch überschätzt, und offen gestanden fehlt mir der Sinn für Ihre recht eigenwillige vormitternächtliche Inszenierung." Mit einem Ruck wendete sie den Rollstuhl, drehte Lili den Rücken zu und fuhr hinüber zum Fenster. Sie zog die Vorhänge ein Stück zurück und starrte hinaus in die Nacht, während Lili ihr schweigend dabei zusah. Dann drehte sie sich erneut zu Lili um und fragte: „Wie, um alles in der Welt, hätte ich das denn tun sollen? Sie sehen doch selbst, dass ich ein Krüppel bin." Hart stieß sie das vorletzte Wort heraus, warf es Lili voller Bitterkeit an den Kopf. Ihre Stimme verriet dennoch, dass sie ihre Selbstkontrolle zurückerlangt hatte.

Lili ließ sich davon nicht beeindrucken. „Es ist immer enttäuschend, jemanden zu überschätzen, Frau Kottenburger, doch weitaus schlimmer ist es, jemanden zu unterschätzen. Es kann fatale Folgen haben", gab sie zu bedenken. „Ich habe das Videoband der Tankstelle, an der Sie getankt haben, als Sie den Mercedes Ihres Mannes mitsamt dessen Leiche zum Birkensee hinausgefahren haben. Sie trugen einen dunklen Trenchcoat und einen Hut mit breiter Krempe. Ihr Gesicht ist nicht zu sehen auf dem Band, doch etwas anderes dafür umso deutlicher. Es reicht aus, Sie eindeutig zu identifizieren."

„Und was wäre das?"

„Ich spreche von dem Ring an Ihrer Hand, Frau Kottenburger, dem wunderschönen, wertvollen Ring Ihrer Mutter. Er hat Sie verraten."

Lili wartete eine kleine Weile, bevor sie weitersprach. Felizitas Kottenburger saß indes regungslos, doch angespannt wie eine Katze vor dem Sprung auf die Beute, und lauerte auf das, was die Hauptkommissarin weiter sagen würde.

„Sie reichten dem Tankwart einen Fünfzig-Euro-Schein mit ihrer schlanken, gepflegten Hand. Der kleine Leberfleck auf Ihrem Handrücken ist dabei deutlich sichtbar. Und ganz unverwechselbar ist dieser selten schöne herzförmige Brillant an Ihrem Ringfinger, gehalten von zwei fein ziselierten Händen."

Felizitas Kottenburger starrte vor sich hin. Unergründlich waren ihre Gedanken. Kurze Zeit schien sie in Sphären zu weilen, die sich nur ihr erschlossen. Endlich sagte sie: „Er ist wirklich sehr schön", und es klang beinahe zärtlich, doch auch ein wenig traurig. Sie hob die Hand und drehte den Ring im Licht, besah ihn sich wieder und wieder. Dann stand sie aus ihrem Rollstuhl auf, ging sicheren Schrittes zum Spiegeltisch, öffnete eines der kleinen Schubfächer und holte eine Schachtel Zigaretten heraus.

„Sie sind gut, wirklich gut … Und damit meine ich nicht die Filterlosen hier", sagte sie mit einem Anflug von Ironie und echter Anerkennung in der Stimme. Sie zündete sich eine an, warf Lili das Päckchen zu und setzte sich ihr gegenüber auf den zweiten rosenstoffbezogenen Sessel, kaum zwei Meter von Lili entfernt.

Lili legte das Zigarettenpäckchen auf den feingliedrigen Beistelltisch in ihrer Reichweite.

„Danke", antwortete sie, „aber das war keine Glanzleistung. Der Ring wäre jedem aufgefallen. Nur *Sie* konnten es sein, denn Sie würden ihn nie vom Finger nehmen. Habe ich recht?"

Felizitas Kottenburger lächelte zustimmend.

„Warum? Warum *jetzt,* nach all den Jahren, und nicht schon früher?", fragte Lili. „Und warum die ganze Maskerade mit dem Rollstuhl, die Lüge von einem hilflosen, abhängigen Leben? Warum ließen Sie sich nicht einfach scheiden, wenn Sie das Leben an der Seite Ihres Mannes nicht mehr ertrugen? Helfen Sie mir, all das zu verstehen!"

Andere Frauen hatten auch ein schweres Schicksal, hatten Männer, die sie schlugen, die das Geld mit Alkohol und anderen Frauen oder am Wettschalter durchbrachten. Dagegen hätte dieser reichen, behüteten Frau doch jeder rechtliche Weg problemlos offen gestanden, überlegte sie.

Felizitas Kottenburger lächelte indessen verächtlich und ließ den Rauch langsam durch geschürzte Lippen entweichen. Abschätzend blickte sie in Lilis Gesicht. Ihre Züge waren wieder ernst geworden, mehr noch, sie waren hart und kalt, und ein hasserfülltes Glitzern lag in ihren eisblauen Augen.

„Der Rollstuhl war kein Theater", begann sie. „Mehr als zwanzig Jahre meines Lebens hat er mich begleitet, mir jede Freiheit, jede Hoffnung auf Normalität, was immer das auch ist, genommen. Ich hätte alles dafür getan, wieder laufen zu können, das dürfen Sie mir glauben. Selbst dem Teufel hätte ich mich verschrieben, wenn er mir meine Beine wieder gegeben hätte. Wirklich alles hätte ich getan. Sogar meine Seele geopfert, oder vielmehr den kümmerlichen Rest, der davon noch übrig war.“ Sie dachte kurz nach, dann zuckte sie mit der Schulter. „Mein Rücken heilte damals, aber ich blieb gelähmt. Die Ärzte hatten gemeint, der Sturz sei nicht verantwortlich dafür. Physisch sei kein Grund dafür ersichtlich, dass ich nicht laufen könne. Es würde sich vielmehr um eine konversiv-neurotische Störung handeln, eine psychogene Sache, hatten sie gesagt. Also hatte man mir eine Psychotherapie verordnet und mich mit meinem Rollstuhl nach Hause geschickt.“ Sie stieß einen verächtlichen Laut aus. „Eine Psychotherapie! Man stelle sich das vor. Was hätte ich dem Therapeuten denn sagen sollen? Die Wahrheit vielleicht?“ Sie warf Lili einen verächtlichen Blick zu. „Ich verlor jede Hoffnung auf Heilung und auf den einzigen innigen Wunsch, den ich noch in mir trug: Meinen Mann tot zu sehen.“

Sie drückte ihre Zigarette, die zwischen ihren Fingern verglommen war, im Aschenbecher aus, als zerquetsche sie Ungeziefer. Dann lächelte sie wieder und sagte: „Dabei hatte ich den perfekten Mordplan im Kopf. Jedes Detail war ausgearbeitet, hundert-, ach was, *tausendfach* in Gedanken durchgespielt. Mit Freude und Genugtuung hatte ich ihn immer wieder und wieder sterben lassen ... Mich scheiden lassen? Was hätte das genützt?“ Sie hatte die Frage nicht an Lili, sondern an sich selbst gerichtet und schüttelte resigniert den Kopf.

Lili hatte aufmerksam zugehört, Felizitas Kottenburger nicht unterbrochen in ihrem Erzählen. Jetzt fragte sie: „Warum? Warum haben Sie ...?“ ... Ihren Mann so sehr gehasst, dass Sie ihn töten mussten, wollte sie wissen.

Doch Felizitas Kottenburger hatte abwehrend die Hand gehoben und sie mitten im Satz unterbrochen.

„Später“, sagte sie nur. „Eines nach dem anderen. Wir haben Zeit.“ Gebieterisch bedeutete sie Lili zu schweigen. „Ich möchte, dass Sie *alles* erfahren ... Vor zirka fünf Monaten geschah dann das, wovor ich mich jahrelang gefürchtet hatte. Und diese schreckliche Angst heilte mich. Zum ersten Mal glaubte ich an das Zusammenspiel von Körper und Seele. Meine Beine haben es mir bewiesen. Ich spürte, wie ganz plötzlich Leben in sie zurückkehrte. Erst als leises Kribbeln in meinem rechten großen Zeh. Ganz sacht nur, doch bald immer deutlicher. Bereits am folgenden Tag konnte ich die Füße bewegen. Das Gefühl blieb und ich beschloss, ihm zu vertrauen. Es war der glücklichste Moment in den letzten zwanzig Jahren für mich gewesen. Schmerzen folgten, oft unerträglich, doch meine Beine fingen an, wieder ein Teil von mir zu werden, mir wieder zu gehorchen. Ich trainierte. Stunde um Stunde, Tag für Tag, was nicht schwer war, denn mein Haus ist dafür ausgestattet. Vor allem nachts, wenn alle schliefen, fuhr ich mit dem Aufzug hinunter in den Keller. Dort befinden sich Sauna, Schwimmbad, Fitness- und Massageraum. Mein Mann hatte dafür gesorgt, dass es mir nicht an angemessenen Rahmenbedingungen fehlte. Einschließlich des Aufzugs.“ Voller Zynismus sprach sie den letzten Satz, zündete sich erneut eine Zigarette an und sog den Rauch tief in sich hinein.

„Ich habe mit niemandem darüber gesprochen, blieb nach außen der bemitleidenswerte, tapfere Krüppel und hatte in Wirklichkeit innerhalb weniger Wochen mehr Kraft in den Beinen und Armen als mit zwanzig. Glauben Sie’s oder lassen Sie’s. Ich sehe darin jene ausgleichende Gerechtigkeit, die es mir ermöglichte, meinen Mann zu töten und damit meine Mission zu erfüllen.

Denn nichts Geringeres war es, Frau Karmann. Nichts Geringeres."

„Wie darf ich das verstehen? Was geschah vor fünf Monaten? Von welcher Art *Mission* sprechen Sie?" Lili hörte gespannt zu.

Felizitas Kottenburger stand auf, ging zu dem fahrbaren Tischchen neben ihrem Bett und goss Wasser aus einer Waterford-Karaffe in zwei Gläser. Eine davon reichte sie Lili. Dann setzte sie sich wieder.

„An jenem Abend, ich spreche vom 10. September, kam er früher, als ich erwartet hatte, nach Hause", sagte sie, ohne auf Lilis Fragen einzugehen. „In den unzähligen Nächten, die ich wach gelegen und ins Nichts gelauscht hatte, hörte ich ihn oft erst weit nach Mitternacht oder in den frühen Morgenstunden heimkommen. Und meist hatte er sich nicht einmal die Mühe gemacht, sich in sein Schlafzimmer zu begeben, sondern sich gleich unten im Salon auf die breite Couch gelegt. So auch an jenem Abend. Ich stand oben, im Dunkel der Galerie, und wartete, ein Küchenmesser in meiner Hand ... Ich bin übrigens beidhändig, Frau Karmann. Eine Fähigkeit, die mir meine Großmutter vererbt hat. Doch links besitze ich nun mal die meiste Kraft ..."

„Ich wartete also. Zehn Minuten, fünfzehn. Wollte sicher sein, dass er eingeschlafen war. Ich schlich mich hinunter im Wissen, dass niemand weiter im Haus war. Eines der beiden Mädchen hatte seinen freien Tag und das andere hatte ich unter irgendeinem Vorwand nach München geschickt. Sie sollte eine Besorgung für mich machen und dort übernachten. Als ich in den Salon schlich, lag Thomas bereits schnarchend auf der Couch. Er stank nach Alkohol, Zigaretten und billigem Parfüm … Langsam trat ich neben ihn, sah zu ihm hinunter. Sein Atem roch schlecht. Er war betrunken. Sein Hemd war falsch geknöpft und der Reißverschluss seiner Hose stand offen. Er widerte mich an, dieser Mann, mit dem ich seit über zwanzig Jahren kaum gesprochen hatte, dessen Geruch mir Übelkeit bescherte, wenn ich ihn im Treppenhaus oder im Salon wahrnahm, dessen Lachen schäbig klang und billig wie das einer Straßenhure. Plötzlich waren sie alle wieder da, die Jahre der Lügen und Demütigungen, die vielen Momente, in denen ich hilflos seiner Gemeinheit und Niedertracht ausgeliefert gewesen war und daran fast erstickt wäre."

„Und immer mit der Angst im Rücken, dieser Kerl ...", sie vollendete den Satz nicht, fuhr vielmehr fort: „Ich hob das Messer und rammte es bis zum Schaft in seine Brust. Ich weiß noch, wie es knirschte, als es durch seine Rippen und sein Herz drang, und wie viel Genugtuung und Erleichterung ich dabei verspürte." Wut und Abscheu verzerrten ihr Gesicht, als sie sprach, doch nicht ihrer Tat halber. Ihr Hass und ihr Widerwille galten einzig und alleine der Erinnerung an ihren Mann.

„Ich war wie von Sinnen und trotzdem hellwach, und ich stach zu ... wieder und wieder und wieder. Zerstörte endlich dieses Monster, das unser aller Leben zerstört hatte ..." Sie schwieg eine Weile. Ließ ihren Worten Zeit, gedanklich nachzuschwingen.

Dann fuhr sie in weit sachlicherem Ton fort: „Ich stand auf, wusch meine Hände und das Messer in der Gästetoilette. Ich zog ihm das achtlos über den Sessel geworfene Sakko über, nahm ihm Brieftasche und Siegelring ab, wickelte ihn in die Bauplane, die ich mir zurechtgelegt hatte, und verschnürte sie. Dann schleifte ich ihn zur Hintertüre und rollte ihn dort auf die Schubkarre, die ich bereitgestellt hatte. Er ist nie besonders kräftig gewesen, wissen Sie. Und auch nicht sonderlich groß." Sie verzog verächtlich den Mund. „Ich schob ihn ohne große Mühe zu den Garagen. Sein Mercedes stand dort. Ich zerrte ihn in den Kofferraum und fuhr hinaus zum Birkensee …"

Die Schubkarre! Lili erinnerte sich schlagartig. Der alte Andreas von Waltenfels hatte eine Schubkarre erwähnt, mit der man Thomas Kottenburger abtransportiert hätte, doch sie hatte seinen Worten keine Bedeutung beigemessen. Sie hätte es besser wissen müssen!

„… Mit dem kleinen Boot, das ich zwei Nächte vorher dort im Unterholz versteckt hatte, ruderte ich in die Mitte des Sees. Ich kenne die richtigen Stellen, müssen Sie wissen, denn ich liebe diesen stillen, abgeschiedenen See, auf dem sich an Sommerabenden das Licht golden spiegelt. Dort warf ich Thomas über Bord. Anschließend fuhr ich nach Hause, legte das Messer in die Schublade zurück und verbrannte die Plane im Keller meines Hauses. Dann fuhr ich den Mercedes auf das Firmengelände und ließ den Schlüssel stecken. Thomas' Hausschlüssel, seine Aktentasche und seinen Trenchcoat hatte ich auf den Rücksitz geworfen, wo sie die Spurensicherung ja tags darauf auch fand. Jedoch keine Blutspuren, keine sonstigen verdächtigen Hinweise, dafür hatte ich gesorgt. Er hat nicht stark geblutet. Muss wohl gleich tot gewesen sein ... Bedauerlich ... Ich fuhr den ganzen Weg mit einem der Fahrräder zurück, morgens um halb drei. Auf dem Firmengelände stehen immer ein paar herum, wissen Sie … Es regnete und der Wind blies durch die leeren Straßen. Doch ich fühlte mich großartig. Thomas war für immer zerstört ..."

Triumph blitzte aus ihren Augen und ein maliziöses Lächeln zuckte um ihren Mund, als sie Lili einen Seitenblick zuwarf. „Ich wusste, es würde nicht allzu lange dauern, bis man seine Leiche finden würde, und das lag ganz in meiner Absicht, denn ich wollte so schnell wie möglich offiziell ‚Witwe' sein. Alleine schon wegen all der Formalitäten, die sich sonst, im Falle des nur Vermisstwerdens, ewig hingezogen hätten." Emotionslos sprach sie nun über ihre Tat, als sei sie eine geschäftliche Transaktion gewesen.

„Wie konnten Sie es alleine schaffen?" Lili saß still in ihrem Chintzsessel in der Gewissheit, dass Felizitas Kottenburger die Wahrheit sprach.

„Überzeugung verleiht Kraft; ebenso wie Hass. Durch Thomas hatte ich eine harte Lektion gelernt: Man muss Menschen nur genug quälen, um sie sich gefügig zu machen. Doch auch etwas anderes habe ich dabei erfahren: Erst wimmert und schreit man vor Schmerz, doch irgendwann spürt man ihn nicht mehr, weil der Hass ihn betäubt hat. *Er* ist der eigentliche Antrieb für die Kraft, alles zu tun, was getan werden muss. Wenngleich das Wort Hass für mich beinahe harmlos, ja lächerlich klingt. Kein Wort vermag auszudrücken, was ich empfand ... und heute noch manchmal fühle, wenn ich an ihn denke. Mein Plan war klar und die Vorbereitung einfach. Mehr war nicht nötig." Sie schwieg kurz, dann sagte sie beiläufig: „Und letztlich gehört nicht allzu viel dazu, einen Menschen zu töten, wie Sie vielleicht selbst wissen."

Fasziniert betrachtete Lili Felizitas Kottenburger, denn sie war sich auch jetzt sicher, dass sie die Wahrheit sprach, und sie fragte sich, wie zerstört diese Frau in ihrem Innern bereits sein musste, um so etwas zu äußern.

„Warum, Frau Kottenburger? *Warum* haben Sie Ihren Mann getötet?" Eindringlich forschte Lili nach dem eigentlichen Motiv. Ein grauenvoller Verdacht hatte sie bei Felizitas Kottenburgers Geständnis beschlichen.

Als hätte sie Lilis Gedanken erahnt, fuhr sie fort: „Ich bereue keine Sekunde, was ich getan habe. Im Gegenteil.

Ich habe meine Mission erfüllt und die Welt von diesem Teufel befreit. Nie wieder wird er anderen wehtun können. Vor allem wird er sich nie mehr an einem unschuldigen Kind vergreifen." In ihren Augen leuchtete es, und Lili erkannte, dass diese Frau seit geraumer Zeit in einer eigenen Welt mit ganz eigenen Gesetzen lebte. Der Schmerz hatte sie nicht körperlich zerstört, doch in ihrer Seele die Grenzen zwischen richtig und falsch neu gesetzt und die Falltür in den Wahnsinn geöffnet, in den sie stetig weiter hinabzugleiten schien.

Nun kannte Lili den Grund dafür und wusste, wie entsetzlich er war. Doch sie musste ihn von Felizitas Kottenburger selbst hören.

„Was genau wollen Sie damit sagen?", hakte sie noch einmal nach.

Felizitas Kottenburger besah sich lange ihre Hände, als könne sie darin die Antwort auf Lilis Frage lesen. „Sie haben die Akten über den Vorfall gelesen, der meine Tochter ins Irrenhaus und mich in den Rollstuhl brachte?", fragte sie dann beinahe verschwörerisch und bedachte Lili mit einem langen Seitenblick.

Lili nickte stumm. Wieder traten Härte und eisiger Glanz in das blaue Augenpaar ihr gegenüber, und sie bemerkte den leisen Schauer, der ihr über den Rücken lief.

„Diesen jungen, blonden, kräftigen Landstreicher mit der perversen Neigung hat es zwar gegeben, Frau Karmann, doch hatte er nichts mit unserem Fall zu tun. Aber das wissen Sie inzwischen, nicht wahr?"

Lili nickte wieder.

„Thomas Kottenburger hat sein eigenes Kind in der Scheune vergewaltigt ..." Wie versteinert stierte sie vor sich hin, während sie das sagte. Langsam formulierte sie jedes einzelne Wort. „Als ich dazukam, lag Cornelia entblößt und wimmernd in ihrem Blut, das Gesicht ge-

schwollen von seinen Schlägen. Sie zuckte wie ein verendendes Tier." Felizitas Kottenburger schluckte hart. Ihr Gesicht hatte sich zu einer gequälten Fratze verzogen, deren geöffneter Mund im stummen Schrei erstarrte. Dann hob sie die Hand und schlug damit ins Leere, so, als wolle sie ihr eigenes Gedankenbild vertreiben. Wieder richtete sie ihren Blick auf Lili. „Neun Jahre war sie alt … neun! … Ich stürzte mich auf ihn, doch er schüttelte mich ab, trat mir brutal in den Bauch, und ich fiel rückwärts über das Geländer der Holztreppe, die zum Heuboden hinaufführte. Noch heute, wenn ich mich darauf konzentriere, kann ich den kurzen, heftigen Schmerz fühlen, der meinen Körper durchzuckt hat und mich dann bewegungslos zurückließ. Kurz darauf stand Thomas über mir. Und zum ersten Mal in meinem Leben blickte ich in die Augen des Teufels. Er schlug mir ins Gesicht und drohte, mich und Cornelia zu töten, wenn ich die Wahrheit sagen würde." Sie schloss für einen Moment die Augen, um sich zu beruhigen.

„Dennoch hätten Sie ...", begann Lili, doch Felizitas Kottenburger herrschte sie sofort an:

„Ich hätte? Ich *hätte? Gar nichts* hätte ich! Ich sage es noch einmal: Dieser Mann war der Teufel!"

Mit einer weiteren fahrigen Handbewegung wischte sie jeden Einwand beiseite. „Ich versprach zu schweigen aus Angst um das Leben meiner Kinder und mein eigenes und aus Angst vor den Konsequenzen für das Ansehen meiner Familie. Der Name von Waltenfels hat Gewicht, wie Sie ebenfalls wissen dürften. Er duldet keine Skandale. Ich wurde dazu erzogen, der Familie Respekt, Achtung und, wo immer nötig, Schutz zu zollen. Und ich bin stolz darauf. Also akzeptierte ich die Lüge vom unbekannten blonden Landstreicher, die er mir aufzwang, und schwieg. Ich hätte sogar in Kauf genommen, dass sie den Mann statt seiner ins Gefängnis gesteckt und für ihn hätten büßen lassen." Gleichgültig zuckte sie mit den Achseln. „Sie hätten Thomas damals erleben müssen! Wie er sich über die dämlichen Kerle von der Polizei, wie er sie nannte, lustig gemacht hat. Es war ein makabres Spiel für ihn, sie gleichzeitig unter Druck zu setzen und auf den Arm zu nehmen."

„Aber Cornelia ...!", Lili betonte den Namen wie einen Vorwurf.

„So weit es Cornelia betraf, hatte er vorgehabt, deren mögliche Aussagen ihrer kindlichen Fantasie und den traumatischen Erlebnissen zuzuschreiben; mit mir als Augenzeugin natürlich. Doch dazu kam es ja nicht mehr, wie Sie wissen. Cornelia wird nie mehr irgendetwas sagen ..."

Wieder starrte sie vor sich hin, und eine Träne lief ihr über die blassen Wangen. Rasch wischte sie sie mit dem Handrücken weg. Ihr tiefes Ein- und Ausatmen glich einem stummen Seufzer. „Etwa fünf Monate ist es jetzt her, da verbrachte unser Enkelkind einige Tage in meinem Haus. Sie haben Vivian gesehen? Sie ist sechs Jahre alt. Ein wirklich reizender Schatz und ausgesprochen hübsch." Ein zärtliches Lächeln schlich über ihr Gesicht. „Eines späten Nachmittags saß ich am offenen Fenster und blickte, wie so oft, hinunter in den Garten, als ich Thomas mit Vivian an der Hand langsam in Richtung Schuppen gehen sah. Und ich schrie. Ich schrie und schrie und schrie, besinnungslos vor Angst. Thomas drehte sich um und sah zu mir hoch. Ich werde den Ausdruck in seinem Gesicht nie mehr vergessen. Glücklicherweise bekam Vivian einen furchtbaren Schreck von meinem hysterischen Kreischen, riss sich von ihm los und lief zurück ins Haus. Erst da bemerkte ich, dass ich mich mit beiden Händen aufs Fensterbrett gestützt hatte und auf meinen eigenen Beinen stand. Ich stand! Von diesem Augenblick an wusste ich, ich hatte gesiegt! Über die lahmen Beine, über das Schicksal, über den Teufel! Gleichzeitig wurde mir klar, dass mir keine Zeit mehr blieb. Ich musste handeln. *Umgehend* handeln. Ich musste weiteres Unheil verhindern, und dazu musste er sterben."

„Ich verstehe", sagte Lili.

„Nein, das können Sie nicht." Ihre Replik verwandelte Lilis Bemühen um Verständnis in Anmaßung und duldete keine weitere Erörterung. „*Niemand* kann verstehen, was ich durchgemacht habe. Stunde um Stunde, Tag um Tag, Jahr um Jahr."

In ihren Augen funkelte es eisig und sie presste ihre Lippen zu einem Strich zusammen. „Ich konnte nur Dorothea schützen."

„Wie?"

„Schweizer Internat, ortsferne Ausbildung, Urlaube ohne Vater. Ich hielt sie von ihm fern, wann immer ich konnte."

„Und Elisabeth Kunze? Warum haben Sie *sie* getötet?"

Lili wusste, dass sie mit dieser Frage sehr dünnes Eis betrat, doch jetzt war nicht der Zeitpunkt, mit Wörtern vorsichtig zu sein. Sie hatte keinerlei Beweise für diese Unterstellung, und doch war sie sich plötzlich sicher, dass Felizitas Kottenburger auch diesen Mord begangen hatte.

„Wie kommen Sie darauf, dass *ich* sie getötet habe?"

„Ich habe recht, stimmt's?", beharrte Lili nur.

Felizitas Kottenburger bejahte ihre Frage mit einem Lächeln.

„Die Person, die Sie angerufen hat an dem Nachmittag, an dem Doktor Grünfeld und ich Sie besuchten, diese Person war Elisabeth Kunze. Und die Nummer, die

Sie in Ihr schwarzes Notizbuch schrieben, war deren Nummer." Lilis Behauptung ließ kein Dementi zu.

„Bravo, Frau Hauptkommissarin! Ich muss schon sagen, Sie verblüffen mich."

„Warum musste auch sie sterben?" Lilis Frage klang wie ein Vorwurf.

„Ganz einfach: Sie wusste zu viel und sie *wollte* zu viel", sagte Felizitas. „Sie wusste über einige von Thomas' illegalen geschäftlichen Transaktionen Bescheid und drohte, damit an die Öffentlichkeit zu gehen, wenn ich nicht zahlen würde. Sie wollte Geld. Viel Geld. Und vor allem eine Zukunft für ihren Sohn. Ich sollte ihn offiziell als Thomas' Sohn anerkennen und all das, stellen Sie sich vor!" Sie machte eine wegwerfende Handbewegung. „Wo käme ich da hin?, frage ich Sie! Ich zahle nicht mehr für Thomas' Sünden! Das habe ich lange genug getan. Es muss nun endlich aufhören! Schluss damit!", rief sie fast hysterisch und ihre Lippen bebten. Gleich darauf hatte sie sich jedoch wieder unter Kontrolle und zeigte ihr maliziöses Grinsen. „Ich besuchte diese einfältige Frau unter dem Vorwand, wir sollten gemeinsam nach einem vernünftigen Kompromiss suchen. Dabei hatte ich ihn bereits gefunden. Ich musste sie nur beseitigen. Es war ganz einfach. Seit Jahren nehme ich Diazepam. Sie hat nichts bemerkt, als sie es mit ihrem Whisky hinunterschüttete, angetrunken, wie sie schon war. Diese dumme Person. Hielt sich für schlau genug, die Nächste zu sein, die in mein Leben hineinpfuschte. Glaubte ernsthaft, mich erpressen zu können! *Mich!* Nicht genug, dass sie sich mit Thomas eingelassen hatte, sich ein Kind von ihm hatte machen lassen, obwohl sie genau wusste, dass sein legales Fleisch und Blut im Irrenhaus verrottete und die Ehefrau ihr Dasein im Rollstuhl fristete. Diese Hure!" Ihre Stimme war voller Hass und Verachtung. „Ich verließ sie unbemerkt. Das Problem war schnell gelöst. Ich sagte Ihnen doch schon, Töten ist im Grunde ganz leicht. Es hat sogar etwas eigenartig Stimulierendes, sich seiner Probleme so einfach und dauerhaft zu entledigen."

Lili betrachtete die Frau vor sich noch immer schweigend. Eine schwer verdauliche Mischung aus Mitleid, Abscheu, Fassungslosigkeit und Faszination hatte sich ihrer bemächtigt. Aber auch Angst. Das Lächeln, mit dem Felizitas Kottenburger sie bedachte, war unergründlich, und der Blick, der sie traf, war der einer Wahnsinnigen.

Plötzlich erhob sich Felizitas Kottenburger und fragte: „Wie wird es jetzt weitergehen? Was meinen Sie?"

Während sie sprach, ging sie die wenigen Schritte zu ihrer Frisierkommode. Dann drehte sie sich Lili zu und hielt eine Pistole in ihren Händen, die griffbereit und unsichtbar hinter ihrem Schmuckkästchen gelegen hatte und deren Lauf nun auf Lili zeigte.

Lili hatte zwar die Gefahr erkannt und bereits nach ihrer Heckler & Koch gegriffen. Doch Felizitas Kottenburger war schneller gewesen. „Lassen Sie das, Mädchen", rief sie. „Sie haben keine Chance!" Lili zog ihre Hand langsam aus der Jacke zurück und erhob sich.

„Frau Kottenburger ...", begann sie ruhig, doch ihr ganzer Körper war ein einziges Spannungsfeld. Wie hatte sie die Situation nur so falsch einschätzen können?

„Ich werde Sie jetzt töten, Frau Hauptkommissarin. Das verstehen Sie doch, oder?"

Lili hatte ganz und gar kein Verständnis dafür. Aber sie wusste, dass sie gar nichts tun konnte. Diese Frau war unberechenbar und scheute auch vor einem dritten Mord nicht zurück.

Gerade, als sie abwehrend die Hände hob und einen Versuch starten wollte, durch Reden Zeit zu gewinnen, löste sich der Schuss. Gleichzeitig wurde die Zimmertüre aufgestoßen und Horatio stürzte sich mit einem Schrei auf Felizitas Kottenburger und riss sie mit sich zu Boden. Mit einem kräftigen Faustschlag aufs Kinn setzte er sie kurzerhand außer Gefecht. Die Waffe war ihr beim Sturz aus der Hand gefallen und lag neben ihr. Rasch trat er mit dem Fuß dagegen und schleuderte sie so außer Reichweite, obwohl er wusste, dass Felizitas Kottenburger für einige Zeit ohnmächtig bleiben würde. Schließlich kannte er genau die Stellen, auf die er zu zielen hatte. Wenngleich bisher nur in der Theorie.

„Lili!", rief er entsetzt und atemlos und kroch so schnell er konnte auf allen vieren zu ihr hinüber. Regungslos lag sie neben dem Bett auf dem Fußboden und sein Herz begann zu rasen. Sie reagierte nicht. Horatio kniete sich neben sie, fühlte ihren Puls und schob seinen Arm unter ihren Kopf. Gott sei Dank, sie lebte! Ihr Puls war schwach und unregelmäßig, doch sie lebte. „Lili", sagte er wieder, „Lili. Um Himmels willen!" Er sah das Einschussloch auf ihrer Jacke und drückte seinen Handballen gegen die blutende Stelle an ihrer rechten Schulter. Die Kugel steckte noch, denn es gab keine Austrittswunde. Doch sie blutete stark. Entsetzt und fassungslos starrte er auf ihr Gesicht, das wie leblos in seinem Arm lag. Sein Gehirn fühlte sich an wie ein Vakuum. Panische Angst war alles, was er verspürte. „Reiß dich zusammen, verdammt!", schrie es in ihm. Er zog rasch sein Taschentuch aus der Jacke, schob es ihr unter den Pullover und presste es fest auf die Wunde. So hielt er sie für wenige Sekunden. Das Blut durchdrang viel zu schnell das Tuch und lief ihm über die Hand. Er wusste, jede Minute zählte. Sie brauchte sofort Hilfe und seine eigenen Möglichkeiten waren im Moment mehr als begrenzt.

Lili öffnete die Augen und flüsterte: „Die Handschellen, Horatio." Er verstand. Doch das musste erst einmal warten. Er hatte bereits das Handy aus der Jacke gezogen und sprach mit der Notrufzentrale. „Beeilen Sie sich!", schrie er und fühlte sich hilflos wie schon lange nicht mehr. Dann lehnte er Lili mit dem Rücken gegen den Bettpfosten, nahm ihre linke Hand und legte sie auf die Einschussstelle. „Ganz fest drücken", befahl er, „auch wenn's wehtut."

Seine Stimme und sein ganzer Körper zitterten, als er es sagte und die Handschellen von ihrem Gürtel löste. Schnell ging er hinüber zu Felizitas Kottenburger, drehte sie auf den Bauch, zog ihre beiden Arme nach hinten auf den Rücken und schloss die Handschellen um ihre Gelenke. Dann eilte er zu Lili zurück und nahm sie wieder in den Arm. „Danke", sagte sie nur, und ihre Stimme klang beängstigend schwach.

Horatio strich ihr zärtlich die Haare aus der Stirn. „Wach bleiben. Lili! Wach bleiben!", flehte er und drückte ihre Stirn gegen seine Wange. Dabei starrte er zu Kottenburgers Witwe hinüber, die gefesselt und noch immer regungslos auf dem Boden lag.

Wie konnte das nur geschehen? Warum hatte er nicht schneller reagiert? Die Fragen überschlugen sich in seinem Kopf.

Nachdem er sich als Lilis Kollege ausgegeben hatte und vom Hausmädchen hereingelassen worden war, hatte er geraume Zeit hinter der hellhörigen Kassettentüre dem Gespräch der beiden Frauen gelauscht.

Deshalb kannte er nun ebenfalls die ganze Geschichte und gab Felizitas Kottenburger unumwunden recht in dem, was sie gesagt hatte. Es war tatsächlich nicht schwierig, einen Menschen umzubringen, denn es wäre ihm im Moment ein Leichtes gewesen, sie kaltblütig zu töten. Hätte er doch nur früher geahnt, dass dies passieren könnte! Tränen der Hilflosigkeit und Wut über die eigene Dummheit stiegen ihm in die Augen.

„Wagner anrufen“, flüsterte Lili, schloss die Lider und ließ ihren Kopf an seine Brust sinken.

28

Zwei Wochen später saßen Horatio und Lili zusammen an seinem großen Küchentisch. Er hatte es ihr im Ohrensessel bequem machen wollen und zwei Kissen für ihren rechten Arm und eine Wolldecke bereitgelegt. Doch sie hatte dankend abgelehnt. Die Schlinge sei schon beschämend genug, hatte sie gesagt und sich zu ihm an den Tisch gesetzt. Ihre Stimme klang fest und gut gelaunt. „Jemand, der sie nicht kennt, würde ihr dieses Theater ohne Weiteres abkaufen", dachte Horatio ebenso anerkennend wie besorgt, denn er sah ihre Blässe unter dem Rouge und dem Lippenstift und bemerkte die Unruhe in ihren Augen, die die Erkenntnis über die eigene Verletzbarkeit hinterlassen hatte. „Sie hatten großes Glück", sagte er und rührte nachdenklich in seiner Kaffeetasse.

„Ich hatte *Sie*. Das war besser als Glück."

Horatio räusperte sich verlegen. „Ich hätte vielleicht doch früher ...", dachte er laut nach, „aber ich ahnte ja nicht, … und ich wollte Sie nicht stören. Ich war mir sicher, dass ich als Ohrenzeuge hinter der Türe nützlicher sein würde. Und wahrscheinlich hätte sie in meinem Beisein nicht so offen gesprochen, glauben Sie nicht auch?"

„Sie müssen sich nicht rechtfertigen, Horatio. Und vor allem brauchen Sie sich keine Vorwürfe zu machen. Sie haben sich völlig korrekt verhalten. Mehr als das sogar. Wenn ich Sie nicht gehabt hätte ... Doch darüber will ich gar nicht mehr nachdenken."

„Das sollten Sie aber! Sie waren leichtsinnig, und das

wissen Sie auch", gab er streng zurück und lenkte so von sich selbst ab. Lili pflichtete ihm nickend bei.

„Ja, ich hätte nicht alleine zu ihr rausfahren dürfen. Ich hätte die Situation richtig einschätzen müssen. Ich hätte Wagner zumindest verständigen müssen. Ich hätte mich auf meine berüchtigte Professionalität besinnen sollen. Und ich hätte mein Handy nicht vergessen dürfen. Ja, ja, ja ... ich weiß das." Sie leierte ihre Verfehlungen mit hörbar schlechtem Gewissen herunter. „Mein Vorgesetzter hat mir all das bereits gesagt. Und ich mir selbst übrigens auch schon tausend Mal. Ich bin mitunter recht ..."

„... dickköpfig", ergänzte Horatio rasch.

„*Impulsiv,* wollte ich sagen. Sie lächelte, doch dann wurde sie sehr ernst. „Trotzdem danke, dass Sie sich um mich sorgten ... und danke für die Rosen aus Ihrem Vorgarten. Ich habe sie aus der Klinik mit nach Hause genommen. Sie sind noch immer wunderschön."

Er schwieg.

„Worüber denken Sie nach, Horatio?", fragte sie nach einer Weile.

„Über den Tod", wollte er sagen. „Über das, was ich empfand, als ich im Rettungswagen deine Hand hielt und im Krankenhaus vor dem OP stundenlang mit Stoßgebeten dein Sterben verhindern wollte. Über die Tatsache, dass ich weit nach Mitternacht alleine zu Hause saß, hundemüde und unfähig zu schlafen, und nicht wegsehen konnte von der Stelle auf dem Küchentisch, auf dem Marias Kopf in den Kartoffelschalen gelegen hatte. Und darüber, dass ich weinte und mich dafür hasste, aber nichts dagegen tun konnte." Doch er behielt all das für sich.

„Über sehr viele Dinge", sagte er nur. „*Zu* viele wahrscheinlich. Ich denke zum Beispiel an den Jungen."

„Welchen Jungen?"
„Jan Kunze."
„Wieso gerade an ihn?"
„Nun ja, für Sie ist der Fall abgeschlossen und erledigt. Sie haben Ihre Mörderin. Doch was geschieht jetzt mit Jan? Ich frage mich, was aus ihm wird. Er hat viel durchmachen müssen. Kein Kind hat das verdient. Und genau das ist er mit seinen achtzehn Jahren: ein Kind. Nach allem, was der Junge erlebt hat, bräuchte er dringend jemanden, der sich jetzt seiner annimmt."
Lili nickte. „Leben ist immer ein Balanceakt über dem Abgrund. Und manchmal schubst einen das Schicksal gleich am Anfang in die falsche Richtung." Sie zuckte die unverletzte Schulter, als wollte sie sagen, so sei das nun einmal.
Horatio ärgerte sich über ihre abstrakten Betrachtungen. „Ist sie wirklich so kaltschnäuzig und gleichgültig?", überlegte er. „Wenn ich das doch bloß wüsste. Es würde mir manches leichter machen." Andererseits war ihm klar, dass sie recht hatte mit dem, was sie sagte. Dennoch gefiel es ihm nicht, wenn sie so sprach.
„Und damit hat es sich dann für den Jungen?", blaffte er sie an.
Lili sah die Enttäuschung in seinen Augen. Ruhig hielt sie seinem Blick stand.
„Einige Mitglieder der Pfarrgemeinde Sankt Anton", begann sie schließlich ernst, „haben zusammen mit anderen Gutherzigen vor drei Jahren einen Verein gegründet und ein Jugendprojekt ins Leben gerufen, das sich insbesondere um straffällig gewordene Jugendliche kümmert. Ich habe bereits mit dem Vorstand über Jan gesprochen. Er wird sich persönlich seiner annehmen. Jan hat schon ein Zimmer im Wohnheim bezogen. Und wir werden uns auch um Arbeit für ihn bemühen."

„Wir?"

„Ja. Ich bin zufällig die stellvertretende Vorsitzende des Vereins. Darüber hinaus hat sich Jans Halbschwester sehr für ihn interessiert. Ich möchte fast sagen, sie freut sich trotz der tragischen Umstände über den unerwarteten Familienzuwachs."

„Seine Halbschwester?", Horatio kam aus dem Staunen nicht heraus.

„Dorothea Schott. Hinter ihrem unscheinbaren, linkischen Wesen stecken mehr Charakter und Willensstärke, als ich vermutet hatte. Ich war erstaunt, wie tapfer und beherrscht sie mit der Gesamtsituation umgeht. Ich habe gestern ein langes Gespräch mit ihr geführt und denke, Jan wird bei ihr ein wenig Halt finden. Robert, ihr Mann, will sich für ihn um eine Ausbildungsstelle auf dem Bau kümmern. Schon allein, um Thomas Kottenburger posthum eins auszuwischen. Sie sehen also, die Sache ist auch für *mich* längst nicht erledigt. Aber versuchen Sie nicht immer, mir Schuldgefühle einzureden, nur weil die Welt ist, wie sie ist. Der Teufel ist nun mal nie allzu weit von Gott entfernt ... Und keiner von uns ist vollkommen. Auch *Sie* nicht."

Horatio räusperte sich, doch als er ansetzte zu sprechen, hob sie beschwichtigend die Hand.

„Ich weiß, ich bin nicht Mutter Teresa, aber auch ich habe eine barmherzige Seite, und Menschlichkeit ist, entgegen Ihrer offensichtlichen Meinung, kein Fremdwort für mich. Ich dachte eigentlich, Sie wüssten das inzwischen."

„Entschuldigen Sie", sagte Horatio beschämt, aber aufrichtig und blickte in die Schwarzkirschenaugen. Noch immer verwirrten sie ihn, noch immer konnte er ihnen nicht lange standhalten. Er erhob sich und ging zum Fenster. Sein Inneres war aufgewühlt wie das Wetter bei seinem Spaziergang heute in aller Frühe, als kalte Windböen über dunkle Ackerschollen fegten, wild tanzend aufstiegen, buntes Laub mit sich zogen, sich in den Wipfeln der Fichten verfingen und an ihnen zerrten. In ihm waren es Sehnsüchte, Hoffnungen, Wünsche, die herumwirbelten und sich in Misstrauen, Vorbehalten und Ängsten verfingen.

„Wie lange sind Sie noch krankgeschrieben?", lenkte er von seinen Gefühlen ab.

„Noch mindestens drei Wochen, meint der Arzt."

„Da haben Sie aber Glück. Ich hätte Sie ohne mit der Wimper zu zucken für drei Monate aus dem Verkehr gezogen. Sie haben viel Blut verloren, und alleine schon das seelische Trauma, das es für Sie zu verarbeiten gilt ..."

Lili lachte. „Gott sei Dank kann man hierzulande den Arzt selbst wählen. Doch wenn es Sie beruhigt: Ich habe mir ein Zimmer im Sonnenschlösschen genommen. Ich dachte, dass mir ein paar Tage hier draußen ganz gut tun würden. Ich mag die Gegend."

Er sah sie kurz an, richtete sein Augenmerk jedoch gleich wieder auf den Garten hinter den Fensterscheiben und sagte nur: „Gute Entscheidung. Viel Ruhe, gutes Essen, ein paar Bücher und lange Spaziergänge?"

„Richtig. Nur leider kein Golfplatz."

„Sie spielen Golf?" Erstaunt warf er ihr wieder ganz vorsichtig einen Blick zu. Irgendwie machte ihn ihre Nähe heute besonders nervös. Möglicherweise lag das daran, dass es keine dienstlichen Belange gab, die sie hierher zu ihm geführt hatten. Heute war sie nur Lili.

„Nicht im Augenblick", antwortete sie lachend und hob demonstrativ ihren Schlingenarm ein Stück an. „Nein, ich dachte eigentlich eher an den einen oder anderen Besuch bei Ihnen", fuhr sie fort, „ein wärmendes

Feuer im Ofen, eine Tasse Tee, ein Stück frisch gebackenes Brot und kalten Braten? Schließlich sind wir doch inzwischen so etwas wie Freunde, oder? … Na ja, … im weitesten Sinne zumindest … Und für zwei Wochen beinahe Nachbarn."

Horatio schmunzelte in sich hinein. Sein Herz begann schneller zu schlagen. Verflixt.

Nach einiger Zeit sagte er sehr ernst und noch immer von ihr abgewandt: „Ich weiß nicht, ob ich das mit uns durchstehe, Lili."

„Das werden Sie, Horatio, das werden Sie", antwortete sie, und in ihrer Stimme lag so viel Zuversicht, dass es Horatio erstaunte.

„Was macht Sie so sicher?" Jetzt blickte er sie an und versuchte erst gar nicht, das, was er fühlte, vor ihr zu verstecken.

„Die Tatsache, dass wir es beide wollen", entgegnete sie schlicht. Und da war sie, die menschliche Wärme in ihren dunklen Augen, die er in den letzten Wochen oft vermisst hatte, und die sie nun, in diesem ganz besonderen Moment, *ihm* schenkte. Sie tat so gut, dass es beinahe schmerzte, und er nickte lächelnd.

„Hungrig?"

„Sehr."

„Linsensuppe mit Speck?"

„Gerne. Ich decke den Tisch", sagte sie entschlossen und stand auf, um Teller und Besteck aus dem Küchenschrank zu holen.

„Wird es denn gehen mit dem Arm?"

„Aber ja. Wo sind die Teebecher?"

„Ich habe meinen hier. Nehmen Sie diesen", sagte er und deutete auf Marias blauen Becher mit dem weißen Rand.

Kennen Sie auch die Fortsetzung des ersten Erlanger Stadtkrimis?

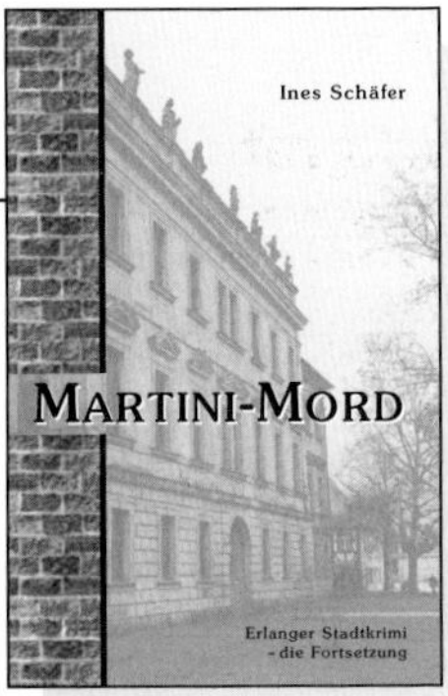

Ines Schäfer
Martini-Mord

€ 9,90
ISBN 3-924158-60-6

Erschienen im Fahner Verlag, Lauf.
Erhältlich in allen Buchhandlungen.

Ein dramatischer Zwischenfall in einem Karpfenlokal. Ein Toter bei einem Handballspiel. Schließlich ein Mord am Martinstag im Schlossgarten! Ganz gegen ihren Willen sieht sich Lotte Askoleit, Bewohnerin eines Erlanger Seniorenstifts, in den Strudel tödlicher Ereignisse gezogen, zwischen denen es zunächst keinen Zusammenhang zu geben scheint.

Ihre Suche nach einer Erklärung führt Lotte kreuz und quer durch das herbstliche und winterliche Erlangen. Nebenbei muss sie im Haushalt ihres Neffen, des Oberarztes, aushelfen, denn dort kriselt es, während sie selbst sich mit Gefühlen konfrontiert sieht, die sie nicht mehr für möglich gehalten hätte...

Und kennen Sie den dritten Teil der Erlanger Stadtkrimis?

Ines Schäfer
Regnitzgold

€ 9,90
ISBN 3-924158-74-6

Erschienen im Fahner Verlag, Lauf.
Erhältlich in allen Buchhandlungen.

Es wird Frühling in Erlangen und Lotte Askoleit gerät in einen fürchterlichen Verdacht. Ist sie mitverantwortlich für den Tod des Hilfshausmeisters in ihrem Seniorenstift? Schon bald zeigt sich, dass sein Tod erst der Beginn einer mörderischen Kette von Vergiftungsfällen ist. Jedes Mal findet sich das tödliche Gift in einer harmlosen Flasche Bier und das versetzt nach und nach die ganze Stadt in panische Angst.

Lotte Askoleit, die alte, eigenwillige Heldin in Ines Schäfers Stadtkrimis, ist inzwischen für viele Erlanger eine gute Bekannte, ebenso wie ihr Neffe, der Oberarzt, und seine Familie. Bereits zum dritten Mal ist Lotte dem Verbrechen auf der Spur, diesmal zwischen Büchenbach und Tennenlohe, zwischen dem Redoutensaal und der Gruft der „Erlanger Markgräfin" in der Neustädter Kirche.

Kennen Sie den vierten Teil der Erlanger Stadtkrimis?

Ines Schäfer
Hugenottenblut

€ 11,80
ISBN 3-924158-88-6

Erschienen im Fahner Verlag, Lauf.
Erhältlich in allen Buchhandlungen.

Ein heißer Augusttag. Der große Erlanger Stadtbrand liegt genau dreihundert Jahre zurück, da scheinen sich die Ereignisse zu wiederholen. Ist das mehr als ein Zufall?

Die Stadt soll ein neues Shopping-Center bekommen und ausgerechnet der größte Gegner des Projekts gerät in das Visier eines unbekannten Täters. Will man ihn zum Schweigen bringen?

Ein Mord geschieht an einer der spektakulärsten Stellen im Herzen der Stadt. Gibt es Zusammenhänge?

Lotte Askoleit, die alte, eigenwillige Heldin der Erlanger Stadtkrimis, macht sich auch dieses Mal ihre eigenen Gedanken über die tödlichen Geschehnisse.

Kennen Sie den fünften Teil der Erlanger Stadtkrimis?

Ines Schäfer
Johannisfeuer

€ 11,80
ISBN 3-924158-96-5

Erschienen im Fahner Verlag, Lauf.
Erhältlich in allen Buchhandlungen.

Wie jedes Jahr brennt am Dechsendorfer Weiher an Johanni ein riesiges Sonnwendfeuer.
Dass dies kein gewöhnliches Johannisfeuer sein wird, weiß noch niemand.

Auch Lotte Askoleit, die alte Dame aus dem Seniorenstift, ahnt nicht, dass in ihrer unmittelbaren Umgebung ein Mord geschieht, ja dass ausgerechnet sie unfreiwillig zur Zeugin wird.
Weiß der Mörder, dass sie alles mit angehört hat?